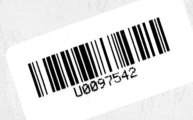

古典文獻研究輯刊

八 編

潘美月・杜潔祥 主編

第5冊

紅樓夢版本研究（下）

王 三 慶 著

國家圖書館出版品預行編目資料

紅樓夢版本研究（下）／王三慶著 — 初版 — 台北縣永和市：
花木蘭文化出版社，2009〔民98〕

目 10+220 面；19×26 公分
（古典文獻研究輯刊　八編；第5冊）

ISBN：978-986-6528-35-4（精裝）
1. 紅樓夢　2. 版本學　3. 研究考訂
857.49　　　　97025833

ISBN - 978-986-6528-35-4

9 789866 528354

古典文獻研究輯刊
八　編　第五冊　　ISBN：978-986-6528-35-4

紅樓夢版本研究（下）

作　　者　王三慶
主　　編　潘美月　杜潔祥
總 編 輯　杜潔祥
企劃出版　北京大學文化資源研究中心
出　　版　花木蘭文化出版社
發 行 所　花木蘭文化出版社
發 行 人　高小娟
聯絡地址　台北縣永和市中正路五九五號七樓之三
　　　　　電話：02-2923-1455／傳真：02-2923-1452
網　　址　http://www.huamulan.tw　信箱　sut81518@ms59.hinet.net
印　　刷　普羅文化出版廣告事業
初　　版　2009年3月
定　　價　八編20冊（精裝）新台幣31,000元

紅樓夢版本研究（下）

王三慶　著

目　次

上　冊

中 冊

下　冊

下篇　刻本研究

結束紅樓夢的傳寫時代，而以印本面貌出現，並使這部書能夠大量發行，統治了紅樓夢的版本史近二百年，則肇始於程偉元和高鶚協力刊行的「新鐫全部繡像紅樓夢」，因此對於這套版本的眞相及其傳承流變不得不作一番深入研究。

壹、程高排印本「新鐫全部繡像紅樓夢」的印刷次數

最早留心到這部版本的，首推紅學鉅子胡適之先生，其在早年考訂出程、高排版二次的說法，到了近年，又出現了三版的異說，今就分別敘說如下：

一、程甲、程乙二版說

以往，大家對於程、高排印紅樓夢的問題，全然不知，直到民國十年，胡先生纔以程本作爲研究對象，並得出一個初步的研究結果，他說：

> 現在我們可以研究紅樓夢的「本子」問題。現今市上通行的紅樓夢雖有無數版本，然細細考較去，除了有正書局一本外，都是從一種底本出來的。這種底本是乾隆末年間程偉元的百二十回全本，我們叫他做「程本」。這個程本有兩種本子：一種是乾隆五十七年壬子（1792）的第一次活字排本，可叫做「程甲本」。一種也是乾隆五十七年壬子程家排本，是用「程甲本」來校改修正的，這個本子可叫做「程乙本」。「程甲本」我的朋友馬幼漁教授藏有一部，「程乙本」我自己藏有一部。乙本遠勝於甲本，但我仔細審察，不能不承認「程甲本」爲外間

各種紅樓夢的底本。各本的錯誤矛盾都是根據於「程甲本」的。這是紅樓夢版本史上一件最不幸的事。〔註1〕

又說：

……………

（5）紅樓夢直到乾隆五十六年（1791）始有一百二十回的全本出世。

（6）這個百二十回的全本最初用活字排印，是爲乾隆五十七年壬子（1972）的程本。這本又有兩種小不同的印本：（一）初印本，（即程甲本）「不及細校，間有紕繆」。此本我近來見過，果然有許多紕繆矛盾的地方。（二）校正印本，即我上文說的程乙本。

（7）程偉元的一百二十回的紅樓夢即是這一百三十年來的一切印本紅樓夢的老祖宗。後來的翻本，多經過南方人的批註，書中京話的特別俗語往往稍有改換；但沒有一種翻本（除了戚本）不是從程本出來的。〔註2〕

因爲胡先生的手上藏有程、高的第二次印本，而且在這部版本的「引言」內，特別說明「……因急欲公諸同好，故初印時不及細校，間有紕繆，今復聚集各原本，詳加校閱，改訂無訛，惟識者諒之」的話，使他發現了程刻本前後有過二次的印本，並且賦予一個如下的定稱：

（1）程甲本：第一次印本——乾隆五十六年辛亥（1791）活字印本。

（2）程乙本：第二次印本——乾隆五十七年壬子（1792）活字修訂本。

由於胡先生相信程乙本程高的自白，也看到甲本上的部分矛盾，因此極力推介程乙本的優點，促使汪原放先生在民國16年，原已按照道光壬辰刻本（王希廉評本、1832）排好的版面上，又重據胡先生的程乙本作了一番調整，並且也請來胡先生爲他寫了一篇序言：

「紅樓夢最初只有鈔本，沒有刻本。鈔本只有八十回，但不久就有人續作八十回以後的紅樓夢了。俞平伯先生從戚本八十回的評注裏看出當時有一部「後三十回的紅樓夢」，（紅樓夢辨下卷，1～37。）這便是續書的一種。高鶚續作的四十回，也不過是續書的一種。但到了乾隆五十六年至五十七年之間，高鶚和程偉元串通起來，把高鶚續作的四十回同曹雪芹的原本八十回合併起來，用活字排成一

〔註1〕胡適，「紅樓夢考證」改定稿，「文存」第一集第609頁。

〔註2〕同上，第612～613頁。

部，又加上一篇序，說是幾年之中搜集起來的原書全稿。從此以後，這部百二十回的紅樓夢遂成了定本，而高鶚的續本也就「附驥尾以傳」了。(看我的紅樓夢考證、俞平伯紅樓夢辨上卷、1～162。)

程偉元的活字本有兩種。第一種我曾叫做「程甲本」，是乾隆五十六年（1791）排印，次年發行的。第二種我曾叫做「程乙本」，是乾隆五十七年改訂的本子。

程甲本，我的朋友馬幼漁教授藏有一部。此書最先出世，一出來就風行一時，故成爲一切後來刻本的祖本。南方的各種刻本，如道光壬辰的王刻本等，都是依據這個程甲本的。

但這個本子發行之後，高鶚就感覺不滿意，故不久就有改訂本出來。程乙本的「引言」說：

……因急欲公諸同好，故初印時不及細校，間有紕繆。今復聚集各原本，詳加校閱，改訂無訛。惟閱者諒之。

馬幼漁先生所藏的程甲本就是那「初印」本。現在印出的程乙本就是那「聚集各原本，詳加校閱，改訂無訛」的本子，可說是高鶚程偉元合刻的定本。

這個改本有許多改訂修正之處，勝於程甲本。但這個本子發行在後，程甲本已有人翻刻；初本的一些矛盾錯誤仍舊留在現行各本裏，雖經各家批注裏指出，終沒有人敢改正。〔註3〕

至於汪原放也寫了一篇校讀後記，說明這個底本的原貌及新、舊二本，在數量和質量上驚人的不同。在數量方面，他說：

我先來說數量方面。我用我的校讀的底稿做了一個改去的不同的字數的統計。這個數目當然不甚十分正確，但也「八九不離十」了。我們且看數目字：

（1）第一回至第十回……改去三一一四字。

（2）第十一回至第二十回……改去二二七四字。

（3）第二十一回至第三十回……改去二六四七字。

（4）第三十一回至第四十回……改去二四八三字。

（5）第四十一回至第五十回……改去一五〇六字。

〔註 3〕胡適，「重印乾隆壬子（1972）本紅樓夢序」（「紅樓夢考證」，臺北：遠東圖書公司，民國 50 年）第 1～2 頁。

（6）第五十一回至第六十回……改去一一一〇字。

（7）第六十一回至第七十回……改去一〇五一字。

（8）第七十一回至第八十回……改去一三五二字。

（9）第八十一回至第九十回……改去七三三字。

（10）第九十一回至第一百回……改去一三八五字。

（11）第一百〇一回至第一百十回……改去二七二九字。

（12）第一百一十回至第一百二十回……改去一一二二字。

總算起來，修改的字數竟有兩萬一千五百〇六字之多。（這還是指添進去和改的字，移動的字還不在內。）我們再把原來的本子裏（可說「程甲本」）被改去的字數和高鶚自己改自己的四十回的改去的字數試比一比：

曹雪芹的前八十回……改去一五五三七字

高鶚續作的後四十回……改去五九六七字

我們不能不承認高鶚修改曹雪芹的原本比修改他自己的續本多的多了。〔註4〕

質量方面則說：

現在來說質量方面：

單讀「程乙本」的，單讀其他的一種本子的，很不容易知道高鶚修改前八十回和訂正後四十回的本子到底是一個什麼樣子。我應該說一說。

我們這次把這部紅樓夢從頭至尾校讀了許多次，覺得有許多文言字眼，在這個本子裏都不用，都用白話，都用俗話，都用北京話。且先舉一些例子：

（1）用「要」不用「若」：

（舊本）若剃了頭，卻把這花戴在那裏？

（新本）要剃了頭，可把這花兒戴在那裏呢？

（2）用「給」不用「與」：

（舊本）周瑞家的忙起身，拿盒子與他，說送來。

（新本）周家的忙起身，拿匣子給他，道：「送花兒來了。」

〔註 4〕汪原放，「重印乾隆壬子（1792）本紅樓夢校讀後記」（「紅樓夢考證」）第 4～5 頁。

（3）用「爲什麼」不用「何」：

（舊本）何不你老人家明日就去走一遭，先試試風頭看？

（新本）爲什麼不你老人家明日就去走一遭，先試試風頭兒去？

（4）用「怎麼」不用「如何」：

（舊本）眾耗忙問：「如何得比他們巧呢？」

（新本）眾耗忙問：「怎麼得比他們巧呢？」

（5）用「的時候兒」不用「之時」：

（舊本）該用故典之時，他偏就忘了。

（新本）該用故典的時候兒，他偏就忘了。

（6）用「絹子」不用「手帕」：

（舊本）豐兒，替你李嬤嬤拿著拐棍子，擦眼淚的手帕子。

（新本）豐兒，替你李奶奶拿著拐棍子，擦眼淚的絹子。

（7）用「這麼著」不用「既如此」：

（舊本）既如此，就比林妹妹的多增些。

（新本）這麼著，就比林妹妹的多增些。

（8）用「嘴」不用「口」：

（舊本）大正月裏，少信口胡說。

（新本）大正月裏，少信著嘴胡說。

（9）用「這」不用「此」：

（舊本）襲人見此景況，不敢再說。

（新本）襲人見這景況，不敢再說。

（10）用「也」不用「亦」：

（舊本）就是點香，亦當點在常坐臥之處。

（新本）就是點香，也當點在常坐臥的地方。

還有許多地方，如用「不曾」不用「未」，用「還」不用「尚」，仔細審察，「程乙本」力避文言字眼實在是有意的主張。可惜當時修改的時候雖然照上面的方法改去的地方已經很多，但不曾遵守以上的原則盡力做去，還有許多疏漏的地方。〔註5〕

此外，並列舉前八十回中的第廿一、廿七、四一、七三、廿九、卅二、卅四

〔註 5〕同上，5～7 頁。

各回乙本訂正甲本的例子七條，後四十回中，第九三、一〇四、一一〇各回乙本訂正甲本的例子三條。

經過胡、汪二位先生的辨證及例舉異同後，程本前後二版的輪廓總算有了較為清楚的眉目，可惜他們之間的唱和，只算點到為止，從沒有想到後來會有超出他們所說的軌範之外。而程本排版時採用活字的特殊情形——其所印的部數不會太多；一旦解版，原貌隨即消失，不能再現，以致儘管胡、汪二位先生極力唱和，一般人對於程本的了解仍是限於幾個實例，缺少具體的認識。可惜汪原放僅顧慮到當時一般大眾的水準，增加標點分段，沒有採取保留原貌的照相製版，對於紅學的研究反而造成一種很大的損失。

也因如此，到了民國45年，程本的研究仍是停留在胡先生的考證階段，直到翌年，王珮璋女士發表「紅樓夢後四十回的作者問題」一文，其中註1說：

> 是不是可能這樣呢？後四十回是高鶚作的，「程甲本」是程高印的，不過「程乙本」是別人冒充程高修改牟利的，所以改得那麼壞。這可能性是不大的，因為——
>
> 1. 「程甲」「程乙」二本相隔不足三個月，當時高鶚還健在（以後還中進士，做御史）不容易有冒充活人的事。
>
> 2. 「乙本」前之「引言」確是整理過「紅樓夢」的人才能寫出的，如「書中前八十回抄本各家互異」，「是書沿傳既久，坊間繕本及諸家所藏秘稿繁簡歧出，前後錯見，即如六十七回此有彼無，題同文異，燕石莫辨」等等。
>
> 3. 都是蘇州萃文書屋印的，甲乙本每頁之行款、字數、版口等全同。且甲乙本每頁之文字儘管不同（據我統計，甲本全書一千五百七十一頁，到「乙本」裡文字上未改動的僅五十六頁——「乙本」因增字故，多四頁），而到頁終則又總是取齊成一個字，故甲乙本每頁起訖之字絕大多數相同（據我統計，一千五百七十一頁中，甲乙本起或訖之字不同者不過六十九頁），因之甲乙本分辨極難；甚至一百十九、一百二十回「程乙本」之活字就是「程甲本」之活字，第一百十九回第五頁甲乙本之文字、活字、版口全同，簡直就是一個版，如果說別人冒名頂替，甚不可能。〔註6〕

王女士曾經協助俞平伯先生整理「八十回校本」，並且親自校對過程甲、乙本，

〔註 6〕王珮璋，「紅樓夢後四十回的作者問題」，「論文集」第168頁。

所以這裡提出的問題較爲深入。這是胡、汪二位先生唱和以來，提出懷疑的先聲。但是，甲、乙二本間的優劣，也非這篇短文所能解決。固然，胡先生未曾仔細對校全書，儘憑自己的部分發現和容庚先生的質疑舉例，就輕信「引言」的事實，不免犯了以偏概全的缺失；然而，汪氏雖曾作過百廿回的校對工作，所利用的甲本系統是經胡思永先生在民國十年先據胡藏乙本校改的道光壬辰重排標點本，自然難以發現程本間的版式和異同特徵。何況老王賣瓜，當然不會過分揭發乙本的惡跡。至於王氏顯然受了整風清算的影響，對於胡先生的批評不免太過嚴苛，未曾考慮程本當時條件上的限制，因此所作的批評也就不夠平實，過分貶低乙本的價值，而且檢討刊刻地點的時候，大概受到周春「閱紅樓夢隨筆」的影響，把自來共許在北京刊刻地，移到蘇州，不但毫無根據，反而招徠多少紅學專家的誤入歧途，這點我們將另立一節加以討論。

雖然王氏懷疑「程乙本是別人冒充程、高修改牟利的，所以改得那麼壞」，卻爲自己提出的三點理由所否決。因此目錄學家或紅學家仍然維持舊說，如民國 46 年孫子書的註錄說：

> 高鶚增補一百二十回本紅樓夢
>
> 存　乾隆辛亥（五十六年）程偉元第一次活字印本。有程偉元序，高鶚序。圖像二十四頁，前圖後贊。正文半葉十行，行二十四字。坊刻百二十回本，多從此本出。乾隆壬子（五十七年）程偉元第二次活字印本。圖像行款同上本。百二十回後題云「萃文書屋藏板」。引言：初印時不及細校，間有紕繆，今復聚集各原本，詳加校閱，改訂無訛云云。　坊刻覆辛亥本。文美齋石印本。　亞東圖書館排印本。
>
> 高鶚字蘭墅，號紅樓外史，鑲黃旗漢軍人，官給事中。
>
> 以上二書八十回前存曹氏舊文，八十回以後增補。〔註 7〕

民國四十七年，「一粟」對於甲本所作的介紹也說：

> 乾隆五十六年辛亥（1791）萃文書屋活字本，一百二十回。封面題：「繡像紅樓夢」，扉頁題：「新鐫全部繡像紅樓夢，萃文書屋」，回首及中縫均題「紅樓夢」。首程偉元序、高鶚序、次繡像共石頭、寶玉、

〔註 7〕孫楷第，「中國通俗小說書目」（臺北：鳳凰出版社，民國 63 年 10 月）卷四，第 121 頁。

賈氏宗祠、史太君、賈政王夫人、元春、迎春、探春、惜春、李紈賈蘭附、王熙鳳、巧姐、秦氏、薛寶釵、林黛玉、史湘雲、妙玉、薛寶琴、李紋李綺邢岫烟、尤三姐、香菱襲人、晴雯、女樂、僧道二十四頁，前圖後贊，次目錄。正文每面十行，行二十四字。

並且附錄程序、高序，及百廿回的回目。在程乙本則說：

乾隆五十七年壬子（1792）萃文書屋活字本，一百二十回。首高鶚序，次程偉元、高鶚引言，正文每面十行，行二十四字。

並加附了一篇小泉蘭墅聯名的「引言」：

引言：「一、是書前八十回，藏書家抄錄傳閱幾三十年矣，今得後四十回合完璧。緣友人借抄，爭覩者甚夥，抄錄固難，刊板亦需時日，姑集活字印刷。因急欲公諸同好，故初印時不及細校，間有紕繆。今復聚集各原本詳加校閱，改訂無訛，惟識者諒之。一、書中前八十回抄本，各家互異；今廣集核勘，准情酌理，補遺訂訛。其間或有增損數字處，意在便於披閱，非敢爭勝前人也。一、是書沿傳既久，坊間繕本及諸家所藏秘稿，繁簡歧出，前後錯見。即如六十七回，此有彼無，題同文異，燕石莫辨。茲惟擇其情理較協者，取爲定本。一、書中後四十回係就歷年所得，集腋成裘，更無他本可考。惟按其前後關照者，略爲修輯，使其有應接而無矛盾。至其原文，未敢臆改，俟再得善本，更爲釐定，且不欲盡掩其本來面目也。一、是書詞意新雅，久爲名公鉅卿賞鑒，但創始刷印，卷帙較多，工力浩繁，故未加評點。其中用筆吞吐，虛實掩映之妙，識者當自得之。一、向來奇書小說，題序署名，多出名家。是書開卷略誌數語，非云弁首，實因殘缺有年，一旦顛末畢具，大快人心，欣然提名，聊以記成書之幸。一、是書刷印，原爲同好傳玩起見，後因坊間再四乞兑，爰公議定値，以備工料之費，非謂奇貨可居也。壬子花朝後一日小泉、蘭墅又識。」

也將甲乙本回目的異同略作如下的比較：

第七回回目、回首作「送宮花賈璉戲熙鳳，晏寧府寶玉會秦鍾」；第十四回回首作「林如海靈返蘇州郡，賈寶玉路謁北靜王」；第五十二回回首作「俏平兒情掩蝦鬚鐲，勇晴雯病補孔雀裘」；第六十八回回首作「尤苦娘賺入大觀園，酸鳳姐大閙寧國府」；第八十九回回首作

「人亡物在公子塡詞，蛇影盃弓顰卿絕粒」；第九十九回回首作「守官箴惡奴同破例，閱邸報老舅自擔驚」；第一百一回回首作「大觀園月夜警幽魂，散花寺神籤驚異兆」；第一百五回回首作「錦衣軍查抄寧國府，驄馬使彈劾平安州」；第一百十二回回首作「活冤孽妙姑遭大劫，死讎仇趙妾赴冥曹」；第一百十四回回首作「王熙鳳歷幻返金陵，甄應嘉蒙恩還玉闕」；第一百二十回回首作「甄士隱詳說太虛情，賈雨村歸結紅樓夢」；餘同程甲。〔註 8〕

於是胡先生在甲戌本的跋語裡更確定的說：

乾隆五十六年辛亥（1791）北京萃文屋木活字排印的「新鐫全部繡像紅樓夢」。這是程偉元、高鶚第一次排印的一百二十回本。我叫他做「程甲本」。程甲本的前八十回是依據一部或幾部有脂硯齋評註的底本，後四十回是高鶚續作的。此本是後來南方各種雕刻本、鉛印本、石印本的祖本。

乾隆五十七年壬子（1972）北京萃文書屋木活字排印的「新鐫全部繡像紅樓夢」。這是程偉元、高鶚第二次排印「詳加校閱，改訂無訛」的一百二十回本。我叫他做「程乙本」。因爲「程甲本」一到南方就有人雕板翻刻了，這個校閱改訂過的「程乙本」去標點排印了一部。這部亞東排版的「程乙本」是近年一些新版的紅樓夢的祖本，例如台北遠東圖書公司的排印本，香港友聯出版的排印本，台北啓明書局的影印本，都是從亞東的「程乙本」出來的。〔註 9〕

所以，程本僅有辛亥、壬子前後二次的木活字排版成爲大家主張的公論。

二、程甲、程乙、程丙三版說

由於程本流傳不廣，甲本又爲大量的刻本所取代，乙本除亞東本系統外，並無傳承的後裔，因此海內外目前雖然存有幾部全本或殘本，卻分散於各圖書館或藏書家手中，而且一旦被冠上「珍本」、「孤本」的身份，隨即嚴鎖鐵函，失去自由之身，不便利用，以致一般研究者能夠利用的，僅是後來的倣刻及覆排的本子，可是這些後期本子間的異文，又因時常夾雜後人的手筆，所以大家仍然深具戒心，不敢大量引用，縱使援引，也不容易發現程本間的

〔註 8〕以上並見一粟，「書錄」，第 15～27 頁。
〔註 9〕胡適，「跋乾隆甲戌脂硯齋重評石頭記影印本」第 3 頁。

特殊情況。

民國五十年，青石山莊影印「古本小說叢書」，其中包含了一部程刻本，主持人是號稱「胡天獵叟」的韓鏡塘先生。在付印其收藏的程本之前，曾請適之先生鑑訂，且將鑑定的結果刊載於該書首冊的卷頭作爲序文，今引列如下：

> 胡天獵先生影印的這部百廿回紅樓夢，確是乾隆五十七年壬子（1792）程偉元「詳加校閱改訂」的第二次木活字排印本，即是我所謂「程乙本」。證據很多，我只舉一點。「程甲本」第二回說賈政的王夫人「第二胎生了一位小姐，生在大年初一，就奇了。不想次年又生了一位公子，說來更奇，一落胞胎，嘴裏便啣下一塊五彩晶瑩的玉來。」後來南北雕刻本都是從「程甲本」出來的，故這一段的文字都與「程甲本」相同。我的「甲戌本」脂硯齋重評本此段文字與「程甲本」相同，可見雪芹原稿本是這樣的。但紅樓夢第十八回賈妃省親一段裏明說寶玉「三四歲時，已得賈妃口傳授，教了幾本書，識了幾千字在腹中，雖爲姊弟，有如母子。」這樣一位長姊，何止大他一歲？所以改訂的「程乙本」此句就成了「不想隔了十幾年，又生了一位公子」。胡天獵先生此本正作「隔了十幾年」可證此本確是「程乙本」。
>
> 「程甲本」沒有「引言」。此本有「引言」七條，尾題「壬子花朝後一日小泉蘭墅又識」。小泉是程偉元，蘭墅是續作後四十回的高鶚。「引言」說明「初印時不及細校，間有紕繆，今復聚集各原本，詳加校閱，改訂無訛」這也是「程乙本」獨有的標記。
>
> 民國 16 年，上海亞東圖書館用我的一部「程乙本」做底本，出了一部紅樓夢的重排印本，這是「程乙本」第一次的重排本。民國 48 年臺北遠東圖書公司出版的紅樓夢，就是用亞東圖書館的本子排印的。民國 49 年香港友聯出版社出版的趙聰先生校點的紅樓夢，也是用亞東本作底本的。據趙聰先生的「重印紅樓夢序」說，上海「作家出版社」曾在 1953 及 1957 年出了兩個紅樓夢排印本，也都是用「程乙本」做底本的，可能都是用亞東本重排的。
>
> 這就是說，「程乙本」在最近三十四年裏，至少已有了五個重排印本了。可是「程乙本」本身，只有極少的幾個人曾經見到。趙聰先生

說：「程乙本的原排本，現在差不多已成了世間的孤本，事實上我們已不可能見到。」

胡天獵先生收藏舊小說很多，可惜他止帶了很少的一部分出來，其中居然有這一部原用木活字排印的「程乙本」紅樓夢！現在他把這部「程乙本」影印流行，使世人可以看看一百七十年前程偉元高鶚「詳加校閱改訂」的紅樓夢是個什麼樣子。這是紅樓夢版史上一件很值得歡迎贊助的大好事，所以我很高興的寫這篇短序來歡迎這個影印本。

因為胡天獵叟藏本的出版，紅學家對於程本的研究，增加不少的信心和方便，可是比照歷年來關於程甲、程乙之間研討的異文，卻又不盡相同，引起針對過去成說的重新檢討，以致爆發了程、高擺印了甲、乙、丙三種版本的新說法，今分述於左：

（一）胡適之先生

最早修正程本有二版印刷說法的應該屬於胡先生，因為這個本子一經印出，即有一位喜愛搜集紅樓夢版本的「作明」先生寫了一封「清晨四時三十分」的信給胡先生，說明其對胡天獵叟影本的確是程乙本的深信不疑，然而又有一些文字和程甲程乙未必相同，這點疑難無法解釋。然而胡先生認為判斷青石山莊影印的紅樓夢是否乙本的最重要證據還是在於卷首的七條引言，特別是其中第一條說的「因急欲公諸同好，故初印時，不及細校，間有紕繆，今復聚集各原本，詳加校閱，改訂無訛」。而且對「作明」先生無法解釋的疑難說：

你指出的一些不同的地方大概都是可以解釋的。

「版幅的大小」，我頗疑心汪原放君的記錄頗不正確。他把公分認作「米突」，就是大錯了的。他所謂「本子的大小」也是不清楚的說法。韓鏡塘先生（青石山莊主人）是在工專教工程的，他的記錄可信。（汪君記的「十三・五」必有錯誤。）「裝訂」廿冊或廿四冊，是隨人意趣與方便的。廿四冊大概分裝四套。廿冊則有時裝兩套。

程偉元序，青石山莊本所據底本顯然有殘破之處，有鈔補之處，第一葉全葉是鈔補的。

但此序文字確有前後不同的三種文字。如首句即有三本：

程甲本「紅樓夢小說本名石頭記」。（見一粟編的紅樓夢書錄頁）

程甲、乙本「石頭記是此書原名」。(我所見本)

程乙本「紅樓夢是此書原名」。(韓君所藏本)

「目錄」,你引的例子第四回程甲、乙本皆作「判斷」,第十八回程甲本作「呈才藻」(見書錄),「乙本」最初是作「呈才藻」的,韓君所藏「程乙本」則改作「獻詞華」,此是因為上句「省父母」末字仄聲,故下聯末句改平聲。

看此幾項文字上的異文,可知「程乙本」在乾隆壬子「詳加校閱」之後,還經過一些小小的文字修改。〔註 10〕

胡先生曾經見過青石山莊影印的底本,可是對於作明先生提出的疑難並不從版本的事實去解決問題,僅依推斷,即作大膽的假設,而乏小心的求證,終於走上了歧途。如果了解木活字的特性,在全書刷印完畢,一旦解版,縱使依照原版再次重排,絕對很難作到文字、版面、字模等條件的一致。何況依照胡先生「但此序文字確有前後不同的三種文字。如首句即有三本未能將問題的眞相事實說明,以致造成三印說的濫觴。

(二)張愛玲女士

自稱對紅樓夢入魔的張愛玲女士,其在研究的過程中也看到胡天獵叟的問題,因此撰文時曾說:

這裏需要加解釋,壬子木活字本是胡天獵藏書,民國 37 年攜來台灣,由胡適先生鑒為程乙本,影印百部。胡適先生序上說:「民國十六年,上海亞東圖書館用我的一部「程乙本」做底本,出了一部紅樓夢的重排印本……可是……「程乙本的原排本,現在差不多已成了世間的孤本,事實上我們已不可能見到。」……胡天獵先生……居然有這一部原用木活字排印的「程乙本紅樓夢」!

壬子木活字本我看了影印本,與今乙本——即胡適先生藏本——不盡相同。即如今乙本汪原放序中舉出的,甲乙本不同的十個單句,第十句木活字本未改,同甲本;大段改的,前八十回七個例子,第二項未改,同甲本,其餘都改了,同今乙本;後四十回的三個例子則都未改,同甲本。

餘如第九十五回「金玉的舊話」,第九十八回「金玉姻緣」,木活字

〔註 10〕 胡適,「紅樓問題最後一信」,「作品」第三卷第四期,(臺北:民國 51 年 4 月)。

本都作「金石」；今乙本作「金玉」；光緒年間的甲本（「金玉緣」）則改了一半，第九十五回作「金玉」，第九十八回作「金石」。——「金玉姻緣」、「木石姻緣」是「夢兆絳芸軒」一回寶玉夢中喊罵的。此處用「金石」二字原不妥，所以後來的本子改去。

此外尚有異文，詳下。我也是完全無意中發現的。胡適先生晚年當然不會又去把紅樓夢從頭至尾看一遍，只去找乙本的特徵，如序中所說。

萃文書屋印的這部壬子木活字本不僅是原刻本，在內容上也是高鶚重訂的唯一眞乙本。現在流行的乙本簡稱今乙本，其實年份也早，大概距乙本不遠，說見下。〔註11〕

又說：

高氏在乙本出版後還活了二十三年，但是如果又第三次修訂紅樓夢，不會完全沒有記載。今乙本一定與他無關。但是根據吳世昌，今乙本是高氏較早的改本，流傳在外，怎見得不是別人在乙本出版後滲合擅印的？

又說：

汪原放記胡適先生所藏乙本的本子大小，——米突想係「仙提米突」誤——分訂冊數，都與原刻乙本不同。但是初版今乙本一定與甲乙本完全相同，頁數也應與乙本相同，比甲本多四頁，始能冒充。乙本幾乎失傳，想必沒有銷路，初版即絕版，所以書坊中人秘密加工，改成今乙本。目的如爲牟利，私自多印多銷甲本，不是一樣的嗎？還省下一筆排工。鑒於當時對此書興趣之高與普遍，似乎也是一片熱心「整理」紅樓夢。

剩下唯一的一個謎，是萃文書屋怎麼敢冒名擅改。前文企圖證明今乙本出版距乙本不遠，高鶚此後中進士，入內閣，這二十多年內難道沒有發覺這件事？

汪原放、趙岡、王珮璋三人舉出的甲本與乙本不同處，共有二十七個例子，內中二十一個在前八十回。前八十回大都是乙本改的，後四十回全都是今乙本改的。今乙本改前八十回，只有兩個例子。照一般抽查測驗法，這比例如果相當正確的話，今乙本改的大都在後

〔註11〕張愛玲，「紅樓夢未完」，「紅樓夢魘」第32～33頁。

四十回。

萃文書屋的護身符，也許就是後四十回特有的障眼法，使人視而不見，沒有印象。高鶚重訂紅樓夢後，不見得又去重讀一部後出的乙本，更不會細看後四十回。也不會有朋友發現了告訴他。後四十回誰都有點看不進去，不過看個大概。〔註 12〕

張女士雖然謙稱無意間發現胡天獵叟藏本和胡適藏本間的異同，並且根據事實，認爲前者是眞正的「程乙本」，而胡適早年的藏本是「今乙本」，襲用原「程乙本」的引言，二者相距的時間，至少再過三個月以後。這種版本印刷次數的說法恰和胡先生對於作明先生的解釋不謀而合，甚至說得更爲肯定眞切，舉證方面也較胡先生的序文充實。

（三）趙岡先生

提出程本是三次不同時空的印刷，最積極、影響最大，又堅持至今未變的，莫過於趙岡先生。他說：

胡先生鑑定此本時，只比較了第二回「次年又生了一位公子」一處。其實此本與胡適當年所藏的程乙本頗不一樣。汪原放在校讀後記中所舉的許多條程乙本改動之處，此影印本卻絕大多數原封未改。粗略對校，可以發現，（一）此影印本只改動了前十幾回若干處。（二）改動了幾個回目中的字。（三）後四十回幾乎全部未改。現舉幾個明顯的例子說明一下：

（1）第九十二回的巧姐慕賢良，賈政參聚散，此影印本全同程甲本。

（2）第九十三回，甄家來函，在程甲本中是未署名，只寫「不宣」兩字。程乙本則改成「年家眷弟甄應嘉頓首」。此影印本也作「不宣」。

（3）第九十三回末程甲本有「賈芹想了一想，忽然想起一個人來。未知是誰。下回分解」。到程乙本中此處已改成「賈芹想了一想，並無不對之人」。此影印本未改。

（4）第九十七回程甲本有「還有坐床撒帳等事，俱是按金陵舊例」及「那新人坐了床」。程乙本則改爲「還有

〔註 12〕同前，散見第 57，59～60 頁。

坐帳等事，俱是按本府舊例」及「那新人坐了帳」。

此影印本也未改。

更容易比較的是這三個本子回目的異文：

（1）第七回：寧國府寶玉會秦鐘（程甲）

晏寧府寶玉會秦鐘（程乙、胡天獵本）

（2）第十四回：林如海捐館揚州城（程甲）

林如海靈返蘇州郡（程乙，胡天獵本）

（3）第五十二回：勇晴雯病補雀毛裘（程甲，胡天獵本）

勇晴雯病補孔雀裘（程乙）

（4）第六十八回：苦尤娘賺入大觀園（程甲、胡天獵本）

尤苦娘賺入大觀園（程乙）

（5）第八十九回：蛇影盃弓顰卿絕粧（程甲）

蛇影盃弓顰卿絕粒（程乙，胡天獵本）

（6）第百零一回：大觀園月夜感幽魂（程甲）

大觀園月夜警幽魂（程乙，胡天獵本）

（7）第百零五回：驥馬使彈劾平安州（程甲）

驄馬使彈劾平安州（程乙，胡天獵本）

（8）第百十二回：活冤孽妙尼遭大劫（程甲）

活冤孽妙姑遭大劫（程乙，胡天獵本）

胡天獵本的回目異文，有時從程甲，有時又從程乙。根據上面這些異文之對照比較，很明顯可以看出，這是三個不同的排印本。這三個本子之中，程甲本大概是沒有什麼眞僞問題。那麼就只有下面三種可能的情形。

（1）程高只排印過兩次，胡適當年手中的程乙本靠不住，

而胡天獵本是眞的程高再版紅樓夢。

（2）程高只排印過兩次，而胡天獵本是冒充的。

（3）程高前後排印過三次，三個本子都是眞的。

對於這三種可能性，我們應該逐一考慮，看看最後那一個能夠成立。王珮璋對胡適當年的程乙本做過較詳盡的研究。她當初也曾提出「程乙本是否別人冒充出版」這一問題。研究的結果，她認爲這個可能性不大。理由如下【註譯 1】：

（1）當高鶚尚健在時，別人冒充是不容易的事。

（2）程甲、程乙兩本都是蘇州萃文書屋印的，兩本每頁之行款、字數、版口等全同。兩本每頁文字盡管有出入，而到頁終則又總是取齊成一個字，故兩本每頁起訖之字絕大多數相同，甚至第一百十九、一百廿兩回程乙本之活字就是程甲本之活字。

王珮璋所舉之證據相當強有力。這兩個本子只能是同一書局的前後兩次刊印的。胡適之先生當年的程乙本不是一個假冒的刊本。

現在再來研究第二個可能的推論——胡天獵本是不是別人冒名刊印的？此本也不是假冒。全書最後一頁下角有「萃文書屋藏板」六字。高鶚的序言前也有「月小山房」陽文印鑑，不過最有力的證據是此本的綉像。程甲本及程乙本都有廿四幅綉像，此本也有廿四幅。阿英曾從程乙本中選出了十八幅刊印於其所編「紅樓夢版畫集」。與此影印本比照之下，除了一幅綉像以外，十七幅的雕版在兩本中完全一樣。其中每一個點每一個線條都完全符合，翻版刻印無論如何是無法達到這樣百分之百吻合的程度。很明顯的，兩本是同一出版者用同一套綉像雕版印出的。不同的一幅綉像是元春像。其實即使是這幅初看也看不出兩本之差異。只有仔細查看才能發現影本上此幅圖中的柱子上刻滿了花紋，而程乙本此圖的柱子無花紋。很明顯，此圖換過了版，不過仍是按原圖重新雕的版。換版的原因很容易找出。影印本此圖下端很多殘缺之處。想來是元春綉像之原來雕版發生破損，重刊時不得不換版。這一點線索表示胡天獵本藏早於程乙本。胡天獵藏本當初印好後，發現此綉像雕版有了破損，不堪再用，於是刊印下一版時此圖換了版。

此影印本的第一篇程偉元序也有特異之處。大家都知道程甲本及程乙本上都有高鶚及程偉元之序，高鶚的序後說「鐵嶺高鶚敘并書」，當然此序是高鶚親筆寫就，然後雕版印出。其實，細審之下不難看出，就是程偉元及後面廿四幅綉像之圖讚，凡是用行書寫的都出於高鶚一人之手。前後筆跡一致。但胡天獵藏本的程偉元序後兩頁是高鶚筆跡，而頭兩頁及第三頁最後一行半則出於另一人之手，書法低劣不堪。顯然這兩頁也是換過了版，換版的原因想來也是因爲原版破損，另外找人寫了這兩頁字，雕成新版。除此以外，程甲本、胡天獵藏本、及程乙本的程偉元序中第一句話，彼此不同，現分列如下：

程甲本做「紅樓夢小說本名石頭記」。

胡天獵藏本作「紅樓夢是此書原名」。

程乙本作「石頭記是此原書名」。

從這三個文字，也可以看出胡天獵藏本是在程甲本及程乙本之間。重雕新版時書寫之人誤把此句寫錯。想來程乙本此處一定是再度換了版，就著「紅樓夢」三字改成「石頭記」三字。這項推論的道理也很簡單。「紅樓夢小說本名石頭記」與「石頭記是此書原名」，兩句文字雖然不同，但意義完全一樣，絕無爲此而換版的道理。

這樣一來，我們只剩下第三種可能了。那就是程偉元、高鶚前後一共印了三版紅樓夢，而這三個本子都是眞的。而且，從（一）胡天獵藏本文字接近程甲本，（二）元春綉像換版情形，（三）程偉元序文的換版情形，我們斷言胡天獵藏本在其他兩本之間。

既然事實證明程高曾兩度改版，前後共發行了三個不同的排印本，而且這三個本子今天也都找到了，我們就要作一番正名的工作。胡適的程甲本，程乙本分法已不適用，我們當然可以用程 A、程 B、程 C 來指明三個版本，但又嫌太洋化。用干支定名也有困難。程甲本是乾隆辛亥本，胡天獵藏本是壬子年刊行大致都可確定，胡適當年所藏的那本是第二次改版的本子，可能也在壬子年出版，也可能晚於此年，但無法確定。高鶚「月小山房遺稿」中的「重訂紅樓夢小說既竣題」之詩既無署年，詩內容又是一些空洞的感慨，未曾提供絲毫線索。從其前後詩判斷，此詩成於辛亥（1791）年及丙辰（1796）年之間。所以無法以干支爲其定名。我們建議沿用甲乙丙來定名，按各本出版前後加以分派，這樣我們就有三種程高排印本：

（1）程甲本，刊於乾隆辛亥，爲後來百數十年坊間各種排印本的祖本。

（2）程乙本，刊於乾隆壬子，胡天獵藏，1961 年在臺北影印，尚無重排本問世。

（3）程丙本，刊於乾隆壬子年或以後，胡適原藏，1927 年亞東圖書館鉛印本，香港友聯出版社趙聰校點本，上

海作家出版社，及人民文學出版社的排印本都是以此本爲底本。〔註 13〕

【註 1】王珮璋：「紅樓夢」後四十回的作者問題，載紅樓夢研究論文集。

這裡趙先生批評胡先生「只比較了第二回」的文字，誠非平心之論，因爲從青石山莊的序文裏說：「證據很多，我只舉一點。」顯然胡先生查考的不止一處，只是爲人寫序，並非考證長文，僅舉較爲特出的例子而已。而趙先生所列張女士前文曾經提示全同程甲不同程乙的幾個例子，如：

（一）第九十二回的「巧姐慕賢良」、「賈政參聚散」。

（二）第九十三回甄家來函的署名。

（三）第九十三回回末結語。

（四）第九十七回釵、玉合婚的坐床舊例。

及在比較回目的異文後，舉出第七、十四、五二〔註 14〕、八九、百零一、百零五、百十二回等，青石山莊影印的「壬子」本同於胡藏乙本，第六八、八九〔註 15〕同於程甲。因此根據以上舉例的異文和元春繡像的換版、程偉元序文的不同，凡三種證據的支持下，再經過自己的三道假設及求證，得出這三個本子都是眞正的程、高排本，胡天獵藏本恰好介於甲、乙之間，纔是眞乙本，胡氏收藏過的程乙本應該修正爲程丙本。

三、趙岡先生和潘師石禪對於三版說的往返爭論

因爲程本已由二度轉變到三度不同時空的印刷，使主張二版印刷的說法

〔註 13〕趙岡，「新編」，第 248～252 頁。

〔註 14〕趙岡、陳鍾毅先生合著「新探」第 276 頁、「新編」第 249 頁，並將「胡天獵叟本」第五二回回目擺在「程甲本」下，作「雀毛裘」。今考查「書錄」所載甲本總目、分目並同，可是乙本的分目作「孔雀裘」，餘同甲本。「胡天獵叟本」的總目、回首分目完全同於乙本，證之廣文書局「程乙本」、「閣本」、「王本」、「亞東本」也不衝突，可見趙先生列舉錯誤。

〔註 15〕「新探」第 277 頁、「新編」第 249 頁，並將「胡天獵叟本」隸屬程乙本下，作「絕」。今查「書錄」記載的甲本總目作「絕粧」，回首分目作「絕粒」；乙本總目、分目並作「絕粒」。證之諸本並作「粒」，則總目作「粧」字是甲本的一個特殊的誤字，乙本是採用入木的方式挖改，後期的刻本也已改正。今趙先生所言回目不詳是指總目還是分回回目，如屬分回回目則所有程本及倣刻本並作「粒」；如說總目則爲雕版，僅用入木方式挖改，都不能算是再版。

漸趨式微，連胡先生也沒有廓清異說的明確說法，那裡有人再敢護持舊說？尤其不了解程、高當時刻書的背景及木活字的特性，則必爲新說所風靡，因此本師婺源潘先生石禪對於三版說曾經有過如下的批評：

> ……趙岡先生曾在明報第四十三期，發表「程高排印本紅樓夢的版本問題」，他假定如果胡天獵叟影本不是僞本（胡天獵叟底本之封面已脱落，高鶚序文第一葉也是他抄補的。不過，第一百二十回末有「萃文書屋藏板」字樣，應該不是僞本。）則有三種程高排印本：（一）程甲本，（二）程乙本，刊於乾隆壬子，胡天獵叟藏，（三）程丙本，刊於乾隆壬子或以後，胡適原藏。我知道伊藤漱平先生曾將所藏三個本子對校，影印本有七十五回同於程乙，有四十五回同於程甲，恐怕是一個混合本。大概程刻每次印刷不多，或隨刻隨改，倘再有程本發現，仍舊會文字不同，又將變成程丁程戊本也未可知。〔註16〕

這是潘師在民國58年，親訪伊藤漱平教授，看過伊藤教授收藏的程甲本和倉石武四郎教授的程乙本，並根據翌年伊藤教授調查青石山莊影印本的甲、乙對照表後，針對「三印說」的評論。

另一方面，由於「乾隆抄本百廿回紅樓夢稿」的刊印，引起紅學專家的競相研究，因此趙岡先生在「新探」一書裏，即對潘師「讀『乾隆百廿回紅樓夢稿』、「續談新刊『乾隆抄本百廿回紅樓夢稿』」諸篇，一貫主張全抄本是程、高版的過渡稿本，提出了如下的質疑：

> ……潘先生認爲後四十回的正文是在高鶚以前已經有了，高鶚不過是得到此稿本而加工整理。這樣說法，有一個極大的困難。假設高鶚眞是得到了一個別人留下的後四十回稿本，一如此抄本後四十回正文那樣，他然後又進行加工整理。可是另一方面，我們已經知道高鶚前後有三次刻印本，即程甲本、程乙本、程丙本。在這種情形之下，按理說，高鶚是要在這個得來的稿本上加工整理，變成程甲本的付刻底本。然後再根據程甲本進一步加工，而變成程乙本的付刻底本。最後他再根據程乙本加以修改，而變成程丙本的付刻底本。這是正常的步驟。然而根據潘先生的說法，高鶚似乎是從最初一個殘稿本，忽然就跳到了程丙本的付刻底本，程甲本和程乙本兩道工

〔註16〕潘師石禪，「今日紅學」，「新辨」第211頁。

序都被越過了。這點十分不合理。〔註 17〕

關於全抄本的性質，我們在中篇裏已經討論過了，證明其爲程、高付排甲乙本前，一個近於乙本的稿本。但是不管這部稿本的性質如何，尚待求證的「三印說」卻被拿來作爲反駁的證據是否適當，頗有商榷的餘地。如果趙先生的假設違悖事實的眞相，那麼他的反駁就顯得軟弱無力。尤其趙先生「隨刻隨改」的意見，更將伊藤教授校對的結果置於一旁，當然遭到潘師如下的反擊：

從這一抄本過渡到高程刻本，趙先生說：「根據潘先生的說法，高鶚似乎是從最初一個殘稿本，忽然就跳到了程丙本的付刻底本，程甲本和程乙本兩道工序都被越過了。這點十分不合理。」在此，首先要澄清一個問題，就是程高排印紅樓夢，第一次在乾隆五十六年辛亥，第二次在乾隆五十七年壬子，這就是所謂「程甲本」、「程乙本」，這二次的印本，都有程高的敘言，經過說得很明白，時間記得很清楚。至於程丙本的說法，祇是趙先生個人的假想。趙先生看見了亞東書局重排的胡適之所藏的程乙本，前幾年又看見了臺北胡天獵叟影印的程乙本，因爲二本文字少有異同，於是趙先生斷言程偉元、高鶚前後共印了三版紅樓夢。其實由於程高是用活字排印紅樓夢，每次印刷不多，可能隨印隨改。所以流傳下來的程乙本，很難整齊劃一。我在日本曾見到伊藤漱平教授所藏程甲本，他從倉石武四郎教授借得程乙本，又購得胡天獵叟影印的程乙本，他將三個本子對校，影印本有七十五回同於程乙，有四十五回同於程甲（伊藤漱平教授與潘重規書）。恐怕是一個混合本。假使不根據程高排印明確的敘言，而僅根據發現的程乙本，每一本的文字有出入異同，便認爲是發行了一個不同的排印本，那就會變成程丁本程戊本也未可知。趙先生說（頁 280）：「既然事實證明程高曾兩度改版，前後共發行了三個不同的排印本，而且這三個本子今天也都被找到了。」其實，今天存在的程乙本豈止胡適和胡天獵叟的兩個本子，每一個本子文字都不盡同，可見趙先生的說法是與事實不符的。因此，趙先生所說，「高鶚似乎是從最初一個殘稿本，忽然就跳到了程丙本的付刻底本，程甲本和程乙本兩道工序都被越過了，」這番話自然是不能成立的。趙先生又說：「我們已經知道高鶚前後有三次刻印本，即程甲

〔註 17〕趙岡，「紅樓夢稿與高鶚之關係」，「新編」第 281 頁。

本、程乙本、程丙本。在這種情形之下，按理說，高鶚是要在這個得來的稿本上加工整理，變成的付刻底本。然後再根據程甲本進一步加工，而變成程乙本的付刻底本。最後他再根據程乙本加以修改，而變成程丙本的付刻底本。這是正常的步驟。」其實，據紅樓夢引言所說，初印時不及細校，可見程甲本祇是依據一個抄本，姑集活字印刷，因急欲公諸同好，故初印時，不及細校。而程乙本付印時，則是聚集各原本，詳加校閱，改訂無訛。〔註 18〕

根據以上的爭論，程、高本已經捲入全抄本一書性質的漩渦中，因使問題益形複雜。可是對於程、高本的印刷情形，顯然潘師採取較為謹慎的態度，用「混合本」、「隨校隨改」二種方法，解釋程本間的異同。另以程、高的「序」（參見書影第四十九）文和「引言」（參見書影第五十）的有無，作為程本刊印的判別標準。這種判斷的方法和趙先生以數本間文字的小有不同即為刊印次數的分別標準，存有很大的距離。

可是潘師這種說法發表後，趙先生致函潘師說：

（9）潘先生在大文第十七頁下半段，說「程丙本的說法，祇是趙先生個人的假想」，但是又承認胡天獵本與胡適原藏程乙本文字不盡相同，原因是「每次印刷不多，或隨印隨改」。這與我所說的「再版」，沒有太大的區別。隨印隨改就是再版。潘先生又說胡天獵本是程甲程乙之間的「混合本」。我說它是兩者之間的過渡版。我實在看不出我的假想與潘先生的假想有什麼本質上的區別。潘先生又說（十七頁下段倒數五行）：

其實，今天存在的程乙本豈止胡適和胡天獵叟的兩個本子，每一個本子文字都不盡同，可見趙先生的說法是與事實不符的。

我說我們現在已知道有三個程高版本，潘先生說不止三個版本，我的說法自然與事實不符。我對這點很感興趣。可惜以前未見潘先生報導此事大文。可否請您將該篇大文賜寄一份？我很想知道這些版本是何時發現的？現存何處？與已知的胡適藏本，胡天獵本在文字上及回目上有何出入？並且希望「研究專刊」今天能多報導這一類發現紅學新資料的消息。

〔註 18〕潘師石禪，「讀『紅樓夢新探』」，「新辨」第 148～149 頁。

（10）潘先生的理論，遭遇兩點困難。而兩點困難又彼此有對抗性。如果設法彌補一點，結果會使另外一點的矛盾擴大。第一點是高鶚爲什麼越過程甲及程乙兩道工序，而直接就由得來的殘稿本跳到程丙本。第二點困難是爲什麼這些版本的版口又都一致。看來潘先生目前是致力於彌補第一點。潘先生第一步要推翻我認爲程高一共發行三版的說法。但是潘先生又發現了新資料證明程高發行了不止三版，彼此文字都有出入。這種關係似乎很亂。我猜想（只是猜想）潘先生眞正想要說明的是：雖然程偉元的書店刊印了三五次不同版子，但高鶚的改稿工作卻只有兩次。以後各次「隨改隨印」的「混合本」，都是書局裏人自己改的，與高鶚無關。這樣從高鶚這方面來看，則只剩下程甲及程乙兩種改稿本，其他書局人自動改的，不妨稱爲程乙 A，程乙 B，程乙 C……。第二步，潘先生又設法證明程甲本及程乙本兩者也是獨立的，不算是前後相連接的兩道工序。這樣自然無所謂「越過」不「越過」了。其實這就是「新探」一書中所提到的雙軌獨立改稿論。潘先生大文第十八頁中說：

> 「其實，據紅樓夢引言所說，初印時不及細校，可是程甲本祇是依據一個抄本，姑集活字刷印，因急於公諸同好，故初印時，不及細校。而程乙本付印時，則是聚集各原本，詳加校閱，改訂無訛。因此，高鶚整理此書時，廣集各家原稿，勒成定本，他必然命抄手集合舊稿本重抄，抄手不止一人，所以字體筆跡有差異。我們試看紅樓夢稿中拼湊的痕跡……他用各家原稿，拼合改訂成爲定本，自然不使用程甲本作改訂的底本。所以趙先生所說程甲本和程乙本兩道工序都被越過的話，也是靠不住的。」

這段中有三點値得注意。潘先生兩度說「勒定成本」及「成爲定本」，可見潘先生的的確確是以此稿本爲「定本」，絕非我們誤解。第二，時間夠不夠這個老問題又發生了。程甲本的序言和程乙本的序言相距只有七十幾天，時間上似乎有矛盾。當然這也不算致命傷，尚有解釋的餘地。「聚集各原本，詳加校閱，命抄手集合各原稿重抄一遍」，然後修改文字，然後排字付印總得要相當時間。也許高鶚在開始此項工作後若干時日，「因急於公諸同好」，要提前先出一版。於是他在諸抄本中挑出一本，「依據一個抄本」，不加「細校」，先印了再說。換言之，程乙本是立意在先，但因工程浩大，出版反而落後。程甲本立意在後，但出版在先。第三，潘先生要打斷程甲程乙兩本之間的工序關係，強調程乙本不是用程甲本作改訂底本。兩者全然獨立。程甲本依據單一抄本，程乙本是匯合許多抄本拼湊而成。程甲本是粗校，程乙本是經過「詳加校閱」的。這樣兩部完全獨立的文稿，印成書後，居然在一千五百七十一頁中，有一千五百零二頁，兩本的版口完全相同，這是毫無可能的。這一個問題就變成了雙軌論的致命傷。潘先生爲了強調兩次改稿的獨立性，結果徹底杜絕了版口問題的任何可能解釋。對於這一類的問題，我一向主張先不要抱成見，把各項已知的線索與特點，一項一項抄成卡片。然後再把每種構想提出，一張張卡片去配合。能打通關的構想就被採用。這就是我們分析的步驟。我們社會科學工作者對於資料卡制度十分欣賞。

（11）潘先生在大文第十九頁說：

「況且辛亥冬至初刻到壬子花朝再刻，短短的祇有三四個月的付印時間，斷沒有將原稿借與友人傳抄的道理」。

在第廿頁上潘先生又說：

「程偉元得到漶漫不可收拾的殘稿，祇有請高鶚細加釐剔，截長補短，抄成全部，復爲鐫版，以公同好，決不可能將未經整理的殘稿與友人傳抄。

其實這兩點都不發生矛盾。按程高原序此處是說：

「今得後四十回合完璧，緣友人借抄爭覩甚夥，抄錄困難，刊版亦需時日，姑集活字刷印，因急欲公諸同好，故初印時不及細校，間有紕繆。」

對於此點，我們構想中的時間順序，在「新探」一書中已經說明。潘先生可能是忽略了。讓我簡略重述如下：（1）程偉元得到後四十回殘稿，但一時還沒有刊版計劃。（2）友人們聽到消息，紛紛要求借抄爭覩。這些人恐怕都是一般讀者，出於要窺全豹的心理，未必如潘先生所說「這人顯然是一位非常愛好紅樓夢的準紅學專家」。因此，在必要時可能打「經濟算盤」。當然，如果此時程高已向外宣佈刊印的計劃，有些人可能就等著買刊本了。（3）就因爲有這些借抄

> 爭覩，使得書商程偉元動起腦筋。借抄爭覩現象，正顯示書出版後銷路一定不壞。(4) 程偉元動了出書念頭以後，才找高鶚當編輯校改此殘稿，高鶚一旦開始校改，此殘稿大概就不再出借。而且，別人知道程偉元的出版計劃，可能也就不急於借抄了。(5) 程甲本開排以後，高鶚想到要參考其他稿本，這位友人的前八十回便也被借來。(6) 程甲本出版後，高鶚便以程甲本爲底本，校改並排印程乙本。(7) 最後再根據程乙本爲底本校改並排印成程丙本。(8) 根據潘先生的新資料，程偉元以後又隨印隨改，出了幾個混合本。〔註 19〕

從趙先生提的一大串詢問裏，我們能夠看出他對新版本的出現是如何的關切，因爲只要在趙先生假設的程甲、程乙、程丙中又有不同的新本子出現，其辛苦建立的成果，將被徹底的摧毀。其實他並未熟讀「書錄」版本欄內的介紹，在「新鐫全部繡像紅樓夢」程乙本項下即說：

> 又一本略異，已殘，如第六十九回頁二上行三第二十字「行」字倒排，頁十二上行二「賈母忽然來」下多一「喚」字。〔註 20〕

如果依照趙先生的說法，必定又是一個新的本子。而且他所關心的疑問也隨著時間而被廣文書局出版的「紅樓夢叢書」所答覆，證明其判讀程本印刷的方法錯誤。不過從這封書信中，趙先生可有兩點誤會：

1. 潘師已經說明胡天獵叟的影本，據伊藤的調查結果認爲混合本。
2. 由於「每次印刷不多，可能隨印隨改」，以致於同樣時空下所產生的版本，也偶有異同。

因爲「混合本」和「隨印隨改」都不能算作不同時空下印刷的新版。可是很不幸的，趙教授卻將兩者牽合，而且提出王珮璋女士調查的甲、乙版口異同的統計，作爲乙本的版面必在甲本上作業的結果，並未進一步的探討其採取這種方式的原因，使得潘師不得不再說明自己如下的觀點：

> 趙先生創立程甲、程乙、程丙三個不同的排印本的說法，他說：
> 既然事實證明兩度改版，前後共發行了三個不同的排印本，而且這三個本子今天也都被找到了，我們就要作一番正名的工作……從現在開始，在討論程高刻本紅樓夢時，我們就用此三個新名（規案：即程甲、程乙、程丙）。……我們更不能因爲程高沒有寫三版序言，

〔註 19〕趙岡，「致潘重規先生書」，「新辨」第 320～323 頁。
〔註 20〕田于，「敍錄」，第 29～30 頁。

就斷定程丙本是出於他人之手。其實程高在三版序言中要說的話，大都在再版序言已經說明，沒有再重覆一遍的必要。（新探頁 280）不過，就事實看，我們知道有程甲本，是根據辛亥年程高的序言；我們知道有程乙本，是根據壬子年程高的引言。而程乙本引言說：「俟再得善本，更爲釐定。」可見程高只有二次不同的排印本，這是眞正的事實。如果有第三次排印本，必然是「再得善本」，纔會「更爲釐定」。既然新得了善本，作了新整理的工作，那就非有新的說明不可，而不可諉之於「大都在再版序言已經說明」了。趙先生又根據胡天獵影印本及程乙本的程偉元序中第一句話：程乙本作「石頭記是此書原名」，胡本作「紅樓夢是此書原名」，認爲是再度換版之確證。實則胡本程序第一葉乃胡天獵補寫（影印附後），趙先生說他「書法低劣不堪」，正是這個原故。胡氏影印此書時，因首頁缺損模糊，自己補寫一頁，根本不能做爲程高再度換版之證。我們尊重程高自白的事實，應該承認程高只排印過兩次，即胡適所稱程甲本、程乙本。而趙先生所舉的事實，並不能證明「曾兩度改版，前後共發行了三個不同的排印本。」除非眞正如趙先生所構想的三個本子，今天都被找到了；而且一切發現的程刻本，都和趙先生所構想的三個本子同其範疇，絕無例外，趙先生的說法，纔有成立的可能。

至於趙先生否認百廿回紅樓夢稿是高鶚付刻以前的一個底本，最主要的理由是甲乙兩本有一千五百零二頁的版口完全相同，所以他說：

> 這是一個硬碰硬的問題，在證據的解釋上沒有太多的變通餘地。潘先生在以往的文章中都沒有談這個問題，現在明報月刊大文中，又一次避開了這個問題，我希望潘先生能想出一個妥善的解釋，那時我立即會接受潘先生的構想。

趙先生提出這個很重要的問題，我多年來也曾考慮過，我不斷留心觀察流傳下來的程刻本，發現無論程甲本、程乙本，都很難得到純粹的本子。所以我在「今日紅學」一文中（見紅樓夢專刊第七輯），曾提到混合本的事實。我前幾年在日本看見伊藤漱平教授所藏的程甲本，他又借得倉石武四郎教授所藏的程乙本，與胡天獵影印的程乙本對校，發現影印本有七十五回同於程乙，有四十五回同於程甲，大約是一個混合本（見伊藤教授與潘重規書，影印附後。如果發現一個混合本，便說程高多排印一次，那是非常不合事實眞相的。我們試用算術方式來說明，假定程高排印的紅樓夢，每部釘裝爲十二冊，前後排印了兩次不同的版本，命名爲甲本、乙本，純粹的本子的形式是：

甲 1 甲 2 甲 3 甲 4 甲 5 甲 6 甲 7 甲 8 甲 9 甲 10 甲 11 甲 12

乙 1 乙 2 乙 3 乙 4 乙 5 乙 6 乙 7 乙 8 乙 9 乙 10 乙 11 乙 12

又假定甲乙兩次僅各印十部，混亂起來，照公式計算。

$2^{12}=4096$

產生的結果，就可以變成四千零九十六個不同形的書本，然而出版人排印的次數，實際只有兩次。胡天獵影印的是混合本，即俞平伯、王珮璋、伊藤、倉石諸位先生所對校的，也無法保證其非混合本。因此，趙先生引證王女士版口的統計，並不能作爲安全的根據。基本的證據既不穩固，一切推論自然無法建立。以上僅就我所知的事實，略加說明，提供趙先生參考。〔註 21〕

程乙影印本甲／乙對照表（此表爲伊藤漱平先生寄與潘師石禪）

1	1~5	乙	21	101~105	甲
2	6~10	乙	22	106~110	甲
3	11~15	乙	23	111~115	乙
4	16~20	乙	24	116~120	甲
5	21~25	乙			
6	26~30	乙			
7	31~35	乙			
8	36~40	乙			
9	41~45	乙			
10	46~50	乙			
11	51~55	乙			
12	56~60	乙			
13	61~65	甲			
14	65~70	甲			
15	71~75	乙			
16	76~80	甲			
17	81~85	甲			
18	86~90	甲			
19	91~95	甲			
20	96~100	乙			

〔註 21〕潘師石禪，「讀『紅樓夢新探』餘論」，「新辨」第 162～166 頁。

日本大阪大學教授伊藤漱平先生致潘師討論「紅樓夢」書簡

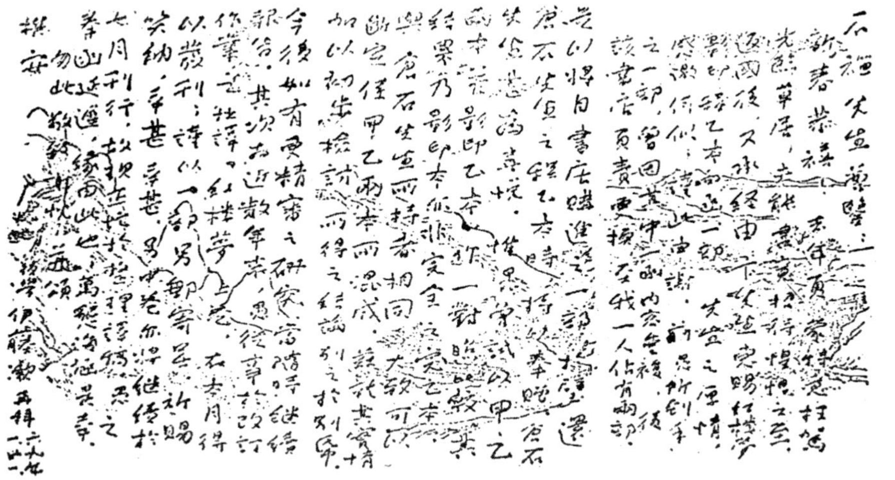

在此，潘師除了重提序言的有無是鑑別程本的方法外，也說明混合本可能形成的種種形式，而現存的程本都有混合的可能，並且援引伊藤教授致潘先生討論「紅樓夢」的書簡，作爲胡天獵叟本是混合本的證據，至於趙先生根據胡天獵叟本的序言作爲三印說的證據，實爲韓氏補寫，不足爲據。這點潘師已經得到胡天獵叟的承認，所以趙先生主張程本三印說的根據並不穩固，除非今天所存的程本絕無例外，都符合趙先生構想的三種版本同樣的範疇，「三印說」才有成立的可能。

針對潘師的這篇文章，我們再看趙先生如何的答覆呢？他說：

> 潘先生在此段中，提出數點，我勢必也得分條答覆。
>
> （A）在答覆問題以前，我要先作一點原則性的說明。潘先生說：「除非眞如趙先生所構想的三個本子，今天都被找到了；而且一切發現的程刻本，都和趙先生所構想的三個本子同其範疇，絕無例外，趙先生的說法，纔有成立的可能。
>
> 潘先生這段話，有點毛病。第一，我要指明，我是先看到三個不同的本子，才產生一個構想，企圖用以解釋這件事實。並不是，事先毫無對象，憑空產生了這套構想，然後再各處去找本子。我的構想不一定很好，但產生的背景與時序是如上所言。第二，潘先生所要求的舉證責任太嚴苛了一點。我必須把今天所有的程刻本都拿出

來，放入我的三個範疇內，證明其毫無例外。即令我辦到這一點，我的說法也只是有「成立的可能」，正式「成立」還遙遙無期。這個要求，科學是百分之百的科學，就是太難了。這如同某甲說天鵝是白的，某乙立即反駁說，除非你能把天下現有的天鵝都拿給我看，詳加檢查，證明沒有一個天鵝有其他顏色或雜色，你的話才有成立的「可能」。遵守這項求證原則，目前任何人的構想，都無成立的可能。不信，我們可以試試看。潘先生在大文中就提出自己的構想，也立了範疇。我現在一切從寬，條件減半，只要潘先生把現存程刻本的半數（任何一半，隨潘先生挑），納入潘先生的範疇中，證明其無例外，我不僅承認先生的構想有成立的可能，而直接宣佈其已正式成立。潘先生不妨一試。總結以上所言，我提議我們換一個比較合理的原則。任何構想在未遭遇重大抵觸之前，可先承認其爲一 working hypothesis。一旦發現嚴重抵觸，我們再來修正構想。在這個原則下，如果我的構想失敗，起碼還有潘先生自己的構想存在，而不致於陷入眞空狀態。

（B）潘先生說程乙本序言的第一頁是胡天獵補寫。這點我相信。有關這一點，還有一段小插曲，不妨一述。我在撰寫「新探」時，就對此點不放心。影印本此頁也有類似刻版的一圈框框。我想找到原書一驗，看看是否原刻版印成者，抑或是手抄的一頁，然後照樣描補的版框。1970 年夏，我到臺北，親自找上門去。沒想到胡天獵竟是我自己的親戚韓鏡塘老先生。我從來不知道他又名胡天獵，更不知道他藏有這樣一部紅樓夢，結果竟繞了這樣一個大圈子。我到韓家時，正值韓老先生跌倒中風，不省人事。據韓家家人說，此書幾年前已託師大一位教授售給美國某圖書館。至於是那個圖書館，韓家也說不清。韓家家人對此書不感興趣，未曾注意其原狀。臨行時，韓太太交給一張書單，希望我在美國代爲接洽買主。有關程乙本事，沒有打聽出任何結果。回美後也曾函詢各大圖書館，但迄未查明此本下落。回美後，立即與潘先生通信討論此事。據潘先生 1970 年 9 月 27 日來函，稱曾與韓鏡塘先生通書，得知補寫序言之眞象。不過補寫序言之事，對我的理論，並未產生重大損害。據潘先生說，影印時，原本序言首頁尚在，只是印出結果模糊，韓先生乃重新抄補一頁，據以影印。看來版框都還是原來首頁的版框，中間貼上了重抄的那張紙。這樣說來，「紅樓夢是此書原名」也是原來的文句了。此句兩度變動的明證依然存在。更何況此外尚有元春繡像換版的跡象。我們總不能說程乙本的元春繡像也是胡天獵補繪的吧。

（C）潘先生前一篇大文中，提及「混合版」的概念，當時我還沒瞭解其確切含義。這次潘先生舉例說明，我就完全明白了。這是一個嶄新的概念，潘先生提出是對的，我們應該考慮各種可能性。不過在使用這個構想來解釋問題，千萬要小心，注意其利弊。「混合版」不是一個直接了當的概念，現舉例言之，潘先生曾說：

> 「我多年來也曾考慮過，我不斷留心觀察流傳下來的程刻本，發現無論程甲本，程乙本，都很難得到純粹的本子。」

我敢斷言潘先生絕對未曾如此觀察，這是先天就不可能的事。不論潘先生如何「留心」觀察，明察秋毫，也不可能「發現」這件事。讓我換一個例子，爲潘先生說明之。如果我們研究一種動物，在沒有找出或確定甚麼是純種以前，就先「發現」了一批變種，是絕無可能的。變種是隨著純種而來的，未定出純種的標準，就無法看出變種。我們只是看到幾個不同的種而已。純種是一個 reference point。就如同要測量距離，必先確定起點。所以，說只發現一批混合本，是不可能的事。伊藤的說法就合理了。他先確定，或假設，他所藏的是純甲本，倉石教授所藏的是純丙本，然後才能「發現」程乙本是混合本。當然，動物的純種是後設的標準，而版本的純版是有先天的標準，也就是甲，程丙當年印好後未被混雜的狀況，理論上講，可能一本純版也未曾流傳下來，而流傳下來的都是混合本。但若欲「觀察」並「發現」這件事，是要先拿出純版的標準。

（D）其次再談混合本產生的條件及種類。讓我先說一點題外的話。潘先生在大文此處，出了一個很有趣的數學題目。潘先生問：程甲本程丙本每部十二冊，又假定兩次僅各印十部，混亂起來，能有多少不同形的紅樓夢書本。潘先生自己給出的答案是四千零九十六套不同形的書本，也就是二的十二次方。其實正確的答案是廿套。這家書店前後共印了二十套書，不管他如何加以混雜配合，最多也只能賣出二十套。他無論如何也配不出二十一套，更不用說四千零九十六套。在教或然率時，數學先生常常會出這類障眼法的題目來捉弄比較粗心的學生。不料潘先生出了這樣一個題目，把自己陷在其中了。不過潘先生所舉的例子還是很好，它可以充分說明混合本的多樣性。我們不應該忽略這點。如果我們把潘先生原來的假設換一下，假設程高每版各印了二千零五十套以上，理論上確是可能配出四千多種不同形的紅樓夢。但是，這個問題不完全是數學或然率的問題。人們究竟不會任意去混雜各版的書。混合本之產生，必須有其特定的條件。其條件可分述如下。

第一、版本之混雜可能是發生於發行書店之內。假設當初程偉元的伙計們在印刷甲本時，把其中某一冊多印了一百份。這多餘的一百份當然賣不出去。等到印丙本時，他們便可以把這一冊少印一百份。然後把甲本多餘的一百冊混入一百套乙本書中。這樣一來，市面上就出現了一種混合本，其數量爲一百套。在這種情形下，只有一種混合本的排列組合，視甲本中那幾冊有多餘份數而定。

第二、版本混合，可能是在讀者手中發生。這種情形在抄本流行時期，最易發生。抄配情形屢見不鮮。抄配就如同是讀者「自我印刷」，隨時可行。但是刊本在讀者手中混雜起來的現象，就將大爲減少，因爲「自我印刷」的可能性必須排除。讀者混揉版本，可能是在下述情形下產生。假設某人手中原有一套程甲本，後來損壞或遺失了一兩冊。於是他便到舊書店中去物色，碰巧店中也有一套殘本，店主願意拆開，將其中一兩冊賣給此人，不幸此人不會分辨版本異同，買回來的零冊，竟然是程丙本。這一套流傳下來便成了一個混合本。這種情形絕對可能，但也絕對不會普遍。如果肯定說今天流傳下來的都是混合本，純本已難找到，則是違反潘先生所提出「構想要合情理」的原則。

（E）問題的癥結是在於如何使用「混合本」的構想來解釋版口相同的事實。在此，我須把這一段爭論的發展過程簡單覆述一下，然後才能看出「混合本」的新構想究竟有甚麼功效。潘先生認爲紅樓夢稿是高鶚雙軌獨立改稿的產物。我說這是不合理的，因爲此說法與前後版版口相同的事實相抵觸。我並且說版口相同這件事是「硬碰硬的問題，在證據的解釋上沒有太多的變通餘地」。潘先生大概也發覺此事在解釋上確是沒有變通的餘地。要闖過這一關，唯有設法取消這個硬碰硬的證據。也就是說要使它喪失作爲證據的資格。潘先生提出「混合本」的說法，希望能造成兩項任務：

第一，潘先生想以「混合本」的說法來取代程高排印過三版之說法。所以潘先生寫道：

「如果發現一個混合本，便說程高多排一次，那是非常不合事情眞象的。」

第二，潘先生想舉出混合本之普遍，以摧毀版口相同作爲證據的資格。所以潘先生寫道：

「胡天獵影印的是混合本，即俞平伯、王珮璋、伊藤、倉石，諸先生所對校的，也無法保證其非混合本。因此趙先生引證王女士版口的統計，並不能作爲安全的根據。基本的證據既不穩固，一切推論自然無法建立。」

我前面已經申論過，混合本之出現，需要特定的條件，混合本不會比純本更普遍。其次，潘先生捨棄了純種的標準，而去單獨觀察變種，是辦不到的，如果不假定伊藤及倉石藏本爲純本，怎麼能說明潘先生所說的混合本全是事實，是根據某種特殊方法獨立觀察而得。此時，潘先生所企圖的第一個目的是可以達成的。「混合本」合乎事實眞象，而第三版之說則不合事實眞象。雖然這樣可以由「三軌獨立改稿」改爲「雙軌獨立改稿」，但減少一道工序，對於潘先生的幫助有限。

最重要的是，「混合本」之無法達成潘先生所企圖的第二項目的。它不但不能摧毀版口相同此事的證據性，反而加強了它的力量。這恐怕也是潘先生始料所未及。現在假設王珮璋比較的是混合本。根據潘先生大文所舉之例，純甲本，則是十二冊每冊都是甲。若不純，則其中某一冊或幾冊是乙。同樣的，純乙本是十二冊都是乙，若是不純，則其中某一冊或幾冊是甲。甲稿與乙稿文字有不同之處。如果我們比較純甲本及純乙本就可看出全部的異文。如果乙本不純，其中第一冊是甲。在這種情形下，第一冊中的異文就無法看出了。如果甲本也不純，其中第二冊是乙，此時，第二冊中的異文就無法看出了。如果甲本也不純，其中第二冊是乙，此時，第二冊中的異文也就看不出了。歸納的結果是，比較混合本所找出的異文，只能比純本所顯示的異文爲少，而不可能更多。這就是對潘先生不利的地方。現在再讓我們看看王珮璋的統計。甲本全書一千五百七十一頁。其中五十六頁無改動，一千五百十五頁都有異文。在這一千五百十五頁有異文者之中，六十九頁起訖版口不同，一千四百四十六頁雖有異文，但版口相同。另外五十六頁無異文者，版口自然相同。潘先生應該注意到，無異文者只有五十六頁，既令全湊到一起，也不夠一冊。所以這十二冊是全部「純然」不同。不過，我們既然承認潘先生的假設，把它們看成混合本，這一點也就暫時不去追究。現在已經有一千五百十五頁有異文，如果我們比較眞正的純本，則有異文的頁數只會比這多，而不會比這少。其次，這些有異文的各頁，現已有一千四百四十六頁是版口相同。如果比較眞正純本，可能還有若干頁雖有異文而版口相同者。起碼這個數字是不會更減少。因此，這個硬碰硬的問題，愈來愈嚴重。潘先生勢必再想想是否有其他的好方法來解釋。我還是那句老話，潘先生能想出一個妥善的解釋，我立即會接受潘先生的構想。如果潘先生想不出其他解釋，我就勸潘先生放棄自己的構想。不能闖過這一關，則一定要被揚棄。〔註 22〕

這裡，趙先生認爲潘先生要求的舉證責任太苛，縱使他能辦理程刻本都能合於自己假設的範疇，也只有成立的可能，離正式成立還是遙遙無期。不過他已承認胡天獵叟補寫序言的事實，透露了撰寫「新探」時，來到台北訪尋的往事。可是爲了堅持自己一向的主張，卻把潘師所說的「胡氏影印此書時，因首頁缺損模，自己補寫一頁」說成：「據潘先生說，影印時，原本序言首頁尚在，只是印出結果模糊，韓先生乃重新抄補一頁，據以影印。看來版框都還是原來首頁的版框，中間貼上了重抄的那張紙。」兩者之間的說法，已經有了距離，而趙先生仍然執著於自己的推論：

「這樣說來，『紅樓夢是此書原名』也是原來的文句了。此句兩度變動的明證依然存在。更何況此外尚有元春綉像換版的跡象。我們總不能說程乙本的元春綉像也是胡天獵補繪的吧。」

〔註 22〕趙岡，「紅樓夢稿諸問題」，「新辨」第 331～338 頁。

如果爲著一幅綉像和一句序文的不同即稱換版，未免小題大作，何況其中問題並非如此的單純（詳後論述），因此這點結論仍然建立在不穩的基礎上。值得注意的是在這篇文章裏，他才認眞的考慮到潘師提到的「混合本」，並了解其內涵，卻又認爲「理論上講，可能一本純版也未曾流傳下來，而流傳下來的都是混合本，但若欲『觀察』並『發現』這件事，還是要先拿出純版的標準」，而且兼論混合本產生的條件及種類，認爲潘師提出的數學問題是一種障眼法。其實潘師並沒說出可以賣出四千零九十六套不同形式的書本，只是有這麼多種配法，只要一有兩部異版即可配成以上的形式，如果「各印十部」，第一次配成的二十部和第二次配成的二十部也非絕對相同，在理論上是可以成立的。

至於混合本的產生，趙先生限制了兩點特定的條件，認爲這種情形「絕對不會普遍」，則太過於武斷。畢竟一套廿四冊的小說，版面條件如此的相似，經過近二百年的傳承，能有幾套全本留下，可是個疑問，即以發現的程本中，殘本比全本多，而全本又較混合本少（此點詳下論述），根據這種事實來看，豈能輕易說出「絕對不會普遍」的話。如果說受到成見的制約，否認純版的難以確定，更無法找出混合本的根據，那麼我們自然會再另立一小節來作專題討論。

不過在這一回合裏，除了程本的論題外，又重提到「紅樓夢稿」的問題，如果潘先生對於「紅樓夢稿」的解釋未愜人意，即是他主張的「三印說」和「紅樓夢稿」的雙雙過關。那麼我們再看潘師如何說明這些問題，潘師說：

> 程高三個刻本是趙先生創立的新說。趙先生增加一個排印本的證據有兩點：第一點，是程偉元序中第一句話，胡天獵藏本作「紅樓夢是此書原名」，程乙本作「石頭記是此書原名」；第二點，是胡天獵藏本一幅元春像的綉像，和阿英「紅樓夢版畫集」中程乙本的綉像不同；此幅圖中的柱子上刻滿了花紋」（紅樓夢新探 278～279）。其實趙先生指稱「胡天獵藏本的程偉元序後兩頁是高鶚筆跡，而頭兩頁及第三頁最後一行半則出於另外一人之手，書法低劣不堪，顯然這兩頁也換過了版。」（紅樓夢新探 279）事實上，「書法低劣不堪」的換版的人，乃是翻印此書的「胡天獵叟」，如何能證明程高重抄一次呢？至於「紅樓夢」和「石頭記」三字的不同，當序文「石頭記」三個字損缺時，誰能保證「胡天獵叟」不塡上「紅樓夢」三個字。

趙先生又提出元春一圖的小小差異，其實胡天獵本圖中兩根柱子上的花紋，線條粗亂，和本圖的花紋都不相稱，恐怕是後人隨意塗畫上去的，（我的學生葉玉樹君提供的意見）並不如趙先生所說刻滿了花紋（附胡天獵叟元春圖）。況且即使此圖因殘缺而換版，也不能算多一個改印的本子。因此趙先生創立程甲、程乙、程丙三個不同的排印本的說法，似乎不能成立。

至於我承認程高有兩個不同的排印本，是尊重事實，就事實看，我們知道有程甲本，是根據辛亥程高的序言；我們知道有程乙本，是根據壬子年程高引言。而且程乙本引言說:「俟再得善本，更爲釐定。」可見程高只有二次不同的排印本，這是眞正的事實，這情形好像現在出版書籍在版權頁寫明某年某月初版，某年某月再版，這便是排版次數的說明，如果有第三次版，必然說明某年某月三版。高鶚如果有第三次排印本，必然是「再得善本」，纔會「更爲釐定」。既然新得了善本，作了新的整理工作，那就非有新的說明不可，斷不能如趙先生所說:「我們更不能因爲程高沒有寫三版序言，就斷定程丙本是出於他人之手，其實程高在三版序言中要說的話，大都在再版序中已經說明，沒有再重覆一遍的必要」（紅樓夢新探頁 282）。我們從事實證明程高只曾排印二次，但現在發現許多程刻本，內容往往頗有差異，我們注意到這現象，可能是甲乙本混合之故。由於程高用活字排印，字形不如雕版之穩定，前前後後的印刷，極易發生差異錯亂。我「假定甲乙兩次各印十部，混合起來，照公式計算，可以變成四千零九十六個不同形的書本，我只是表明這二十套書，混亂起來，有幾千幾百種的形式，來說明今日傳下來的程刻本，容易發生不劃一的現象，並非絕對不劃一。我壓根兒不曾想把這二十套書，用障眼法變成二十一套。

趙先生提到甲丙兩本版口相同的問題，這是王珮璋統計兩個本子異同的結果。百廿回抄本紅樓夢是高鶚整理紅樓夢，在付刻之前，加工修改過的一個稿本，在這以前，可能有更早的稿本；在這以後，也可能還有修改的稿本，所以我在「續談新刊乾隆抄本百廿回紅樓夢稿」（大陸雜誌第三十一卷第四期）說：「此抄本確是高鶚的手定紅樓夢稿，並且是高鶚和程偉元在修改過程中的一次改本，而非最後的定稿，也未必是付刻時的底本。」我反對趙先生主張程高有三個不同的排印本，只是辨明程高只有兩個不同的排印本；趙先生的新說不合事實。我並不爲了改稿方式而要推倒趙先生的新說，因爲我早已說明這未必是付刻時的底本。〔註23〕

我們看出，胡天獵叟未曾對潘師完全表明事實的眞相，但是第一句的不同，潘師卻認爲是在缺損後，胡天獵叟補上的也未可知。至於元春繡像的柱子花紋，則懷疑是「後人隨意塗畫上去的」。並且說明自己「只是辨明程、高只有兩個不同的排印本，趙先生的新說不合事實」，並非「爲了改稿方式而要推倒趙先生的新說。」

以上爲程本二版、三版異說間的爭論，原僅限於趙先生及潘師的切磋，二人各執己見，爲眞理而爭，互不相讓，然而到此地步，是非端倪已經可以大略的看出，因此我們也不必多加贅述。

四、三版說爭論的影響

在此爭論的期間，一些紅學家也表示了他們的看法，今分述如下：

（一）周汝昌先生

周先生大概不曾見過三版說往後的爭論過程，只有讀過趙先生的「新探」，所以對於三版說的意見是：

此仍照舊日通行稱呼法。據最近的證據，此所謂「程乙本」實當係「程丙本」，因另有一個眞「程乙本」，內容與程甲本分別較小。程甲本刊于乾隆辛亥，程乙本刊于次年壬子。而程丙本實刊于壬子以後某年。另據周紹良先生的意見，認爲程乙本仍舊應稱「程乙」，在它之前的兩次印本，則當稱「程甲 A 本」「程甲 B 本」，AB 之間所差甚微。」〔註24〕

這種未加置評的態度，和他在新版「新證」中對趙先生的大加批評不同。至於周紹良先生的說法和潘師的「隨校隨改」雖然相近，仍有差別。因爲他在編輯「書錄」時，曾經見過「異植字版」的本子，因此把胡天獵叟本稱作程甲Ｂ本，只是對了一半，對於潘師說的「混合本」還是不甚明白。然而據此情形來看，

〔註23〕潘師石禪，「答趙岡先生紅樓夢稿諸問題」，「新辨」第 178～179 頁。

〔註24〕周汝昌，「新證」第 997 頁，註 3。

周先生等都沒有見過這個本子，才有這種說法，尤其王珮璋女士那篇文章，依然籠罩在他們的腦海中。

（二）文雷先生

對於程偉元生平極有貢獻的文雷先生也曾表示了如下的意見：

> 至於「程丙本」問題，我們經過調查研究，已獲得了新的認識，證明胡適和趙岡的考證是完全錯誤的。因甲乙丙三個程高排印本的同異、先後、優劣，情況很複雜，在本文中不易說清，擬另寫專文論述。1791 年，程偉元、高鶚校印的「程甲本」，成爲後來一百三十年間各種翻印本的祖本，爲數有限的「程乙本」只在很小的範圍內流傳，社會影響不大。直到 1927 年，胡適捧出「程乙本」來，大吹特吹，這個篡改修補得相當厲害的本子，才取「程甲本」而代之，廣泛流行了四五十年。1961 年，胡適再次吹捧程乙本，由於……考證的謬誤，實際上他是在推銷一個越改越糟的程丙本。〔註 25〕

文雷先生在「紅樓夢版本淺談」中，尚未提到程丙本的問題；然而從這篇文章的語氣裏，已經可以確定讀過「胡天獵叟本」了。並且認爲甲、乙本間異同的情況相當複雜，卻不滿意胡、趙的說法，而擬另寫專文，可是對於程丙本的琅琅上口，似乎都深深的受到趙氏的影響。

（三）伊藤漱平先生

「程丙本」這個問題在日本研究的成果相當的豐碩，主要原因是爲了翻譯紅樓夢的伊藤漱平教授，在購得「胡天獵叟本」後，又借來倉石武四郎教授的程乙本，與自己原藏的程甲本對校，發現胡本是由七十五回的乙本和四十五回的甲本混合成套，伊藤教授除將這個初步調查結果告訴潘師外，並且在鳥居久靖先生華甲紀念論集：「中國的語言與文學」裏，發表了「程偉元刊『新鐫全部繡像紅樓夢』小考」一文，隨後由於相關史料的出現及檢討前文，又有「程偉元刊『新鐫全部繡像紅樓夢小考』補說，並根據前稿的次第加以補正。在這兩篇文章裏，伊藤教授對程本先作一番調查，並研究乾隆五六、五七年間其刊刻過程，而且在這個基礎上對三印說加以介紹，並作如下的評騭：

〔註 25〕文雷〔胡文彬、吳新雷先生合署〕，「程偉元與紅樓夢」，「曹雪芹與紅樓夢」第 150 頁。

大體上趙著「新探」對於有問題的首句，認爲隨著改版，而有三次的變動。「程甲本作『紅樓夢小說本名石頭記』、胡天獵本作『紅樓夢是此書原名』」，關於程甲本趙氏的記述正和我架上藏本的首句一致，但是程乙本有了問題，先前胡適舊藏的程乙本如何？據「亞東本」新版的汪原放「校讀後記」說：「卷首爲高鶚序，次爲紅樓夢引言。」那麼，程序應是不存在的。亞東新版翻印的胡適藏本，已經廢棄舊版的紙型，程序原已殘缺，不過在舊版的基礎上加點手續而已。一粟編的「紅樓夢書錄」（以下簡稱「書錄」）在程乙本的提要下也記載著：「首高鶚序，次程偉元、高鶚引言。」又倉石本的程序係補鈔（同樣的也有高序、引言）。甚至莫斯科歷史圖書館所藏的程乙本殘本（自首回到二十五回）首册，程序也是不存在的。在高序後始接引言。（據 B、李福清教授的報導）書錄是參照別的程乙本而附記大要的，共合五本（包括一粟目覩二本之中的胡適藏本及四個殘本）等程序是不存在的，卷首很容易破損。從這個事實來考察，新的程乙本是以程、高連名的引言，代替省略的程序，異版的情形應該是很清楚的。胡本的程序恐怕是在甲、乙混合本出版之時，藉著書賈的手將甲本移置到乙本卷首上去的吧！如果是原有的，其首句補鈔影印之際，原序當然仍舊，僅是百部或二百部（潘教授認爲十部左右似乎太少）的印刷部數，因爲版面的損傷而改版，這不能說是不自然。影本的刊行者胡天獵氏的證言也有點曖昧，與他補筆有關部分的問題句子，其原文作「紅樓夢是此書原名」，令人遽難相信。這件事實的眞象是因胡本程序的首行只剩下「紅樓夢」三字，其餘部分則已完全破損，（因架藏甲本程序首葉的下部也已破損，加了襯紙而補鈔。）當時補鈔，所用的是讚賞程乙本而排版的亞東新版，補上「是此書原名」等五字，豈料新版的序文是如前記的樣子，襲用舊版。所以那個舊本如果根據「校讀後記」，則以三種版作底本。有正本內沒有程序，道光壬辰本（所謂「王希廉本」）此處同於程甲本。殘本鉛印本（下河邊半五郎刊）則以「石頭記是此書原名」作祖本的。又另外有一個被視爲異版的證據，即賈元春的繡像，是在胡氏入手之前或入手後的改筆，係由何人所加？（這些已在前稿中詳細的指出其位置），畢竟它不是改版的東西。從這兩點看來，三印

說主張的根本是無理的。」〔註26〕

根據伊藤教授這番研究，胡本的程序是自甲本誤移而來，出版時因殘缺及以亞東本補鈔，形成非牛非馬的形狀（此點是伊藤臆測錯誤，詳後述評。）。至於元春繡像，也是後人的塗抹，全非胡本的原來東西。那麼，三印說的主張根據已告完全破產，程本課題的討論到此算是落幕，可是不明究裏的廣文書局在刊行「紅樓夢叢書」的預告上說：

「流傳的鈔本『石頭記』都止於八十回，故事驟然中斷，成了千古憾事。目光銳利的出版人程偉元看出了這一事實，就搜集資料，邀約高鶚共同來輯補成百廿回全書，改用『紅樓夢』爲書名，刪除脂評，增繪繡像，用木活字精印，來滿足讀者們迫切的需求。初版『繡像紅樓夢』於乾隆辛亥年（1791）刊行，幾年之間，又陸續一再修改原書，再版三次。」

並在叢書中的乙、丙、丁分別的介紹著：

程乙本新鐫全部繡像紅樓夢　　清乾隆萃文書屋第二版原版

廿五開本　　3318頁　　精裝六冊

此項發現不僅是紅樓夢版本的一大貢獻，同時對有關研究勢將重加評估。本局特將程刻本二、三、四版一併刊印，以便讀者得見全貌。（徐氏專題研究預定年內出書，併此奉告。）

程丙本新鐫全部繡像紅樓夢　　清乾隆萃文書屋第三版原版

廿五開本　　3294頁　　精裝六冊

本書係程、高第三次修訂本。二版的改文除回目外大半集中在六十一回至九十回，本書改文主要集中在一至三十回。爲研究程刻本紅樓夢不可或缺的一環。

程丁本新鐫全部繡像紅樓夢　　清乾隆萃文書屋第四版刊行

廿五開本　　3776頁　　精裝六冊

本書係程、高第四次修訂本，改文遍及全書。有清一代刊印紅樓夢全部採用初版程刻本，自民國十六年亞東書局借用本書重印後，已取代程甲本成爲國內常見的通行本。胡適先生曾誤認三、四版爲程

〔註26〕伊藤漱平，「『程偉元刊新鐫全部繡像紅樓夢小考』補說」（以下簡稱「小考補說」，東方學第五三輯（日本東方學會，昭和五十二年〔1977〕一月）第102～103頁。此處引文已經本人譯述。

> 乙本，積非成是，相傳已達半世紀，現將本書重印，有心的讀者，自不難見出各版的異同。胡先生所藏原書遺留大陸，現據亞東版影印，以存其眞。」〔註27〕

這個介紹不但徹底的摧毀趙先生堅持的三印說，更不幸的墮入潘師所擔心的預言。然而趙先生已知廣文紅樓夢叢書的刊行，也親訪了日本，讀過「小考」、「補說」二篇文章，卻猶如伊藤教授所批評的那麼「固執」，認爲在蘇州出版的爲程乙、程丙本，絕非全傳本或程甲本，他說：

> 不過有關程刻本發行經過的問題，並未因此而全部解決。這其中牽扯上的問題，遠比我們想像的複雜，這要從日本紅學家伊藤漱平的一篇文章談起。伊藤先生是以研究紅樓夢爲專業的，功力深厚，思考縝密，是我所敬佩的學者之一，他不久前在「鳥居久靖先生華甲紀念集」中發表一篇論文，題名是「程偉元刊新鐫全部繡像紅樓夢小考」。文中討論之點很多，我只能在此文中提出兩點略加討論。
>
> 第一點，伊藤氏根據出版史料證明木活字版印書，能印的份數極有限。通常像武英殿聚珍版的書，每種只印三百部，有些木活字版只印二百部或一百部。而且據長澤教授研究，木活字版印刷到一百部左右時，往往就發生字面高低不齊，不得不換字。
>
> 如果我們接受伊藤氏的推斷，倒也可以解決一些問題。譬如，它可以幫助解釋程偉元及高鶚在短期內再三修訂紅樓夢的動機問題。過去，我們一直弄不清爲什麼程高在刊印了程甲本後不到七十天就又刊印程乙本，這豈不是用程乙本去搶自己程甲本的市場麼？如果發現在我們接受伊藤氏的推斷，這一點就順理成章了，活字版每次只能印三百部，而生意又這麼好，當然供不應求，既然非重排第二版不可，正好可以趁機對文字方面多加修飾一下。
>
> 不過，現在的關鍵問題是：木活字版可印刷的份數是否眞是如此少？中國出版商使用木活字版已有很長的歷史，但是此種印刷方法始終未曾普遍流行，想來它有很大的缺陷，則一定是事實。但是，可印份數會否眞少到三百份？從程高的排印本看來，似乎並非如此，王珮璋曾經比較過程甲本及我所謂的程丙本，發現兩本每頁之行款、字數、版口等全同，每頁中文字儘管有變動，可是到了頁終則又總

〔註27〕廣文書局，「紅樓夢叢書預告書」（66年1月）。

是取齊成一個字。在一千五百七十一頁中，每頁起訖之字不同者不過六十九頁。她甚至於發現程丙本的活字就是程甲本的活字。我們目前無法比較程甲本及程乙本，不過我相信這兩本一千五百七十一頁的版口應該完全相同。這種現象顯示，活字版可以長用，可以一用再用。編輯爲了節省重排的工作量，儘量取齊版口以利用原版，而祇個別植換木活字，否則，如果原版已不堪用，非重排不可，高鶚程偉元鑾可以放手去校訂，便不必採用這種縛手縛足的編輯方針。因此，我對這一點還有相當的懷疑，希望能看到一些研究古代印刷術學者的意見。

第二點是伊藤漱平提到，在程甲本出版後不久就有紅樓夢流傳到日本。值得注意的是這批書到達日本的時間和它們的裝釘方式。在日本長崎有一家姓村上的家族，其上世在清朝是從事中日貿易的。此家保留了很多舊的文件，其中有一套「差出帳」，記載每次中國船到埠，他們購入中國貨品的清單。貨品中往往有書籍名目，村上「差出帳」記道，在寬政癸丑五年十一月二十三日有中國船主王開泰，從浙江乍浦出航，於十二月九日在長崎入港，運來書籍六十七種。第六十一頁書名是：

「紅樓夢，九部十八套」。

這種兩套合裝一部的裝釘方式很奇怪。程刻本前後幾版的裝釘方式都是一樣的，每部共二十冊，合裝成四套。與上述情形不符。如果改裝每十冊一套，每部二套，則嫌太厚，而且爲什麼要改裝，都是疑問。看來，這運銷日本的九部紅樓夢大概是另一種字體大小不同，版面大小不同，裝釘方式不同的另一種版本。

果然如此，則時間上又有了問題。程甲本的高鶚序言是出於乾隆五十六年冬至後五日，該書眞正印就而賣到市場上，最早也該是乾隆五十七年初。而寬政癸丑五年則是乾隆五十八年，王開泰在乍浦出帆的時日，上距程甲本出書的時間最早也不過一年零十個月。什麼人拿到程甲本立即翻刻，而且遠銷到浙江，進而外銷日本？這一年零十個月的時候夠不夠完成這些程序？

伊藤漱平企圖把這些運銷日本的紅樓夢，周春書中提到在蘇州開雕印刷的紅樓夢，以及東觀閣翻印本紅樓夢兩件事貫穿起來。周春在

「閱紅樓夢隨筆」書中首篇說：

> 「乾隆庚戌秋，楊畹耕語余云：雁隅以重價購鈔本兩部，一爲石頭記八十回，一爲紅樓夢一百廿回，微有異同，愛不釋手，監臨省試，必攜帶入闈，閩中傳爲佳話。時始聞紅樓夢之名，而未得見也。壬子冬，知吳門坊間已開雕矣。茲茗估以新刻本來，方閱其全……甲寅中元日黍谷居士記」。

從周春的筆記中我們可以判定幾件事，壬子冬，也就是乾隆五十七年冬天蘇州書坊中還買不到紅樓夢，否則周春自己早就買了，根據周春所說的「開雕」及「新刻本」字樣，伊藤認爲這個蘇州版不是活字排印本，而是眞正的雕版刻印本，是與程本完全不同的印本。以周春對書籍的經驗閱歷，對各種版當能區分。如果他是一個用字謹嚴的人，雕版印刷能夠來得這麼快？如果半年之內就能雕成一千五百多頁書，程高爲什麼不雕版而要排印活字版？而且在五十八年冬書已遠銷日本，周春反而晚至次年夏天才在當地書坊買到書，也不好解釋。

伊藤先生很重視東觀閣書店歷次翻刻的紅樓夢，這確是一個好線索。不過，要把東觀閣的版本與周春所看的蘇州版拉上關係，則還有相當困難。根據「紅樓夢書錄」，東觀閣第一版紅樓夢完全是用程本的書名，即「新鐫全部繡像紅樓夢」，有題記。

> 「紅樓夢一書，向來只有抄本，僅八十卷。近因程氏搜輯刊印，始成全璧。但原刻係用活字擺成，勘對較難，書中顚倒錯落，幾不成文。且所印不多，則所行不廣。爰細加釐定，訂訛正舛，壽諸梨棗，庶幾公諸海內，且無魯魚亥豕之誤，亦閱者之快事也，東觀主人識」。

此後又有「本衙藏板本」，把題記中「東觀主人識」五個字取掉，書名依舊。到了嘉慶二十三年又有東觀閣重刊本，書名改爲「新增批評繡像紅樓夢」。扉頁題寫「嘉慶戊寅重鐫，東觀閣梓行」。

「紅樓夢書錄」中所提到的東觀閣諸版，我都沒見過。但是日本卻有幾部。伊藤還提到有一種東觀閣版，書名爲「紅樓夢全傳」者，在「書錄」中尚未列入。東觀閣在嘉慶二十三年已重刊，則其初刊

> 本一定很早。而且它是刻印本，而非活字排本。不過，其初刊本能否早到可以在乾隆五十八年就輸出日本，則還是一個問題。雕版要費時，否則程高自己早就做了。其次東觀閣多多少少還做了些加工工作，「細加釐定，訂訛正舛」。再者，東觀閣是否眞出過袖珍版，每部兩套，也都難以確定。
>
> 我很久以前就曾記下日本內閣文庫藏有一部東觀閣版紅樓夢，久想去翻檢。今冬趁寒假遠東旅行之便，特別到東京繞了一下，發現內閣文庫已遷至皇宮外，改組成國立公文書館。不巧，我去時該館剛開始年假第一天，全日閉關，結果失之交臂。
>
> 即令有證據證明東觀閣的初刊本早在乾隆五十八年已發行，而且是以每部兩套的方式裝釘的，我們還是無法把它與周春買得的蘇州版紅樓夢拉上關係。到現在爲止，所發現的東觀閣諸版都是翻刻程甲本，但是從周春「閱紅樓夢隨筆」中所提到的書中的某些字句，則可以判斷他買到的書是程乙本或程丙本，絕非程甲本，東觀閣既雕印程甲本，馬上接著又翻刻程乙本，工程未免過於浩大，令人難以置信。所以東觀閣諸版與蘇州版還是兩個不同的系統。〔註28〕

到了這個階段趙先生已經轉而拾取周春「隨筆」的話，堅強的把守著最後一道防線，認爲蘇州一地刊行的本子爲「程乙」或「程丙本」，而無絲毫退讓之意。然而能夠達到趙先生的願望嗎？由於刊刻地點的問題，實爲趙先生的誤會，下節中我們另有專文討論，這兒暫且不談。

不過趙先生這種錯誤的說法在國內也得到不少人的附和，如高陽先生就說：

> 科場與書坊
>
> 至於您第二封信中提到的問題，似乎想證明紅樓夢有南北兩個流傳中心，北方爲八十回的石頭記，南方爲百二十回的紅樓夢；而後四十回可能爲曹李兩家在南方後人所撰寫刊行。如果您眞是想證實這個假設，可能會徒勞無功。
>
> 在大作中，您提出程丙本的說法及分析，確是有功紅學的不刊之論。事實上程本三次刊行的過程，照您的考據，已很明白。可惜，您對科舉制度，以及科舉與出版界的密切關係，瞭解稍欠深入。否則您

〔註28〕趙岡，「再談程排本紅樓夢的發行經過」，「花香銅臭讀紅樓」第34～40頁。

就會說程丙本刊於壬子年，不會說「刊於壬子年或以後」。因爲高鶚於乾隆五十三年戊申鄉試中舉；次年己酉正科會試落第；再次年庚戌會試又落第；辛亥、壬子兩年幫程偉元搞紅樓夢，下一年癸丑會試，當然要下場。會試在春三月，如果不是在壬子年冬天結束紅樓夢校改的工作，即無法去準備舉業。我曾請教過故宮博物院文獻處處長、目錄學家昌彼得先生，說有無專談清初書坊的書？他說沒有。不過，我覺得儒林外史中的記載，頗可窺見當時書坊的情形。書中屢屢談到「闈墨」，即將近科鄉會試中式的八股文。加以精選批注，以供士子揣摩之用。是故每逢大比之年，書坊必定大做一筆生意。準此以言，乾隆五十一年丙午至嘉慶元年丙辰，這首尾十一年眞可說是書坊罕見的黃金時代，因爲十一年中，共有六次鄉試，六次會試；三次正科，三次恩科，玆列表如下：

五十一年丙午鄉試。

五十二年丁未會試。

五十三年戊申預行正科鄉試。（按：五十五年庚戌、乾隆八旬萬壽，例開恩科。但辰、戌、丑、未本爲會試之年，所以庚戌正科會試提前一年舉行，則鄉試便當提前兩年。）

五十四年己酉預行正科會試。

五十四年己酉恩科鄉試。

五十五年庚戌恩科會試。

五十七年壬子正科鄉試。

五十八年癸丑正科會試。

五十九年甲寅恩科鄉試（乾隆登極六十年）。

六十年乙卯恩科會試。

六十年乙卯恩科鄉試（嘉慶改元）。

六十一年（嘉慶元年）丙辰恩科會試。

除了乾隆五十六年以外，這十一年中年年有試事，五十四、六十兩年，更是春秋兩闈，（事實上，乙卯、丙辰本爲正科年分，如加開恩科，仿八旬萬壽之例，則五十八、五十九兩年，亦應是一年兩闈。）漪歟盛哉！

書籍的流通，亦即是南北的交流，每藉公車北上或落弟回籍時，完成其功用。到京會試，則琉璃廠訪書及隆福市逢九、逢十廟市逛舊書攤，固爲必有的節目；但南方如有新出刊本，或送人、或託帶、或販售，亦常藉公車而大量流傳於北方。是故說紅樓夢南北各有一個流傳中心，固爲事實，但謂北方流傳八十回本，南方流傳百二十回本，是不太切實際的想法。

根據您的考證，以及上列的貢舉年表，我推斷程本校訂印行的經過是如此：

一、乾隆五十六年春天，程偉元以八十回抄本及後四十回續稿，託高鶚校訂，高會試落第，窮愁潦倒（程偉元所謂「子閒且憊矣！」）欣然應諾，一面校，一面印，至冬至竣工，趕在年關前發行，是爲程甲本。

二、程甲本的銷路奇佳，印數亦不少；這可從元春繡像及程偉元序文雕板破損這一點上去推斷。至於銷路之好是因爲石頭記這部書的名氣，已流傳了二十幾年，多少人嚮往而不得寓目；一旦公開發行，且爲一百二十回，自然爭著先睹爲快。再者，丑子年恩科會試的舉人，至少有一半是在年內北上，人數總在一千以上；購以自閱之外，少不得還要買一、兩部準備送人，平均以每人一部計，在一個壬子年的新年中，光是這部份可以銷一千部。

三、程偉元當然早就顧到南方的市場；但如在京印書南運，則有諸多窒礙，京中供不應求，並無大量餘書，是其一；天寒地凍，水路不便，且亦非漕船「回空」之時，是其二；舟車駁運，費錢費事，是其三。既然如此，何不將原版送到蘇州刷印？此即是你所考出的胡天獵藏本的程乙本。

四、程乙本的銷路很壞。考究其原因：（1）石頭記一名，在南方的知名度本不如北方；再改了紅樓夢，更少人知；（2）不論程甲本，及略爲校改過的程乙本，錯字都很多，加以北方的口語，南方不熟習，閱讀更加吃力，口碑自然不佳；（3）因爲赴京會試的緣故，少了許多新科舉人，便少了許多顧客；（4）知道石頭記或紅樓夢並有意購置者，寄望於京版會比蘇版來得好，託人在京代購。

這些原因都是可以改善的，或者由時間來消失的。時間對蘇州萃文書屋更有利的是，壬子年有恩科鄉試；在江寧、杭州、南昌、福州等地，秋天還能做一筆好買賣。既然京本大獲其利，何妨不惜工本，大幹一番？而在高鶚，除了優厚的物質報酬（我疑心不用「文粹堂」而用「萃文書屋藏板」的名義，是意味著此書的權益，爲雙方所共有：利潤由程、高拆帳，與文粹堂出版其他書籍有別）之外；也還有愛惜羽毛之意，因而就程乙本大加改動；包括程序「紅樓夢是此書原名」，改正爲「石頭記是此書原名」」在內。

高鶚的此一工作，必在壬子年秋冬間完成；其理由已如前述，他要結束這一項雜務，才能專心一致準備舉業，再有個確證，見於周春「閱紅樓夢筆記」自序：「壬子冬，知吳門坊間已開雕矣。玆苕估以新刻本來，方閱其全。」即指程丙本而言。周春此序作於乾隆五十九年甲寅；所謂「苕估（湖州書商）以新刻本來」，自不必死看作程丙本於甲寅年始問世；但以時間計算，壬子還未有程丙本，則可斷言。

至於高鶚未寫「三版序言」，推想是出於程偉元的生意眼，因爲二版滯銷，存書甚多；如果明明白白說明是三版，並指出添改了兩萬餘字之多，則二版必無人問津，全成廢紙；所以不能不打個馬虎眼，希望將二版夾帶出去。同時，二版「引言」中，程高已大吹特吹，前八十回的錯字既已「聚集各原本詳加校閱，改訂無訛」；內容亦「廣集核勘，準情酌理，補遺訂訛」；後四十回又以秘本自炫，「惟按其前後關照者，略爲修葺，使其有應接而無矛盾，至其原文，未敢臆改」，誰知忽然增添了如許文字，改正了如許錯誤，豈非自明其前言爲虛？〔註29〕

高陽先生雖將「程丙本」的刊年修正爲壬子年內，但是對三印說的評價未免太高，從而生出多少不當的推論，因此，到了今天還有不少人相信這種錯誤的說法。事實上，以一有異本出現，即是多了一次的印刷，不以「混合本」或「隨校隨改」的異植字版」去作解釋，完全漠視程本木活字的特殊情況及甲乙二版間一些容易混淆的共同特徵，這是相當不合理的事，何況今天我們發現的甲、乙本中，除了胡適藏本可能是純粹的乙本外，如伊藤、倉石本、胡天獵叟本及徐氏本等，盡屬混合本，如果依照趙先生的說法，程本豈止三

〔註29〕高陽，「紅樓傾談——酬答趙岡教授」，「紅樓夢一家言」（臺北：聯經出版事業公司，民國66年8月）第114～119頁。

版的印刷，至少超過七、八版以上，從這種現象看來，程本間發生混合的機會相當的多，更能證明趙先生多版印刷說法的理論愈趨杳茫，尤其趙先生引爲證據的程序和元春繡像，更因徐有爲兄弟的發現程本而得到一個具體的答覆，如果我們以兩本對校，立即可以發現如下的情況：

1. 序　文

胡本程序的前三頁是胡天獵叟的補鈔（參見書影第五十一），筆迹十分惡劣，已經其本人的承認。然而第四頁也有部分爲其補筆，而歷來未被談及的地方。根據序文第三、四頁左下角缺損的情形來看，第一、二頁大概也是這種缺損的情況，甚至比前者還利害，如同伊藤教授的假設，僅存「紅樓夢」三字。在坊間乙本充斥下，拿到後期的乙本翻印本（原來乙本或無程序，下節詳論）補鈔，其結果自然發生牛頭不對馬嘴的事情，那麼伊藤教授推測首句的問題也就值得考慮了。〔註 30〕如果仔細校勘胡本補鈔的程序，其異同也不止限於「紅樓夢是此書原名」一句，如：「原目一百廿卷」誤作「原本目錄一百二十卷」、「所傳」誤作「所藏」、「廿」作「二十」、「殆」作「迨」、「剔」誤作「揚」、「鐫」作「鎸」等，可知胡天獵叟補鈔之差，不可盡信。不過徐有爲發現的本子由於缺少「程偉元印」、「月小山房」、「臣鶚印」、「蘭墅高氏」等幾個印記，則其序文也非原樣，不過依筆勢而影抄，並且描繪小泉的印記，而將「傳」誤作「行」，其影抄的底本大概是程甲本吧！

2. 元春繡像

如從胡本的柱子花紋來看，筆畫不均，時常逸出柱外，顯然可以確定是後人的補筆，何況這幅圖像在阿英的版畫集裏，完完整整，到了胡本，左下

〔註 30〕伊藤漱平教授推測乙本的「程序」由「引言」代替，應該足以成立，然而對於程序的異同及原因說得不夠詳盡。因爲程甲原作「紅樓夢本名石頭記」，乙本已可確定沒有程序存在，那麼，程序異文何以多達三種。尤其程序既爲雕版，而且僅限於程甲一版印行，至乙本時已經廢棄，豈有同一時空下，將程序作了兩次的改變。事實上根據「書錄」的記載，在「增評補圖石頭記」下曾作如此的介紹：「印本稱卷不稱回，但中縫則題第幾回、『增評補圖石頭記』及『悼紅軒原本』，程偉元原序首句『紅樓夢本名石頭記』亦改爲『石頭記是此書原名』，盡刪紅樓夢字樣，殆因違礙之故。」可見紅樓夢遭禁之後，或以「石頭記」、「金玉緣」、「大觀瑣緣」等名目繼續問世。但是不僅改換書名，連程序的首句也在這時候被改寫了。其後「胡天獵本」的程序僅存「紅樓夢」三字，韓氏晚年居臺，既無原本可資校補，只好根據後期的刻本或鉛印本等，補此「是此書原名」，成爲程序的第三種型式。豈知這種非驢非馬的錯誤型式，反被趙岡先生引爲「三印說」的重要證據。那麼，其可信度如何，已經不言而喻了。

角已略有缺損，徐本更在左半面的下半部損壞之後重新畫畫，可以看出此版缺壞的先後過程（參見書影第五十三），既然前後二本的柱子不見花紋，只有胡本獨有，顯然可以確定是後人增繪的。另外這幅圖猶有不很明顯的三根柱子，須要仔細分辨才能看出，但是三本的柱子全無花紋，更能證明前面兩根柱子的花紋，盡是後人補筆的鐵證。

因此三印說主張的根據完全錯誤，其說法只能讓人徒增誤會而已。至於「純版」的標準，即是下節中我們所要討論的主題。

貳、程本純版的標準及其判讀方法

一、程本的判讀方法

三印說的證據既然不可盡信，可是趙先生在無法粉飾的情況下，轉而堅守周春「隨筆」中所提到蘇州刻本的最後一道防線，並嚴格的提出「純版的標準」，反對「混合本」及「隨校隨改」等「配本」、「配葉」、「異植字版」的解釋方法，那麼，程本的問題豈不就此僵住，無法再作更進一步的討論了。事實不然，在雕版方面，有時因爲版本的存在，或有後期刷印的例子，如高麗藏經的版木至今保存完好，仍然一再的刷印；但是活字版的特性稍有不同，刷印完畢，一旦解版，原貌從此不可復見。也因如此，討論到程本的純版標準必需依照印刷時，時空的異同條件加以區分，如果前後多版的印刷，內容沒有絲毫的改變，空間的條件也是相同，僅在時間上改變，則重排後和刷印出來的版面絕對不會相同；相反的，儘管內容沒有改變，排版的時間也在同一時候，但是空間已分兩地，則產生出來的版面也會有所差異。這些差異的情況完全決定於活字版的特性，從版面的字模大小、正俗、傾斜等條件，都可以區別各版的種類，因此，這裏必需說明我的校對經驗，作爲以後判別版本的依據。

事實上，在這二百年後要去說出純版的標準，已隨程、高的過世而成絕響。縱使程、高二人面對著今日的程本群，是否能夠一一的指辨也成疑問，何況是沒有參與其事的我們呢？所以一旦集中兩種以上的程本時，不可流於主觀的判斷，必先依據活字版的特性校對，並歸納出到底可區分爲幾種版面，可惜我們目前所能看到的只有胡本和徐本兩種程本，而乏第三種的程本可資利用。但是從胡本和徐本的校對過程中，我們會發現以下四種情況：

（一）版異文異

二本間有大量異文，且從字模的位置、正俗、大小等情形看來也有不同，知非同一時空的印刷。證之後期刻本——亞東本同於胡本，東觀閣及王雪香評本同於徐本，可以斷定胡本爲乙本系統，徐本爲甲本系統。

第十五回第七頁下半第八頁上半面

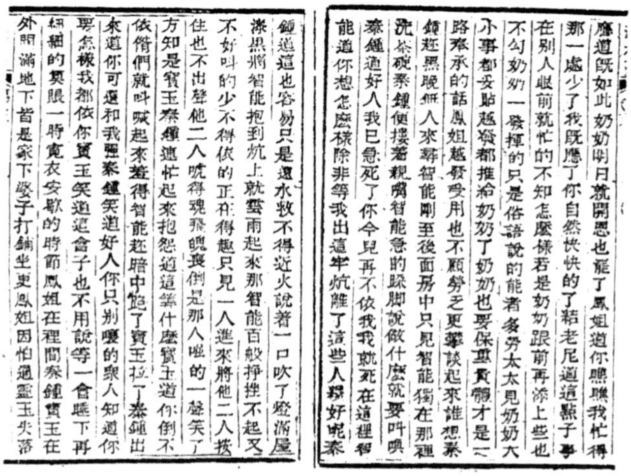

麼道既如此奶奶明日就開恩也罷了鳳姐道你瞧瞧我忙得那一處少了我既應了你自然快快的了結老尼道這點子事在別人跟前就忙的不知怎麼樣若是奶奶跟前再添上些也不勾奶奶一發揮的只是俗語說的能者多勞太太見奶奶大小事都妥貼越發都推給奶奶了奶奶也要保重貴體才是一路奉承的話鳳姐越發受用也不顧勞乏更攀談起來誰想秦鍾趁黑晚無人來尋智能剛至後面房中只見智能獨在那裡洗茶碗秦鍾便摟著親嘴智能急的跺腳說做什麼就要叫喚秦鍾道好人我已急死了你今兒再不依我我就死在這裡智能道你想怎麼樣除非等我出這牢坑離了這些人纔好呢秦

鍾道這也容易只是遠水救不得近火說著一口吹了燈滿屋漆黑將智能抱到炕上就雲雨起來那智能百般掙挫不起又不好叫的少不得依的正在得趣只見一人進來將他二人按住也不出聲他二人唬得魂飛魄喪倒是那人嗤的一聲笑了方知是寶玉秦鍾連忙起來抱怨道這算什麼寶玉道你倒不依咱們就叫喊起來羞得智能趁暗中跑了寶玉拉了秦鍾出來道你可還和我強秦鍾笑道好人你只別嚷的眾人知道你要怎樣我都依你寶玉笑道這會子也不用說等一會睡下再細細的算賬一時寬衣安歇的時節鳳姐在裡間秦鍾寶玉在外間滿地下皆是家下婆子打鋪坐更鳳姐因怕通靈玉失落

（廣文書局紅樓夢叢書徐氏程乙本——程甲本）

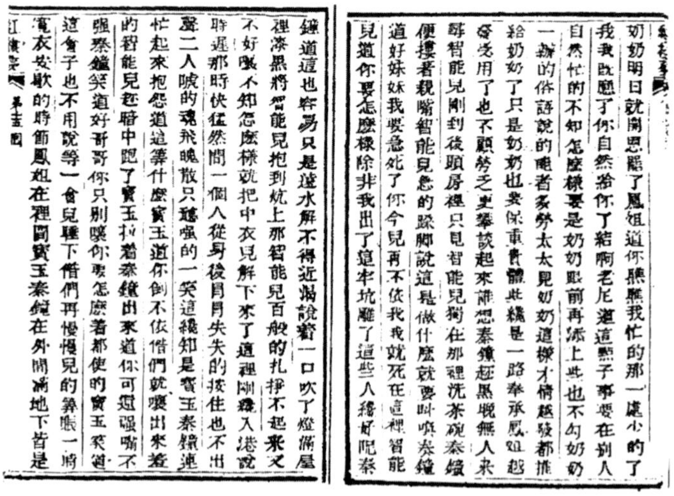

奶奶明日就開恩罷了鳳姐道你瞧瞧我忙的那一處小的了我我既應了你自然給你了結啊老尼道這點子事要在別人自然忙的不知怎麼樣要是奶奶跟前再添上些也不勾奶奶一辦的俗語說的能者多勞太太見奶奶這樣才情越發都推給奶奶了只是奶奶也要保重貴體些纔是一路奉承鳳姐越發受用了也不顧勞乏更攀談起來誰想秦鐘趁黑晚無人來尋智能兒剛到後頭房裡只見智能兒獨在那裡洗茶碗秦鐘便摟著親嘴智能兒急的跺腳說這是做什麼就要叫喚秦鐘道好妹妹我要急死了你今兒再不依我我就死在這裡智能兒道你要怎麼樣除非我出了這牢坑離了這些人纔好呢秦

鐘道這也容易只是遠水解不得近渴說著一口吹了燈滿屋裡漆黑將智能兒抱到炕上那智能兒百般的扎掙不起來又不好嚷不知怎麼樣就把中衣兒解下來了這裡剛纔入港說時遲那時快猛然間一個人從身後冒冒失失的按住也不出聲二人唬的魂飛魄散只聽嗤的一笑這纔知是寶玉秦鐘連忙起來抱怨道這算什麼寶玉道你倒不依咱們就嚷出來羞的智能兒趁暗中跑了寶玉拉著秦鐘出來道你可還強嘴不強秦鐘笑道好哥哥你只別嚷你要怎麼著都使的寶玉笑道這會子也不用說等一會兒睡下咱們再慢慢兒的算賬一時寬衣安歇的時節鳳姐在裡間寶玉秦鐘在外間滿地下皆是

紅樓夢 第十五回

（青石山莊胡天獵叟本——程乙本）

（二）版異文同

二本間無異文，然從字模的位置、正俗、大小等情形來看，知非同一時空的印刷，證之東觀閣本、王雪香評本等後期刻本，僅能分辨異版。

第八十五回第七頁下半第八頁上半

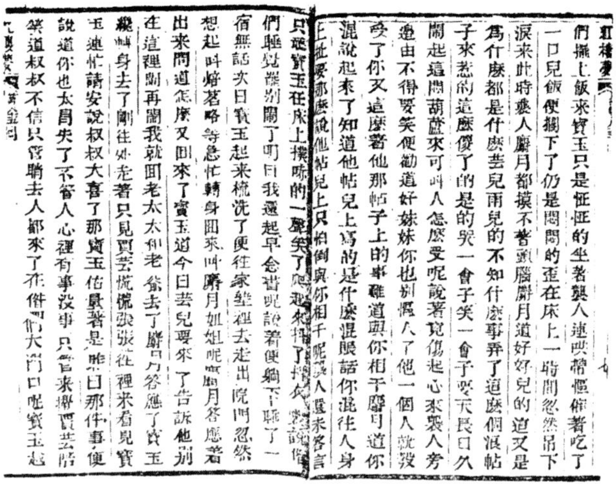
們攙上飯來寶玉只是怔怔的坐著襲人連哄帶催著吃了
一口兒飯便擱下了仍是悶悶的歪在床上一時間忽然吊下
淚來此時襲人麝月都摸不著頭腦麝月道好好兒的這又是
為什麼都是什麼芸兒雨兒的不知什麼事弄了這麼個浑帖
子來惹的這麼傻了的是的哭一會子笑一會子要天長日久
鬧起這悶葫蘆來可叫人怎麼受呢說著竟傷起心來襲人旁
邊由不得要笑便勸道好妹妹你也別慪人了他一個人就彀
受了你又這麼著他那帖子上的事難道與你相干麝月道你
混說起來了知道他帖兒上寫的是什麼混賬話你混往人身
上扯要那麼說他帖兒上只怕倒與你相干呢襲人還未答言
只聽寶玉在床上撲哧的一聲笑了爬起來抖了抖衣裳說咱
們睡覺罷別鬧了明日我還起早念書呢說著便躺下睡了一
宿無話次日寶玉起來梳洗了便往家塾裡去走出院門忽然
想起叫焙茗略等急忙轉身回來叫麝月姐姐呢麝月答應著
出來問道怎麼又回來了寶玉道今日芸兒要來了告訴他別
在這裡鬧再鬧我就回老太太和老爺去了麝月答應了寶玉
纔轉身去了剛往外走著只見賈芸慌慌張張往裡來看見寶
玉連忙請安說叔叔大喜了那寶玉估量著是昨日那件事便
說道你也太冒失了不管人心裡有事沒事只管來攪賈芸陪
笑道叔叔不信只管瞧去人都來了在咱們大門口呢寶玉越

（青石山莊胡天獵叟本——程甲本）

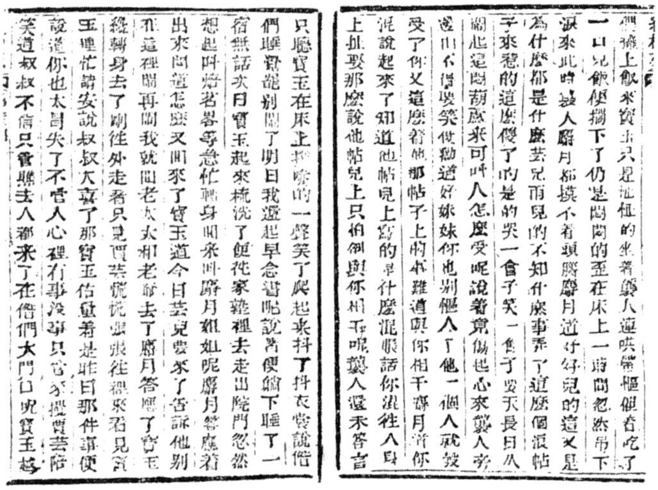
們攙上飯來寶玉只是怔怔的坐著襲人連哄帶催著吃了
一口兒飯便擱下了仍是悶悶的歪在床上一時間忽然吊下
淚來此時襲人麝月都摸不著頭腦麝月道好好兒的這又是
為什麼都是什麼芸兒雨兒的不知什麼事弄了這麼個浑帖
子來惹的這麼傻了的是的哭一會子笑一會子要天長日久
鬧起這悶葫蘆來可叫人怎麼受呢說著竟傷起心來襲人旁
邊由不得要笑便勸道好妹妹你也別慪人了他一個人就彀
受了你又這麼著他那帖子上的事難道與你相干麝月道你
混說起來了知道他帖兒上寫的是什麼混賬話你混往人身
上扯要那麼說他帖兒上只怕倒與你相干呢襲人還未答言
只聽寶玉在床上撲哧的一聲笑了爬起來抖了抖衣裳說咱
們睡覺罷別鬧了明日我還起早念書呢說著便躺下睡了一
宿無話次日寶玉起來梳洗了便往家塾裡去走出院門忽然
想起叫焙茗略等急忙轉身回來叫麝月姐姐呢麝月答應著
出來問道怎麼又回來了寶玉道今日芸兒要來了告訴他別
在這裡鬧再鬧我就回老太太和老爺去了麝月答應了寶玉
纔轉身去了剛往外走著只見賈芸慌慌張張往裡來看見寶
玉連忙請安說叔叔大喜了那寶玉估量著是昨日那件事便
說道你也太冒失了不管人心裡有事沒事只管來攪賈芸陪
笑道叔叔不信只管瞧去人都來了在咱們大門口呢寶玉越

（廣文書局紅樓夢叢書程乙本——程乙本）

（三）版同文同

1. 二本間無異文，且從字模的位置、正俗、大小以及倒排等情形看來，知爲同一時空的印刷，證之後期刻本，異於亞東本而與東觀閣本、王雪香評本的文字完全相同，可以斷定並屬甲本系統。

第一百十九回第十六頁下半十七頁上半面

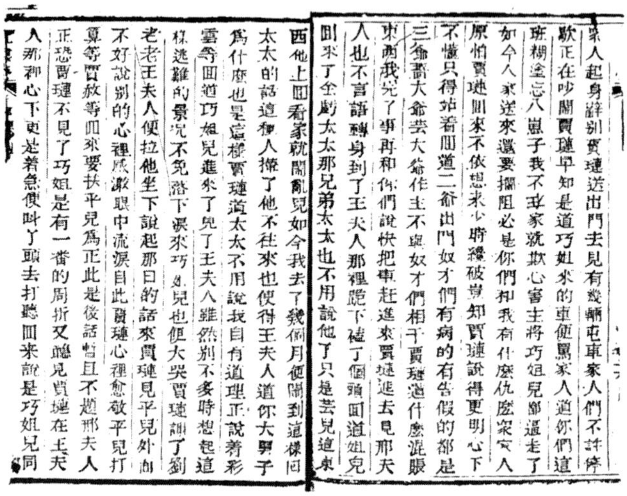

衆人起身辭別賈璉送出門去見有幾輛屯車家人們不許停歇正在吵鬧賈璉早知是道巧姐來的車便罵家人道你們這班糊塗忘八崽子我不在家就欺心害主將巧姐兒都逼走了如今人家送來還要攔阻必是你們和我有什麼仇麼衆家人原怕賈璉回來不依想來少時纔破豈知賈璉說得更明心下不懂只得站着回道二爺出門奴才們有病的有告假的都是三爺薔大爺芸大爺作主不與奴才們相干賈璉道什麼混賬東西我完了事再和你們說快把車赶進來賈璉進去見邢夫人也不言語轉身到了王夫人那裡跪下磕了個頭回道姐兒回來了全虧太太那兒弟太太也不用說他了只是芸兒這東西他上回看家就鬧亂兒如今我去了幾個月便鬧到這樣回太太的話這種人攆了他不往來也使得王夫人道你大舅子爲什麼也是這樣賈璉道太太不用說我自有道理正說着彩雲等回道巧姐兒進來了見了王夫人雖然別不多時想起這樣逃難的景况不免落下淚來巧姐兒也便大哭賈璉謝了劉老老王夫人便拉他坐下說起那日的話來賈璉見平兒外面不好說別的心裡感激眼中流淚自此賈璉心裡愈敬平兒打算等賈赦等回來要扶平兒爲正此是後話暫且不題邢夫人正恐賈璉不見了巧姐必有一番的周折又聽見賈璉在王夫人那裡心下更是着急便叫丫頭去打聽回來說是巧姐兒同

（青石山莊胡天獵叟本——程甲本）

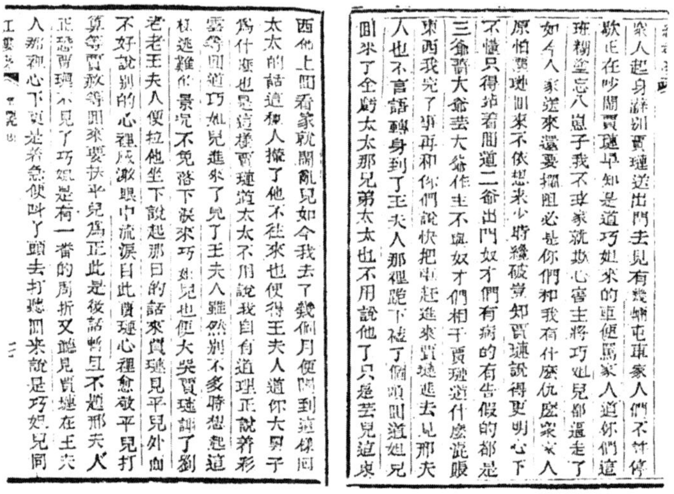

衆人起身辭別賈璉送出門去見有幾輛屯車家人們不許停歇正在吵鬧賈璉早知是道巧姐來的車便罵家人道你們這班糊塗忘八崽子我不在家就欺心害主將巧姐兒都逼走了如今人家送來還要攔阻必是你們和我有什麼仇麼衆家人原怕賈璉回來不依想來少時纔破豈知賈璉說得更明心下不懂只得站着回道二爺出門奴才們有病的有告假的都是三爺薔大爺芸大爺作主不與奴才們相干賈璉道什麼混賬東西我完了事再和你們說快把車赶進來賈璉進去見邢夫人也不言語轉身到了王夫人那裡跪下磕了個頭回道姐兒回來了全虧太太那兒弟太太也不用說他了只是芸兒這東西他上回看家就鬧亂兒如今我去了幾個月便鬧到這樣回太太的話這種人攆了他不往來也使得王夫人道你大舅子爲什麼也是這樣賈璉道太太不用說我自有道理正說着彩雲等回道巧姐兒進來了見了王夫人雖然別不多時想起這樣逃難的景况不免落下淚來巧姐兒也便大哭賈璉謝了劉老老王夫人便拉他坐下說起那日的話來賈璉見平兒外面不好說別的心裡感激眼中流淚自此賈璉心裡愈敬平兒打算等賈赦等回來要扶平兒爲正此是後話暫且不題邢夫人正恐賈璉不見了巧姐必有一番的周折又聽見賈璉在王夫人那裡心下更是着急便叫丫頭去打聽回來說是巧姐兒同

（廣文書局紅樓夢叢書徐氏程乙本——程甲本）

2. 二本間無異文，且從字模的位置、正俗、大小等情形來看完全相同，知爲同一時空的印刷，證之東觀閣本、王雪香評本並有異文，與亞東本的內容一致，可以斷定並屬乙本。

第三回第九頁下半第十頁上半面

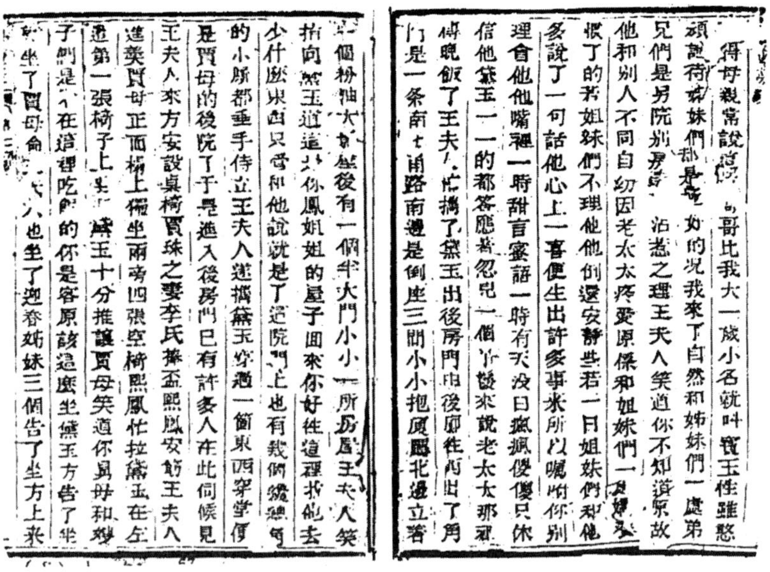

得母親常說這位哥哥比我大一歲小名就叫寶玉性雖憨
頑說待姊妹們却是極好的況我來了自然和姊妹們一處弟
兄們是另院別房豈有沾惹之理王夫人笑道你不知道原故
他和別人不同自幼因老太太疼愛原係和姐妹們一處嬌養
慣了的若姐妹們不理他他倒還安靜些若一日姐妹們和他
多說了一句話他心上一喜便生出許多事來所以囑咐你別
理會他他嘴裏一時甜言蜜語一時有天沒日瘋瘋傻傻只休
信他黛玉一一的都答應着忽見一個丫鬟來說老太太那裏
傳晚飯了王夫人忙攜了黛玉出後房門由後廊往西出了角
門是一条南北甬路南邊是倒座三間小小抱廈廳北邊立着
一個粉油大影壁後有一個半大門小小一所房屋王夫人笑
指向黛玉道這是你鳳姐姐的屋子回來你好往這裏找他去
少什麽東西只管和他說就是了這院門上也有幾個纔總角
的小廝都垂手侍立王夫人遂攜黛玉穿過一個東西穿堂便
是賈母的後院了于是進入後房門已有許多人在此伺候見
王夫人來方安設桌椅賈珠之妻李氏捧盃熙鳳安筯王夫人
進羹賈母正面榻上獨坐兩旁四張空椅熙鳳忙拉黛玉在左
邊第一張椅子上坐下黛玉十分推讓賈母笑道你舅母和嫂
子們是不在這裏吃飯的你是客原該這麽坐黛玉方告了坐
就坐了賈母命王夫人也坐了迎春姊妹三個告了坐方上來

（廣文書局紅樓夢叢書徐氏程乙本——程乙本）

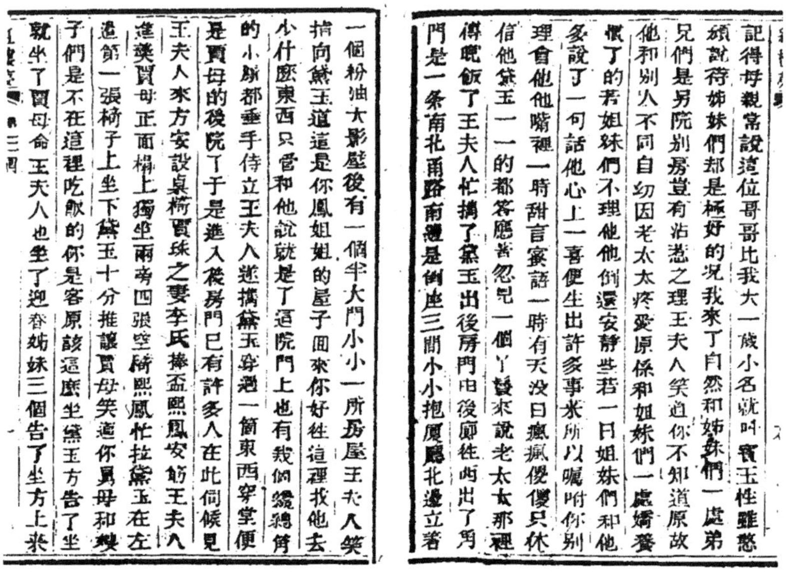

記得母親常說這位哥哥比我大一歲小名就叫寶玉性雖憨
頑說待姊妹們却是極好的況我來了自然和姊妹們一處弟
兄們是另院別房豈有沾惹之理王夫人笑道你不知道原故
他和別人不同自幼因老太太疼愛原係和姐妹們一處嬌養
慣了的若姐妹們不理他他倒還安靜些若一日姐妹們和他
多說了一句話他心上一喜便生出許多事來所以囑咐你別
理會他他嘴裏一時甜言蜜語一時有天沒日瘋瘋傻傻只休
信他黛玉一一的都答應着忽見一個丫鬟來說老太太那裏
傳晚飯了王夫人忙攜了黛玉出後房門由後廊往西出了角
門是一条南北甬路南邊是倒座三間小小抱廈廳北邊立着
一個粉油大影壁後有一個半大門小小一所房屋王夫人笑
指向黛玉道這是你鳳姐姐的屋子回來你好往這裏找他去
少什麽東西只管和他說就是了這院門上也有幾個纔總角
的小廝都垂手侍立王夫人遂攜黛玉穿過一個東西穿堂便
是賈母的後院了于是進入後房門已有許多人在此伺候見
王夫人來方安設桌椅賈珠之妻李氏捧盃熙鳳安筯王夫人
進羹賈母正面榻上獨坐兩旁四張空椅熙鳳忙拉黛玉在左
邊第一張椅子上坐下黛玉十分推讓賈母笑道你舅母和嫂
子們是不在這裏吃飯的你是客原該這麽坐黛玉方告了坐
就坐了賈母命王夫人也坐了迎春姊妹三個告了坐方上來

青石山莊胡天獵叟本——程甲本）

（四）版同文異

二本間有異文，然從字模的位置、正俗、大小等情形來看，知爲同一時空的印刷，證之後期刻本，並近亞東本，遠於東觀閣本、王雪香評本，知二本並屬乙本系統的異植字版。

第卌九回第一頁

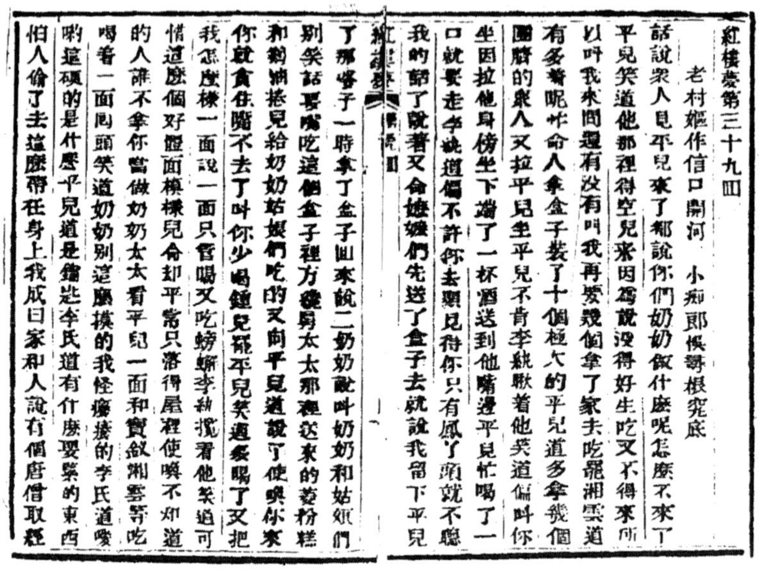
紅樓夢第三十九回
老村嫗作信口開河　小痴郎偏尋根究底
話說眾人見平兒來了都說你們奶奶做什麼呢怎麼不來了平兒笑道他那裡得空兒來因為說沒得好生吃又不得來所以叫我來問還有沒有叫我再要幾個拿了家去吃罷湘雲道有多着呢忙命人拿盒子裝了十個極大的平兒道多拿幾個團臍的眾人又拉平兒坐平兒不肯李紈瞅着他笑道偏叫你坐因拉他身傍坐下端了一杯酒送到他嘴邊平兒忙喝了一口就要走李紈道偏不許你去顯見得你只有鳳丫頭就不聽我的話了說着又命嬷嬷們先送了盒子去就說我留下平兒了那婆子一時拿了盒子回來說二奶奶說叫奶奶和姑娘們別笑話要嘴吃這個盒子裡方纔舅太太那裡送來的菱粉糕和雞油捲兒給奶奶姑娘們吃的又向平兒道說了使喚你來你就貪住嘴不去了叫你少喝鍾兒罷平兒笑道多喝了又把我怎麼樣一面說一面只管喝又吃螃蟹李紈攬着他笑道可惜這麼個好體面模樣兒命却平常只落得屋裡使喚不知道的人誰不拿你當做奶奶太太看平兒一面和寶釵湘雲等吃喝着一面回頭笑道奶奶別這麼摸的我怪癢癢的李氏道噯喲這硬的是什麼平兒道是鑰匙李氏道有什麼要緊的東西怕人偷了去這麼帶在身上我成日家和人說有個唐僧取經

青石山莊胡天獵叟本——程甲本

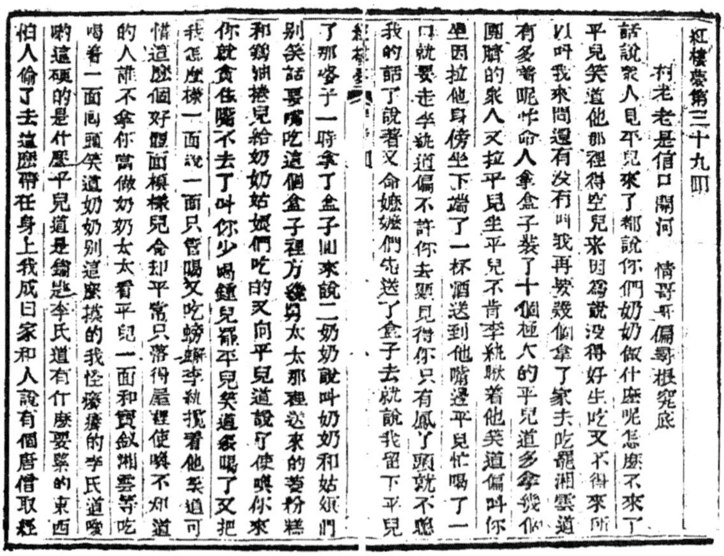
紅樓夢第三十九回
村老老是信口開河　情哥哥偏尋根究底
話說眾人見平兒來了都說你們奶奶做什麼呢怎麼不來了平兒笑道他那裡得空兒來因為說沒得好生吃又不得來所以叫我來問還有沒有叫我再要幾個拿了家去吃罷湘雲道有多着呢忙命人拿盒子裝了十個極大的平兒道多拿幾個團臍的眾人又拉平兒坐平兒不肯李紈瞅着他笑道偏叫你坐因拉他身傍坐下端了一杯酒送到他嘴邊平兒忙喝了一口就要走李紈道偏不許你去顯見得你只有鳳丫頭就不聽我的話了說着又命嬷嬷們先送了盒子去就說我留下平兒了那婆子一時拿了盒子回來說二奶奶說叫奶奶和姑娘們別笑話要嘴吃這個盒子裡方纔舅太太那裡送來的菱粉糕和雞油捲兒給奶奶姑娘們吃的又向平兒道說了使喚你來你就貪住嘴不去了叫你少喝鍾兒罷平兒笑道多喝了又把我怎麼樣一面說一面只管喝又吃螃蟹李紈攬着他笑道可惜這麼個好體面模樣兒命却平常只落得屋裡使喚不知道的人誰不拿你當做奶奶太太看平兒一面和寶釵湘雲等吃喝着一面回頭笑道奶奶別這麼摸的我怪癢癢的李氏道噯喲這硬的是什麼平兒道是鑰匙李氏道有什麼要緊的東西怕人偷了去這麼帶在身上我成日家和人說有個唐僧取經

廣文書局紅樓夢叢書徐氏程乙本——程乙本

根據以上四個例子，我們便會發現程本爭論的焦點不在（三）、（四）兩例，而是集中（一）、（二）例中。換句話說，即是如何斷定它們不是同一時空下的產物，怎麼分辨甲、乙二版的隸屬問題，根據的又是什麼標準？在討論這個課題之前，首先說明兩點。

第一點——面對著程本群既然無法主觀的認定它是屬於甲本或乙本，那麼要找出程本的純版標準便相當的困難，但是有幾種近於甲本純版的後裔即在乙本尚未出版之前，已經根據甲本從事翻刻的東觀閣本或全傳本（詳後說明），甚至稍後又據二本之一加以翻刻的王希廉評本，都可據作判斷的輔助標準。

第二點——王珮璋女士曾經談到：

> 都是蘇州（案：此爲王氏之誤，下節詳論）萃文書屋印的，甲乙本每頁之行款、字數、版口等全同。且甲乙本每頁之文字儘管不同（據我統計，甲本全書一千五百七十一頁，到「乙本」裡文字上未改動的僅五十六頁——「乙本」因增字故，多四頁），而到頁終則又總是取齊成一個字，故甲、乙本每頁起訖之字絕大多數相同（據我統計，一千五百七十一頁中，甲乙本起訖之字不同者不過六十九）頁，因之甲乙本分辨極難；甚至一百十九、一百二十回「程乙本」之活字就是「程甲本」之活字，第一百十九回第五頁甲乙本之文字、活字、版口全同，簡直就是一個版，如果說別人冒名頂替，甚不可能。〔註31〕

王女士這次校對的結果，儘管和我校對後的統計略有小異，（如版口起訖不同的統計多出六頁左右），然而從統計數字的接近來看，證明這個結果應是不刊之論，更增加我們分辨甲乙二本間的信心。

根據以上的兩點說明，我們再看（一）版異文異（二）版異文同的兩個例子，第（一）例已可輕易的加以解決，只有第（二）例版異文同雖從字模的位置、大小、正俗以及版面的情況，可以確知並非同一時空下的產物，但是在既無異文的情況下，校對後期的任何刻本也不會發現任何不同的文字，否則，仍是後期刻本自身的忠實問題，當然無法用作判斷的標準。不過根據字模的正俗、大小、位置及版面（絲欄）等條件，可以知道絕非同一時空下的印刷。畢竟原版活字一旦解散，時空的條件既變，重排的字模，其正俗、大小、位置、版面，重印的結果，要和初印的甲本完全一致，或然率可說十分渺茫。尤其在一百九十年後的今天，讓我們去分析初版和再版，縱使程、

〔註31〕王珮璋，「紅樓夢後四十回的作者問題」註①三，「論文集」第168頁。

高再世，也是自嘆弗如，幸好這種例子不會太多，只有五十六頁而已，因此解決這些版異文同的唯一方法，只好依回而分，不能據頁論斷。

既然如此，趙教授先前提到「純版的標準」，在此已經確信找到了分辨的方法，而伊藤教授認為難以解答，不願多談的問題，也可因此得到一個合理的解決，不管「三印說」、「四印說」等諸種不同的說法，在此衡鑒之下，立見分曉。

至於第（三）版同文同的例子，我們也可以根據後期刻本中近於純版標準的東觀閣本，全傳本或王希廉評本，甚至亞東本或啓功校註的人民文學出版社的程乙本加以確認它隸屬甲本或是乙本，只有第（四）版同文異的例子，不管根據何本校對，必有一本不能歸入甲本或乙本中，這時的解決方法不能盡從文字的歸類，必需從版面及活字的特性來加以討論，此即以下所要說明的「異植字版」。

二、異植字版

由於上述第（四）例版同文異的情形相當的特別，容易引起誤會，認為那兩種版面是在不同時空下的產物。可是我們仔細比勘其版面，以及字模的位置、大小、正俗等條件，除了有異文的地方外，其他條件還是完全相同，不能說是異版，這就是長澤規矩也教授所說的「異植字版」，也僅限於木活字才會發生這種特殊的情況，其發生的原因不外兩點：

第一：是因同一時空下的印刷，限於木活字的不易校勘，顛倒錯落的情形，滿紙都是，但是一旦發現錯誤，又容易改正，此即潘師所謂的「隨校隨改」，自然產生了異植字版的情形，這種改動往往僅限數字數句間，還容易分辨。

第二：活字版雖有易擺的優點，但因刷印一久，活字常因木理的堅實不同，膨脹係數也隨之而異，自然地使版面產生高低不平的現象，因此不得不重新擺印。也就在重擺的時候，產生了「異植字版」的情況，這種改動通常較大，直可視為異版。

根據「書錄」，「壬子萃文書屋活字本，新鐫全部繡像紅樓夢」下舉出的：「又一本略異，已殘，如第六十九回頁二上行三第二十字『行』字倒排，頁十二上行二『賈母忽然來』下多一『喚』字」。甚至啓功校的人民出版社的程乙本，其「校記」內也說：「『喚』字原無。按自上文『放了七日』句至此句一段，諸本皆無，唯第七十回首接敘此事有『賈母喚了他去』字樣。今暫酌補『喚』字。以意補充這兒的中斷。」而較爲具體的例子則如伊藤教授舉出的第七回第四頁，同屬乙本的倉石本和胡天獵本二本間的異植字版，雖經重排，但是除第二、三行已經更改，第七行有「鬟」、「環」之區別外，其他的字模，正俗位置仍然可以用第一種方法加以判別是隸屬乙本的異植字版，（參見書影第五十四回），而且我們再以廣文書局「紅樓夢叢書——程乙本」加以比勘，立刻可以發現它和伊藤本相同，屬於甲本系統。

三、混合本的問題

區分甲、乙本的標準既已確立，程本的判讀方法也告解決。那麼，便可順次談到混合本的問題。

關於程本間的混合現象，在國內並未廣泛的引起注意，後因青石山莊影印了胡天獵叟本，藉著潘師的呼喚及詳細的解說，趙岡先生才認眞的給予考慮。其實這個問題，在東鄰的日本，早由太田辰夫教授談過二次了。其第一篇的文章中曾說：

> ……唯甲、乙本的內容差異甚大，然而版式卻如此的一致，因此甲、乙本的混亂或者相當的多，這點儘管重要，但是注意的人仍然很少。譬如（2）項中的乾隆己卯本，關於其六十四、六十七兩回是據他本抄補，可是其六十四回近於甲本，六十七回則近於乙本。這是因抄配時所用的底本爲甲、乙混合本，或者表示其用於校對的甲本和乙本的那個部分，又因顚倒而成者（但是可能性以前者大些）。尤其造成這個樣子以後，都有可能說是程甲本或程乙本。如果需要全面加以檢討，中間是否存有配本，不能僅自卷首及卷尾上去作判斷，或許甲本中只有一頁是乙本，而以下全無，苟若如此，所謂甲本、乙本的區別便毫無意義了。〔註 32〕

其後，他又依據過去的校對經驗，利用號稱程乙本排版的亞東新版及倉石武四郎教授所藏的程乙本校對，發覺其中一回不同者非常的多，可是和屬於程甲本系統的壬辰本（王雪香評本）對校，不同處卻又極少，因此在評介人民文學出版社新刊的「紅樓夢」裡，發表了如下的意見：

〔註 32〕太田辰夫，「紅樓夢的教科書」，「中國歷代口語文」（日本江南書院，1957）第 50 頁。

> 要說這件事有何意義的話，即是倉石先生所藏的程乙本裡，已經混入了甲本；否則，倉石藏程乙本若非乙本的「配本」，則在亞東裡使用的程乙本（胡適藏本）的那回是爲程甲本；同時，也可以說王希廉根據的程甲本系統的那回是程乙本。（但是前者在可能性方面也不至於差得太遠）〔註33〕。

從這兩個例子看來，我們知道現存的程本，都有可能相同或相異的部分頁數，即是甲本間，插入數冊、數回或數頁的乙本，而在乙本的情形也是如此。所以引用時，不可不加小心，否則容易造成錯誤。然而這種情形和趙教授所主張的「三印說」截然不同。因爲他並非在多次不同時空下所產生的結果。誠如前面的論述，程本總共只有兩次不同時空的印刷，這種推斷完全是根據木活字的特性加以比較出來的結論，因此，只要區分甲、乙本的標準確立，判讀的方法解決，不論程本間如何的混置，都可以輕易的找出混置的數冊數回、數頁，而不會發生困難。

然而混合本的產生無關於印刷的版數，其產生的原因不外以下四點：

（一）由於木活字印刷之前，必先從事套格用紙的印刷，因此一旦印刷的套數決定，套格用紙的數量也就趨於劃一。可是印刷的過程中必有損壞而不能裝訂成一套、成冊、成回的情形發生，沒有達到預訂的套數。如果一有再版，這些初版中存剩的數冊、數回、數頁，再版必被襲用，自然的產生了混合本的情形。

（二）如果一些嫻熟印刷的聰明工人，了解到前者的情形，必會在預訂的套數中，加印幾套，補充其間的折損率。可是損壞的情形既不劃一，初版中存剩的數冊、數回、數頁，如果再版時被襲用也會發生以上所說的混合現象。

（三）初版、再版的時間儘管不同，可是都是萃文書屋一地的印刷，在空間條件的限制下，前後所用的一套工具和字模完全相同。在這種情形下，排版出來的版面，如果不經仔細校對，僅憑外貌去看，必如王珮璋女士所說的「甲、乙本分辨極難；甚至第一百十九、一百二十回程乙本之活字就是程甲本之活字，第一百十九回第五頁甲、乙本之文字、活字、版口全同，簡直就是一個版……」。在此情形之下，書店發售時，甲、乙二套是否會有混置的

〔註33〕太田辰夫，「論新版紅樓夢」，「大安」第四卷第三號（1958、3）第 2 頁。以上二處引文已經本人翻譯。

情形發生也需要考慮。

（四）如果收藏者或書店收購或發售時，基於殘存數冊、數回、數頁的情況下，爲了補足成套，往往也會將甲、乙殘本混合，不管知不知道是否同版抑是異版，在求全和求容易發售的心理下，也有可能產生配本、配回、配頁的情況。

這四點都是混合本產生時，可能遇到的情況，也是限制混合本的條件，其機遇不能輕忽，造成今日程本混合的充斥現象。但是這種混合本和趙岡教授所主張的三印說絕對不同。畢竟它非時空變異的印刷條件下產生的結果，而被認爲「程丙本」的胡天獵本和廣文書局紅樓夢叢書中的程乙本就在這個陷阱下產生，以致有胡適先生的誤判及趙岡先生的錯誤主張。所以今日發現的程本群裏，我們只能確定程本僅有兩次的印刷——甲、乙二版，其他不當的說法不再重述，暫告一個段落。

四、現存程本的調查狀況

程本判讀的方法既已找到，分辨甲本純版的標準也已解決，則利用這個方法和標準，去調查目前所能夠看到的程本，且再配合現在所知的程本資料，則程本的情形大概是這樣的：

1. 胡適藏程乙本：

裝幀：百廿回，分訂二十四冊，分裝四函。

用紙：中國連史紙

板式：本子的大小是二十一米突乘十三米突半（按：單位錯誤，應爲釐米）每半頁十行，每行二十四字。

字體：字的大小比頭號鉛字稍小，比二號鉛字稍大。無眉批、無夾註、無評。

序　：卷首爲高鶚敘，次爲紅樓夢引言。

圖贊：敘及引言後有畫與讚十三頁。

其他：每行隔線不到頭，有些字排倒了。有些地方第一行的第一字應在第二行的行頭，第二行的第一字移在第一行第一字，文理才通。

2. 倉石本〔註34〕：

〔註34〕此處引用的資料全據伊藤漱平教授的調查結果，並經本人翻譯。原文詳見伊藤漱平教授「程偉元刊『新鐫全部繡像紅樓夢』小考」，「中國的言語與文學」「烏

裝幀：百廿回足本，每五回為單位，分訂為廿四冊，每三十回為單位，分裝四函。

封面：封面、扉頁並缺。

序　：程序、高敘、引言並屬抄補。

圖贊：一、「石頭」匡廓左右中央破損。十六「史湘雲」湘雲裙子有了補筆。一九「李紋等」中央欄杆二條都破損了。（同胡天獵叟本）二十二「晴雯」左下部破失。

配本：甲本回數有廿一～三〇，三六～五〇，六一～九〇，一〇一～一〇五回等，共六十回。乙本回數有一～二〇，三一～三五，五一～六〇，九一～一〇〇，一〇六～一二〇回等，共六十回。

鈔補：第一回第十三頁、第四十回第十七頁並鈔補。

混置：第十三回末第十三、十四頁、（甲本第九頁、重複編頁，實際當是各為十四、十五頁）第九回第一頁。第卅一回第一頁，第百十九回第五頁並為甲本。

欠頁：第卅七回第五頁欠頁。

誤編：第四十七回第十二、十三頁各誤編為十一、十二頁。

錯訂：第六十二回第十二頁錯訂在第六十一回第九頁後。

3. 伊藤本〔註35〕：

裝幀：前半部每四——七回分訂成冊，第六十一回後，每五回裝訂成冊，共廿四冊（欠二冊）、分裝三函。計甲本百回，乙本十回。

封面：封面、扉頁並缺。

序　：程序第一頁前半頁下部鈔補（「游戲三昧」的印記下半破失）。缺引言。

圖贊：一圖、二圖下部鈔補。四圖下部中央匡廓破失。五圖左下部破失。十一圖左下部匡廓破失。十三、十四圖同上。十五圖左下部破失。廿一圖左下部匡廓破失。十九圖「李紋等」中央欄杆二條破損（同於胡本）。

配本：百十回殘本（缺第十九～廿三回，第九十一回～九十五回）

甲本：有一～九〇，一〇一～一一〇，一一六～一二〇回，共一百回。

居久靖先生華甲紀念論集」，1973 年（以下簡稱「小考」），第 334～335 頁。

〔註35〕同上，第 335 頁。

乙本：有九六～一〇〇，一一一～一一五回，共十回。

配頁：第九回第一頁屬乙本（與倉石本現象相反）。

鈔補：第四回第一頁前半頁、第九十回第十一頁後半頁，第十二頁前半頁各一小部分，第百十六回第一、二頁及第三頁的一小部分並爲鈔補。

欠頁：第卅回第十一頁、第卅一回第一頁，第九十回第十二頁和第百廿回第十五頁的後半頁並爲欠頁。

誤編：第三回第十～十五誤編第九～十四。

第四十七回第十二、十三誤編作十一、十二頁（與倉石本同）。

錯訂：第卅回第一頁錯訂在第廿六回第二頁後。

4. 廣文紅樓夢叢書「程乙本」

裝幀：目錄十三頁，位於圖贊之前和諸本不同，末頁似爲木活字，其他則似刻板。然因未見甲本目錄，無所根據，未敢斷言是屬刻版還是活字版。

版式：影本匡廓高十六・六公分，濶十一・三公分。

目錄高十六・二公分、濶十・八公分。

封面：封面、扉頁並缺（同倉石本、伊藤本）

序　：程序、高敘並爲影寫，各二頁，又程序描補「小泉印記」。

圖贊：廿四圖，前塗後贊，刻板。第六元春圖左半部破失重描，柱子無文，又內侍增塗墨帽。第十一巧姐圖左下角略損。第十四薛寶釵圖左下部略爲缺損。第廿二晴雯圖左下小角缺損。

配本：第一～三十回，第九十一～一二〇回爲甲本，第三十一～六〇回，第六一～九〇回爲乙本。又第一一六回全部爲乙本。

配頁：第一回第一～一〇頁，第二回第八頁～第三回第十頁上半頁爲乙本配頁。

鈔補：第三回第十下半頁～第十五頁，第四回第一頁、第九回第一頁，第八十二回第十頁中縫左右四行的中間部分因缺損而鈔補（據程甲本補抄）。

欠頁：第四七回第十二頁缺頁（同胡天獵本）。

誤編：第四七回第十三頁誤編爲十二。第六十八回第十頁，版心被誤編爲六十七回。

缺損：第三回第六頁至第十頁上半頁中間部分略損。第五回第九頁第十行略損，第七回第九頁下半部缺損，第八回四頁後中縫及右下角略有破損。第九回第二頁中縫版心處並破損。第二十回第四頁版心下部、第五十六回五頁下部，第六十一回第一、五頁近版心處，第八十回第九～十二頁版心，第一○一回第一頁至第一○三回第一頁對應之左右上角等處並缺損或蟲蛀。

改正：第一回第六頁下半第二行「隱士」經後人作鉤乙號，第七回首頁最後一字「天」誤作「夭」，經後人改正。第九回第四頁四行「低賠」乙改。八行「與」旁改作「興」、「楊」旁改作「揚」、六行「矩」旁改作「短」，三行「哐」旁改作「咂」。第六八回第二頁二行、第五頁、第七頁等偶有後人意改字。

5. **胡天獵叟本**：（以下大致是據伊藤的調查，並經本人的參校補充。）

裝幀：目錄十三頁、整版。有一部分挖改（補刻）只有最後的第十三頁大概是木活字版。分訂二十冊，裝作四函（因爲底本也說分訂爲二十冊，但是原裝「第一分冊應到第三回，第三分冊是到第十五回」共分裝爲二十四冊的吧）。

版式：底本匡廓高十七公分，濶二三公分。影印本匡廓高十六公分，濶二二公分（據胡天獵叟「敘言」）第十四冊以後，更改與原尺寸同大。（見第十三冊「通告」）。右面胡氏所謂的「濶」是按左右單邊的內側標準測量，如依伊藤教授就若干回測定的結果，程甲本匡高一六・六公分，濶一○・九公分。程乙本匡高十六・六公分（與甲本同）濶一一公分（因爲甲本左右雙邊對乙本單邊而言，假設計算內部的話，前者內側的格線範圍則顯得狹些。但是第百十一回以後，甲本同樣左右雙邊，則爲一○・九公分）還有目錄的匡廓，其匡高一六・四公分，濶一○・八公分，對本文部分則顯略小。

行款：正文半頁十行，行廿四字，白口，左右單邊。第六十一回以後，除第七十一～七十五回的五回外，爲左右雙邊。有界，程甲本左右雙邊（四周同爲雙邊），程乙本是左右單邊。乙本除第百十一回以後的十回是左右雙邊，而左半頁雙邊的內側格線消失的例子很多。

封面：原「封面」與「扉頁」都已缺失。「封面」原題或作「繡像紅樓夢」，但是「扉頁」上可能有「重鐫全部繡像紅樓夢，萃文書屋」的刊記，胡天獵叟所藏底本的那頁大概破失了，在第百二十回回末第十五頁第十行（末行）題作「萃文書屋藏板」。

序　：程偉元（字小泉）「序」二頁，高鶚（字蘭墅）「敘」二頁，小泉、蘭墅連署「紅樓夢引言」二頁。程與高序全爲整版，甲、乙兩本都用同版。引言是聚珍版（木活字印刷，見乙本）。

程序第一頁全頁鈔補（首句「紅樓夢小說本名石頭記」，現已妄改作「紅樓夢是此書原名」）。第二頁前半頁第五行末「迨不可收」及第六行末「釐揭截長」鈔補（「迨」、「揭」當分別作「殆」、「剔」）第二頁後半頁第一行末「復爲鐫板以公」、第二行末「始至是告」等部分補寫，這是第一頁及第二頁中央下部破失後的補筆。

圖贊：廿四，前圖後贊。

整版（贊的筆跡，似乎也是高氏的）

第三、五、六、十、十二、十三、十八、二十、二一圖破失的一部分被補寫了。在六圖「賈元春」畫像的左下部，宦官之下半身部分破失，已被補畫，在中央及左側本來沒有花紋的柱子上，也加繪了細紋，在右側部的鳳凰文上下的空白，也同樣的加繪了細紋（可以看到所有描線跑出輪廓之外，偶然在墨跡內，隱約也有了污墨。第十九圖「李紋、李綺、邢岫煙」中央的欄杆二條爲原版的描線，都已破損消失）。

配本：第一回到第六十回是程乙本。自第六十回第一頁並爲乙本的異植字版。前者的上半頁第二行，程乙本作「倒反爲嘆息」被改作「反倒嘆息了」，「攜花至」被改作「拿著花兒到」。

鈔補：第三回第十五頁鈔補第四十二回第四頁經人描補。第六十二回第二頁全頁下部鈔補。第六十三回第十三頁前半頁，第六十五回第十三頁大部分並爲鈔補。第九十一回第一頁前半頁左下部鈔補。第九十八回第十一頁版心的回數，被誤補作第「九十九回」。

欠頁：第四十七回第十二頁已脫去。

根據以上五本的調查結果，除了胡適先生收藏過的程乙本因留大陸，未能明瞭是否純粹乙本外，其他盡屬混合本，每本的混合情況也不盡相同〔註36〕，

〔註36〕據周汝昌「新證」第 1019 頁曾經談到：「據藏書家說，現存程甲本都是殘本

但是在不同之中，又有相同部分，藉著這些共同的特徵使我們歸納出分辨程甲、乙本間較爲簡單的方法。

五、程甲、乙本異同特徵

裝幀：全部分訂二十四冊，裝作四函。

板式：以半頁爲計，甲本正文匡高一六・六公分，寬一〇・九公分；乙本匡高一六・六公分（與甲本同），寬一一公分。甲本左右雙邊，乙本則爲單邊。目錄匡高一六・四公分，寬一〇・八公分；又第百十一回至百廿回，甲、乙本並爲雙邊。

行款：每半頁十行，每行廿四字。

封面：甲、乙本並題「繡像紅樓夢」，扉頁則題「全部繡像紅樓夢，萃文書屋」，乙本可能多加「重鐫」二字。

序　：甲本首程序，二頁，末有「小泉」篆字陽文方印，及「程偉元」篆字陰文方印各一。次高敘，二頁，首有「月小山房」篆字陽文長方印，末有陰文「臣鶚印」及陽文「蘭墅高氏」篆字方印各一。乙本則無程序，改加引言七條。

圖贊：敘及引言後，有畫讚二十四幅。乙本元春畫版面已有部分毀損。

目錄：十三頁，較正文版面略小。

誤編：甲本第三回第十～十五頁，誤編作九～十四頁。第四十七回第十三頁誤編作第十二頁，致使乙本這回缺排第十二頁一版，脫去四百八十字。第六十八回第十頁版心被誤編作第六十七回。

其他：乙本第七回第四頁，第卅九回、第六十回首頁，第六十九回第二頁，十二頁，第一一九回第十二頁，偶有異植字版。又乙本每爲顧及下頁的版面，常有衍字、脫字等情形發生，如第六回第五頁，第八十三回第二頁。

利用甲、乙本這些差異的特徵，即使未能徹底對校其間文字的異同，無法運用第一種分辨的方法時，也可作爲判斷時的輔助標準。

然而除第一項所說的直接方法外，其他間接的判斷都有可能爲現存的混合程本所迷惑。因爲上面調查諸本的結果，每本都有配本或配頁的情形，如果不

配頁，還不曾有一部是完整的——這還是指刊本而言。」可見程本混合及配頁情況極爲普遍。

經仔細勘校的階段，儘管異說紛紜，有心想爲程本作一覈論，終是徒增紛擾。尤其混合本及配頁的產生，可能是初版剩留的靈活運用；或在書店及藏者的手中，因爲無法慮及，也難鑒別前後二版的不同，以致將殘本、殘頁補全，形成現在各本的樣子，造成胡適、趙岡先生的錯誤判斷。明瞭這種情形，也就不會再對程、高的刷印次數多生異說了。

參、程本「紅樓夢」木活字印刷程式之研究

活字印刷發端於宋，歷經元明兩代，始由膠泥改以棗木爲字模。由於經濟便捷，至有清一代，更被廣泛的使用。乾隆三十九年後，由於武英殿銅字庫的銅字、銅盤被盜竊銷毀，改鑄銅錢，金簡終有木活字擺印諸書之議，而且得到乾隆皇帝的首肯，「武英殿聚珍板叢書」就一一的問世。「上有好者，下必有甚焉者矣。」於是全國各地蔚爲風氣，多所倣效，程本就在這樣的環境下被催生了。

在乾隆五十六年（1791）「冬至後五日」（陽曆十二月廿七日，陰曆十二月三日）及翌年「壬子花朝後一日」（陽曆三月五日，陰曆二月十三日）先後問世的程甲、乙本紅樓夢，是以木活字排印的，兩者的時間僅差七十天。因爲極爲一致的版口起訖文字及難以分辨的版面木活字，甚至沒有異文的六十幾版，迫使當時的書賈及藏者，或者現在研究紅學及一般的版本專家，面對著偶或混合非同一時空印刷的程本，往往無法區分何者屬於甲本，何者屬於乙本，更使以上有關的謎題始終不能澄清。爲了解答這些謎題，不得不對有清一代的木活字略加探討，作爲程本刊行的借鏡。

根據金簡在乾隆四十一年十二月所定的「欽定武英殿聚珍版程式」〔註37〕（以下簡稱「程式」）其目的即在發行全國，流通海內，使「從事者有所守，而將來有所遵」〔註38〕，因此，程本決定以活字擺印之前，必已讀過其書，熟悉「程式」。如今我們溯原返本，首先接觸到程本的課題，即是木活字的特殊情形。

在「程式」裏，首先的工序即是「成造木子」（參見附圖一）〔註39〕：

〔註37〕「武英殿木活字本」，見喬衍琯、張錦郎先生編輯的「圖書印刷發展史論文續編」（臺北：文史哲出版社，民國66年9月）第295～313頁。

〔註38〕「程式」，第33頁下。

〔註39〕同上，第15～17頁上。

附圖一

成造木子
聚珍版擺印書籍固須簡捷然以數十萬散字中搜尋
成章其木子大小難以畫一若逐字鋸削又串累而工
費故製造木子之法利用棗木解板厚四分許豎長作
方條寬一寸許先架疊晾乾兩面用鉋取平以淨厚二
分八釐為準然後橫截成木子每個約寬四分深以硬
木一塊長一尺四寸寬一寸八分中挖槽一條內寬一
寸深三分底牆欲平直外牆以鐵釘日下首尾挖空
寸許將木子數十個仄排槽內用活閂擰緊鉋之以平
欽定武英殿聚珍版程式　成造木子
槽口為度是槽深三分則木子亦淨寬三分寬厚分數
既得再用木槽一個其法如前中挖之槽只寬三分兩
深用七分將木子豎排于槽內鉋之平槽口則得高七
之數凡大木子每個厚二分八釐寬三分高七分其
小木子厚長分數皆與大木子相同而寬只二分將前
槽深三分者另製深二分木槽一個仄排鉋之即得但
用鉋必須輕捷若說著太過恐鉋齒致損槽口仍于鉋
完後用鋼製大小方漏子二個中空分數與大小木子
相符將木子逐個漏過自無不準之弊矣

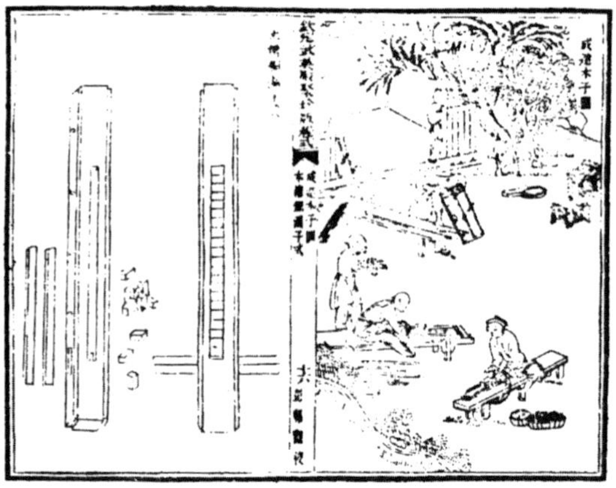

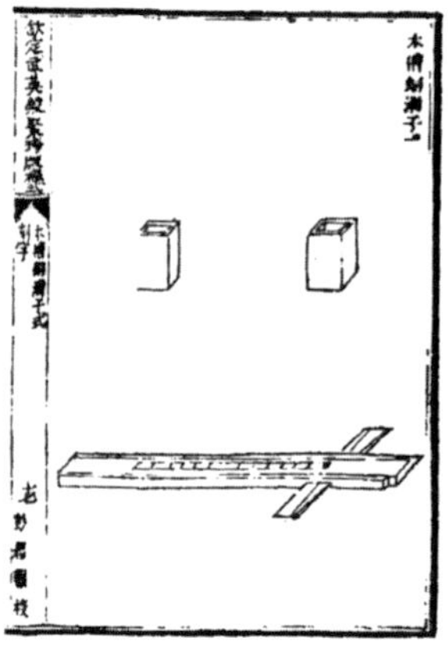

苟能依「程式」之言，成造木字，那麼這書的版面必如「程式」，既清爽又整齊，可是我們今日看到的程本，大小非一的字模，高低不平，更有魯魚亥豕，正俗訛謬，及濃淡不勻的墨色等種種情形，確實與武英殿聚珍版叢書的水準不啻相差千里。根據程本末回的最後一頁題署作「萃文書屋藏板」，這個書屋未詳所出，能否作到欽定「程式」那般的精細，不無懷疑。縱使當時一般的書坊能夠作到這點，然而是否願意花費二千三百四十兩銀子的投資，新造一套如武英殿所用的廿五萬三千五百個木活字和活版工具〔註40〕，去排版近乎八十萬言的紅樓夢，更令人見疑。當初程本選用活字擺印，不過求其快捷經濟，並非爲了長期牟利，否則已如東觀閣本選用刻版印刷。既然

〔註40〕同上，第7頁下，金簡乾隆三十九年五月十二日奏摺。

不可能投下那麼大的資金，所以必有一套特殊的作業方式。我們知道，清代的木活字民間較公家爲多，而互相借用或展轉賣當，視爲一項動產，已是司空見慣。尤以程本的刊行地是在北京一帶，書肆中的龍威閣、善成堂、榮錦書坊、琉璃廠半松居士、聚珍堂等〔註41〕，以及四處流浪的譜匠及幕後支持程高的府邸，都有可能支助過這一刊行工作。所以程本辛亥春天準備擺印這部大書之前，必先集合夠用的字模，形成今日大小不一的粗糙版面，也非毫無道理。

其次即是「刻字」與「字櫃」（參見附圖二）〔註42〕

附圖二

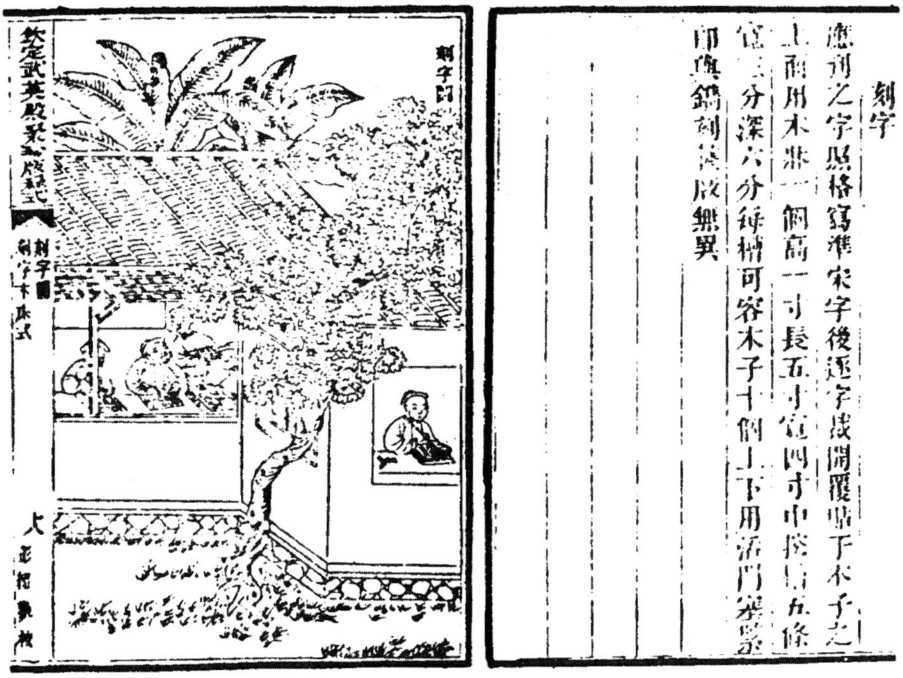

〔註41〕張民，「清代的木活字」，「圖書印刷發展史論文集續編」第107頁。
〔註42〕同註38，第17頁下～第20頁上。

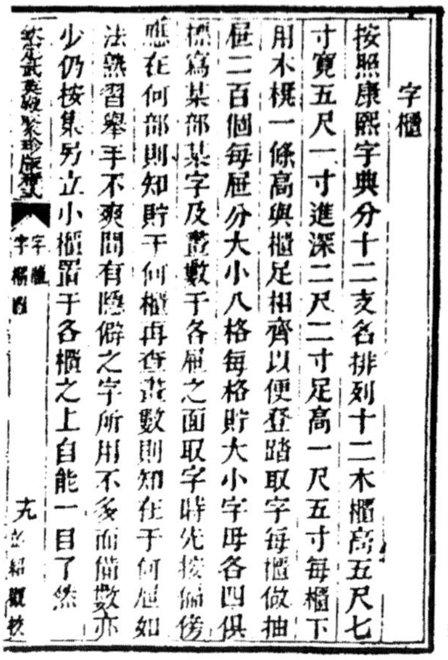

字櫃

按照康熙字典分十二支名排列十二木櫃高五尺七寸寬五尺一寸進深二尺二寸足高一尺五寸每櫃下用木榥一條高與櫃足相齊以便登踏取字每櫃做抽屜二百個每屜分大小八格每格貯大小字母各四俱標寫某部某字及畫數于各屜之面取字時先按偏傍應在何部則知貯于何櫃再查畫數則知在于何屜如法熟習舉手不爽間有隱僻之字所用不多而備數亦少仍按集另立小櫃留于各櫃之上自能一目了然

欽定武英殿聚珍版程式

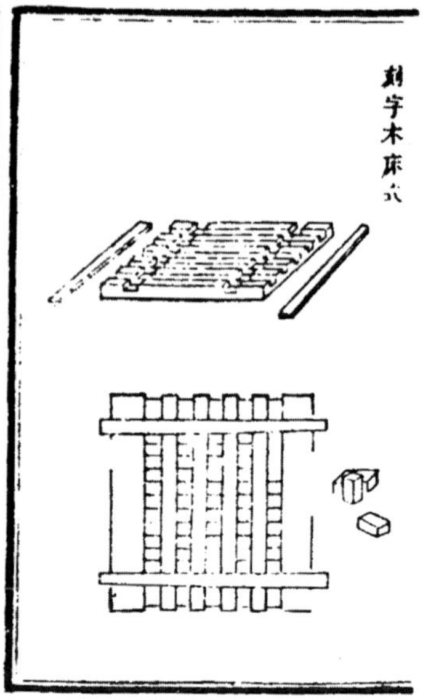

清代的木活字，大都用宋體字（明體字），少用楷體字（今體字），程本所用的活字即屬前者，活字造好後，依部首放回字櫃裏頭。

其次需造「槽板」、「夾條」、「頂木」、「中心木」、「類盤」（參見附圖三）〔註43〕

〔註43〕同上，第20頁下～第25頁。

附圖三

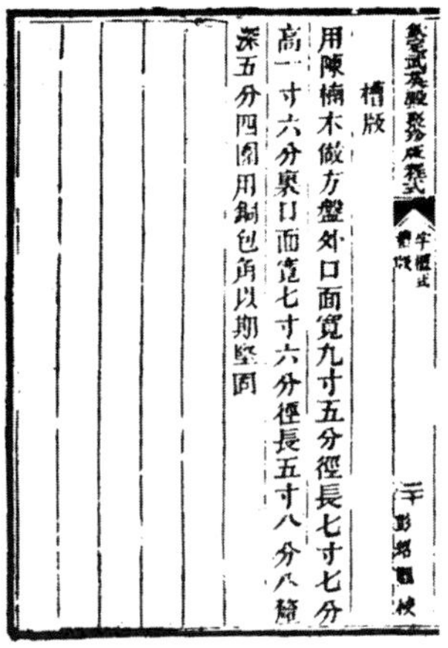

欽定武英殿聚珍版程式　槽版

槽版

用陳楠木做方盤外口面寬九寸五分徑長七寸七分

高一寸六分裏口面寬七寸六分徑長五寸八分八釐

深五分四圍用銅包角以期堅固

二十　彭紹觀校

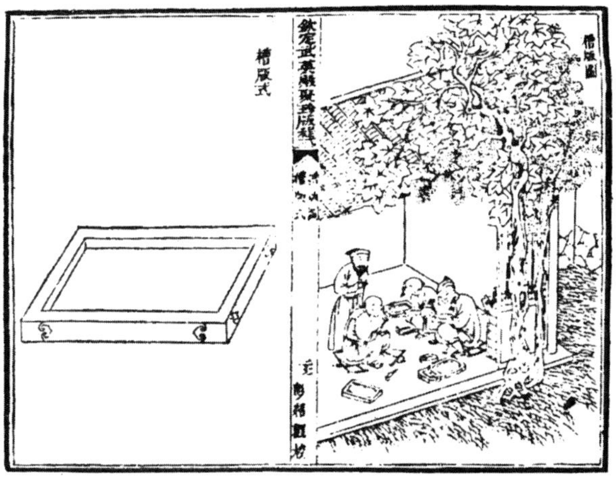

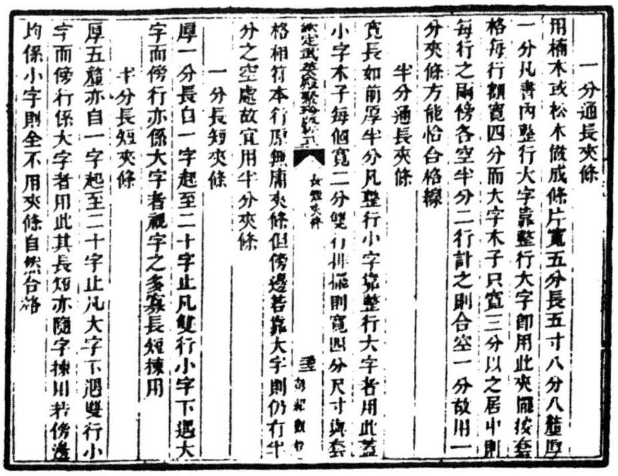

一分通長夾條

用楠木或松木做成條片寬五分長五寸八分八釐厚

一分凡書內整行大字靠整行大字即用此夾攔按套

格每行額寬四分而大字木子只寬三分以之居中則

每行之兩傍各空半分二行計之則合空一分故用一

分夾條方能恰合格線

半分通長夾條

寬長如前厚半分凡整行小字靠整行大字者用此蓋

小字木子每個寬二分雙行排擺則寬四分尺寸與套

欽定武英殿聚珍版程式　夾條　彭紹觀校

格相符本行原無庸夾條但傍邊若靠大字則仍有半

分之空處故宜用半分夾條

一分長短夾條

厚一分長自一字起至二十字止凡雙行小字下遇大

字而傍行亦係大字者視字之多寡長短揀用

半分長短夾條

厚五釐亦自一字起至二十字止凡大字下遇雙行小

字而傍行係大字者用此其長短亦隨字揀用若傍邊

均係小字則全不用夾條自然合格

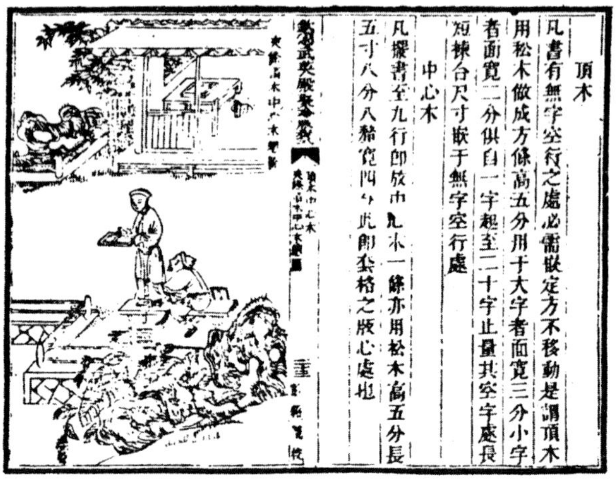

頂木

凡書有無字空行之處必需嵌定方不移動是謂頂木用松木做成方條高五分用于大字者面寛三分小字者面寛二分俱自一字起至二十字止量其空字處長短揀合尺寸嵌于無字空行處

中心木

凡擺書至九行卽放中心木一條亦用松木高五分長五寸八分八釐寛四分此卽套格之版心處也

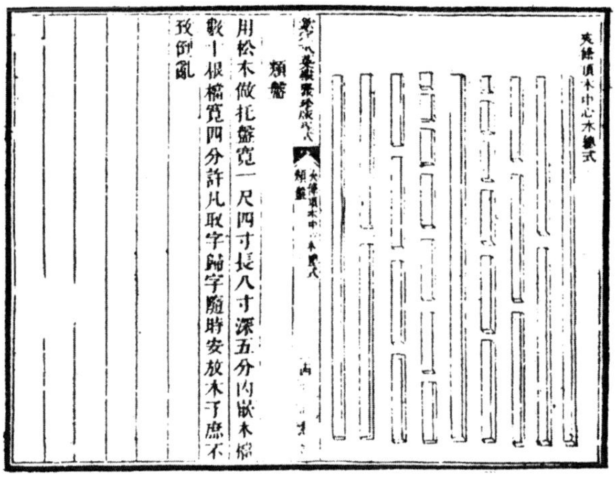

類盤

用松木做托盤寛一尺四寸長八寸深五分內嵌木槅數十根槅寛四分許凡取字歸字隨時安放木子庶不致倒亂

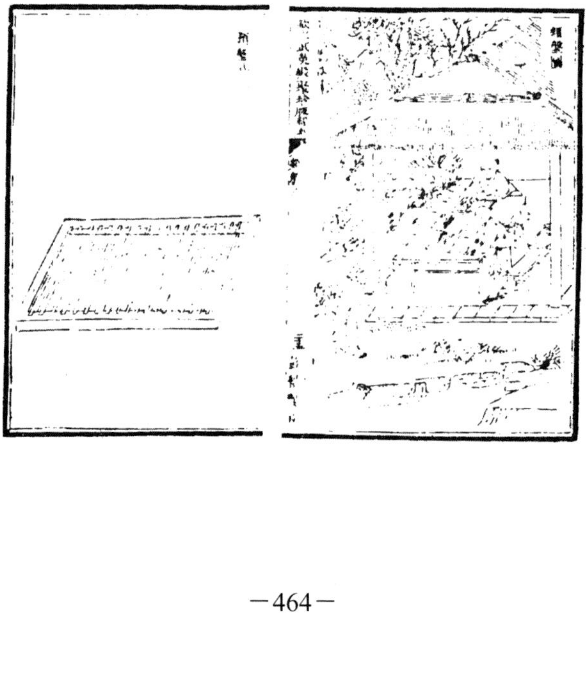

以上這些工具應在程本擺印之前，書坊已經具有或備好的工作。由於程本刪去脂批，沒有小字註文，因此夾條中除一分通長夾條用得上外，餘者可以不備，大概爲了匆促趕工，減省排印小字的時日，也許這便是程本不擬擺印脂批的原因吧。〔註44〕

利用這些備就的工具，即可敘述到程本擺印工作的第一步——「套格」〔註45〕（參見附圖四）

附圖四

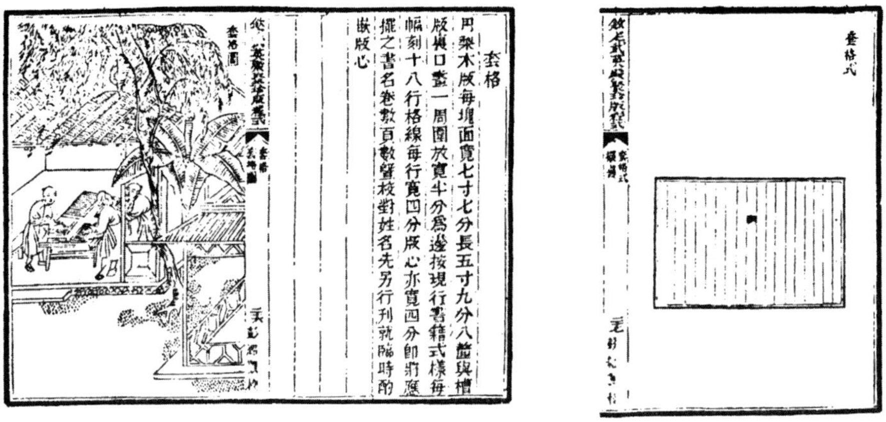

因爲武英殿聚珍版改進元朝王禎以竹片爲界行的方法，並先印就匡欄格子，再印文字於套格內，所以四周邊欄的接口，嚴絲合縫；然而程本雖經這個階段，卻是因陋就簡，以致周邊存有很多的大缺口，而其界行恐仍王氏之舊，臨時削竹，以致時斷時續，而且程本採用的版面每半頁十行，每行廿四字的格式，不具校者姓名，也異於「程式」所說的套格。這些現象，可能是匆促趕工，爭取出版時間的原故。因爲程本首先套印用紙，所以在擺印甲本之前，即已決定印刷的部數，然後印就用紙，豈料原是「公諸同好」卻成坊間的「再四乞兌」，在無法加印的情形下，這又可能促他決定加印程乙本的計劃。我們看甲本在第四十七回印完之後，由於第十二頁的誤重一頁，造成乙本這回套格用紙少印一頁，也使乙本這回少排了一版，這種誤失即是這般情況所造成。另外，因爲部數一定，套格用紙的刷印也有約數，可是等到下次

〔註44〕程、高「引言」曾經說明：「是書詞意新雅，久爲名公巨卿賞鑑，但創始刷印，卷帙較多，工力浩繁，故未加評點，其中用筆吞吐虛實掩映之妙，識者當自得之。」

〔註45〕同註38，第26～27頁上。

用於刷印擺字版時，難保不會損失，所以印成後，往往會有多出一些無法裝定成套的零冊零回零頁，如果甲本剩下的零冊、零回、零頁爲乙本襲用，或者甲本利用乙本的數冊、數回、零頁爲乙本襲用，或者甲本利用乙本的數冊、數回、數頁去補足成套，便成了婺源潘師石禪所謂的「混合本」，這種特殊的情況若是未經詳細校勘，即有趙岡教授「程丙本」、徐氏兄弟「程丁本」的新說。至於書坊的混置補足成套，則以無關於擺印程式，在此不必詳述。

再下一步，即是「擺書」〔註46〕（參見附圖五）

附圖五

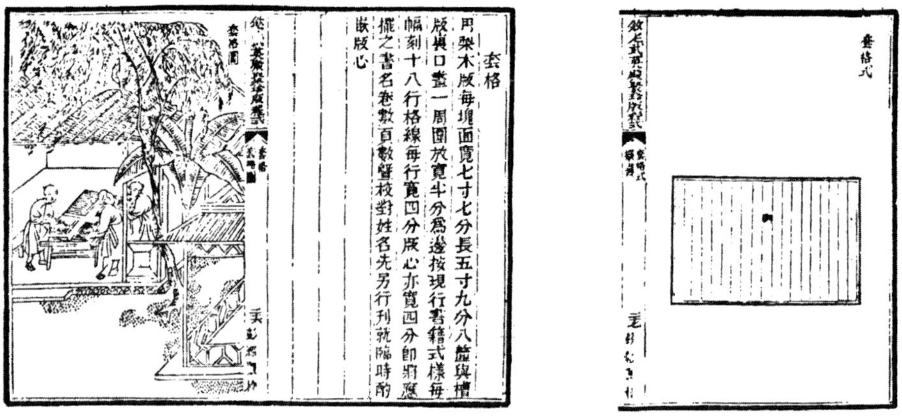

由於擺字本採用這步程式，所以程高擺印程乙本時，必定利用甲本各版留下的用字統計單及簽條。爲了爭取早日印成，也必定盡量減少更動，固定版面，終於發生版口文字起訖一致的情形。俞、趙二位教授主張乙本，是在印就的甲本上，從事增刪改字的作業，顯然不合事實。至於「引言」所說的「今復聚集各原本詳加校閱，改訂無訛」，恐怕也屬理想，未必能夠切實做到。試看甲乙二版書內的活字，正俗不分，固在求其快速，至於詳情及其遭遇到的困難，容後論述。

再次則爲「墊板」及「校對」〔註47〕（參見附圖六）

元朝王禎曾用各樣小竹片作爲墊板的材料，這次改用紙摺條，想來程本也必如此。不過從版面來看，歪斜模糊，仍然隨處都有，錯字亦復不少，尤以乙本爲甚。因此甲、乙二本是否有過精細的墊板及校勘工作，不能不令人

〔註46〕同上，第27頁下～28頁。

〔註47〕同上，第29頁上。

見疑。另則因爲活字排版隨時發現的錯誤，即刻可以改進，使同一時空下的印刷，同版間偶有異文的情形，這就是版本學家所謂的「異植字版」，如伊藤漱平教授舉出乙本第七回第四頁或第三十九回的回目異文，或「書錄」舉出又一本的實例，似此情形，實在不能視爲不同時空的異版。

經過以上的步驟，即可「刷印」〔註 48〕（參見附圖七）

附圖六

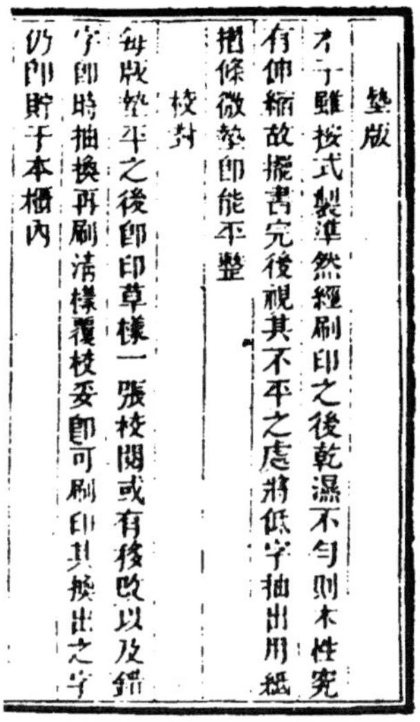

墊版
才了雖按式製準然經刷印之後乾濕不勻則木性究
有伸縮故擺書完後視其不平之處將低字抽出用紙
摺條微墊即能平整
校對
每版墊平之後即印草樣一張校閱或有移改以及錯
字即時抽換再刷清樣覆校妥即可刷印其換出之字
仍即貯于本櫃內

附圖七

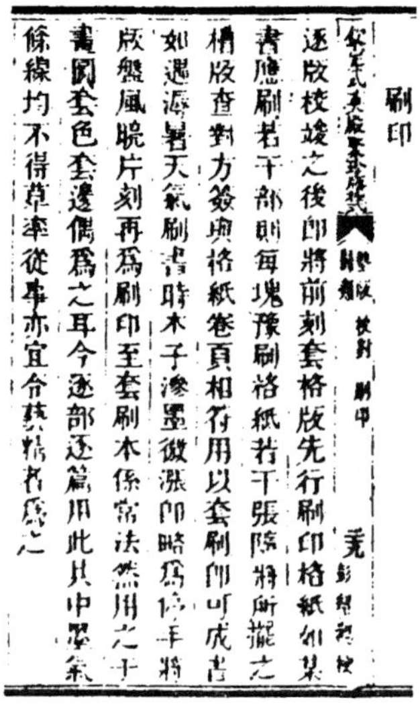

刷印
欽定武英殿聚珍版程式　墊版　校對　刷印
逐版校竣之後即將前刻套格版先行刷印格紙如某
書應刷若干部則每塊豫刷格紙若干張隨將所擺之
槽版查對方簽與格紙卷頁相符用以套刷即可成書
如遇溽暑天氣刷書時木子滲墨微漲即略爲停手將
版盤風晾片刻再爲刷印至套刷本係常法然用之于
書圖套色套邊偶爲之耳今逐部逐篇用此其中眾氣
條線均不得草率從事亦宜令熟精者爲之

因爲利用印就的格紙刷印，所以部數已定，惟因或有毀損，必有剩另回頁、造成甲、乙二版的混合情況。而活字雖稱便捷，卻不耐久刷，印出的數量勢必有限，在今日所見的資料中，如武英殿的設備，約在三百廿部（見「程式」奏議），這還是不受時間條件限制，如以家譜而論「一般印數自七、八部至十數部，或二三十部，有多至四五十部至一百部的」，同時候周秉鑑的易安書屋，也在乾隆五十八年（1793）排版了「甫里逸詩」，其姓氏之後即標明「印一百部，五十分送四方，五十待售，紋銀貳錢。」較後的成都龍萬育也在嘉慶十四年（1809）排印顧亭林「天下郡國利病書」，過了一年得書一百二十部。著名藏書家常熟張金吾，在嘉慶己卯（1819）利用十萬多個活字，印行宋李燾的史學巨著「續資治通鑑長編」，在十六個月內印成一百二十部〔註 49〕，日人長澤規矩也教授即認爲活字版的印刷大約在「一百部內外」

〔註 48〕同上，第 29 頁下。

〔註 49〕同註 41，第 116、108 頁。

〔註 50〕。從這點看來，程本在不到一年的時間內先後刊印了兩版，每版的部數自然不會太多，這也是造成今日程本難求的一個原因，從這點又可看出「引言」所謂的「是書原爲同好傳玩起見，後因坊間再四乞兌，爰公議定値，以備工資之費，非謂奇貨可居也。」完全合於事實，當初選用了活字，已非純粹爲牟利而作，否則必採用雕版，大量印刷。

另外値得留意者，即程本先後二次刊就的時間分別署明「辛亥冬至後五日」與「壬子花朝後一日」，如果依據乙本的排印時間加以推算，甲本也許在中秋之前，甚至早到夏秋之交即已開始從事套格印紙、擺字、墊板、校對、刷印等工作，在此之前到「辛亥春」程高相遇的時候，恐怕就開始作整理底本的工作。至於其所以選定這個時間，主要原因大概受到活字刷印的特有條件限制：「如遇溽暑天氣刷書時，木子滲墨微漲」，在「急欲公諸同好」的情形下，避免「停手將版盤風晾片刻，再爲刷印。」尤其乙本選在天寒物燥的有利條件，自然又較甲本的刷印更爲速捷，更不願拖到解凍暑濕的節候。何況乾隆五十八年又有科舉之行。

印就之後，即告「歸類」〔註 51〕（參見附圖八）

但是程本的「歸類」在最後十回，必如伊藤漱平教授「小考」一文的推論，即甲本將告結束的前一階段，就有刊行乙本的計劃，因此後面數回並未解版，活字也一再的轉用，逼使王珮璋說出「分辨極難」和「簡直就是一個版」的眞心話。

以上是從「程式」檢討程本的刊行過程，那麼從二本的刊行時間，大家每或認爲謎底，尤以乙本在相隔不足七十天的時間內，居然能夠問世，可能嗎？回答這一問題前，必先了解「程式」一書是怎麼樣的排法（逐日輪轉辦法參見附圖九）〔註 52〕

武英殿精印三百廿部的正常作業，速度是在十天之內擺書一百廿版，印好七十二版，常積四十八版。如果引言是在「壬子花朝後一日」排置，那麼七十天內僅能擺書八百四十版，恰是半數，距離一千五百七十五頁的目標仍然遙不可及。那麼如何設法把一百三十天左右的工作量縮減爲七十天呢？外

〔註 50〕長澤規矩也，「和漢書的印刷及其歷史」（日本，吉川弘文館，1952）第 181、182 頁。

〔註 51〕同註 38，第 29 頁下～第 30 頁上。

〔註 52〕同上，第 30 頁下～第 32 頁。

在的解決方法即是商借工作的器具，廣招擺版的員額，尤以琉璃廠備有木活字的坊肆更多，更易利用。另則程高或得到府邸幕後的支持，假公濟私也不無可能，甚至秋後農閒的譜牒師也曾加入部分的工作，種種方法並在考慮之列吧。如果扣除這些外在的條件，即以本身已經具備的條件而論，汲取上次甲本的印刷經驗，扣除後面數回的某些工序，加上節候的有利條件，與減少校對的程式，增加工作的時間及排版的數量，要在七十天內完成乙本的工作，恐非一件難事，尤其版面增加後，工作量的繁複倍增，字模偶或不足，印刷的次序就需隨時機動的調整，一遇擺就即印，刷完重擺，這種流水式的作業方式，不必受到逐頁版序的限制。另則爲避免倉促與混亂間的誤失，唯一的辦法必需固定版面文字的起訖，一則作爲各版間的區別標準，二者作爲每版句子文意銜接的必要條件，造成今日一千五百多版雖有異文，但文字的起訖相同，與「程甲本好，程乙本壞」的種種原因。〔註53〕

〔註53〕根據我的「校記」，程乙本有時爲了維持版口文字的起訖相同，以致造成衍文，如第八三回第二頁訖，第三頁起，乙本的文字格式是這樣的：

「那黛玉閉著眼躺了半晌那裏睡得著覺得園裏頭平日只見寂寞如今躺在床上偏聽得風聲蟲鳴鳥語聲人走的腳步步聲又像遠遠的孩子們啼哭聲一陣一陣的聒噪的煩燥起來……」

假使乙本是在印就的甲本版面作業，早已刪去「步」字，絕對不會發生誤重的情形，反而說明第二版及第三版作業時，分別照顧二版版口文字的起訖，以致發生衍文後，毫無覺察。又如第六回第五葉訖，甲、乙二本版口不一致，據甲本的格式是這樣的：

「老老你放心大遠的誠心誠意來了豈有個不教你見個正佛去的論理人來客至回話卻不與我相干我們這裏都是各占一樣兒我們男的只管春秋兩季地租子閒時帶著小爺們出門就完了我只管跟太太奶奶出門的事……」

程乙本因在第五版上增刪的文字不一，將末二行部分文字改作：「豈有個不叫你見個真佛兒去的呢論理人來客至卻都不與我們相干」，致使這版多出一字，不得不把最後固定版口的「占」字拿掉，造成乙本二版連接的文字作「我們這裏都是各一樣兒」，文義反而更不明顯。又第七回第十二、十三版的情況也是如此，但是遇到每回最後一葉及每葉中間或有留白的地方，則毫無顧忌的刪改。「說明乙本爲著維持排版的速度及次序，必需牽就於甲本的版口，並非說明乙本是在印就的甲本版面作業。」尤其甲、乙二本後四十回的異文近六千字，約有半數（約三千字）是在紅樓夢稿的「改本部分」（廿一回），其中三千字的半數（約一、二千字）又是「紅樓夢稿」改本部分的正文或改文所沒有的，另外多數乙本改動的地方（約一、二千字）完全同於「紅樓夢稿」的原初稿正文，證明乙本的改動完全採擷於「紅樓夢稿」。如果說乙本是在印就的甲本版面上改動，怎麼異於甲本的文字又會和「紅樓夢稿」上的初文如此的合契對應，凡此說明「紅樓夢稿」是爲程、高刊刻甲本之前早已完成的一個「過渡稿本」，更足以證實乙本只限於牽就甲本的版口，而非在印就的甲

附圖八

歸類

每版印完之後即將槽版內字按數抽出各按部分

檢置于類盤之內然後就櫃歸于原屜凡取字歸字出

入必須按類方能清晰無訛故雖千百萬之多亦不覺

其浩繁若稍有紊淆則茫無涯際取給何能應手仍于

每年歲底逐櫃檢查一次不但字數有所稽攷亦且無

魯魚之謬矣

附圖九

逐日輪轉辦法

現在刊成字數其中虛字及經見常用之字多備已不

啻倍蓰然書帙種類不一其用字各有所重如算書之

于數目字禹貢之于山海地輿字多有一語而兩三見

欽定武英殿聚珍版程式　逐日輪轉辦法

者苟辦理不善則縱備數百萬字亦不能給其取給又

何簡捷之有焉故擺書與歸類必須間日相濟而墊版

校對刷印諸事亦必按日輪轉不可令有一處耽延或

遇卷頁浩繁之書此種應用之字如實有不敷則宜兼

擺別種書一部俟歸類一二次再行續擺本書則字數

自能活潑敷用他書亦可兼辦而出矣茲列十日辦法

于左其版數之多寡縱不必拘定程式而輪轉之法殆

不可忽也

輪轉擺印課程

第一日　擺書二十四版

第二日　平墊十二版

第三日　校對十二版　平墊十二版　擺書二十四版

欽定武英殿聚珍版程式　輪轉擺印課程

第四日　校完發刷十二版　校對十二版　平墊十二版

第五日　校完發刷十二版　校對十二版　平墊十二版　擺書二十四版

第六日　歸類二十四版　校完發刷十二版　校對十二版　平墊十二版

本版面上作業（詳見紅樓夢稿的論述）。

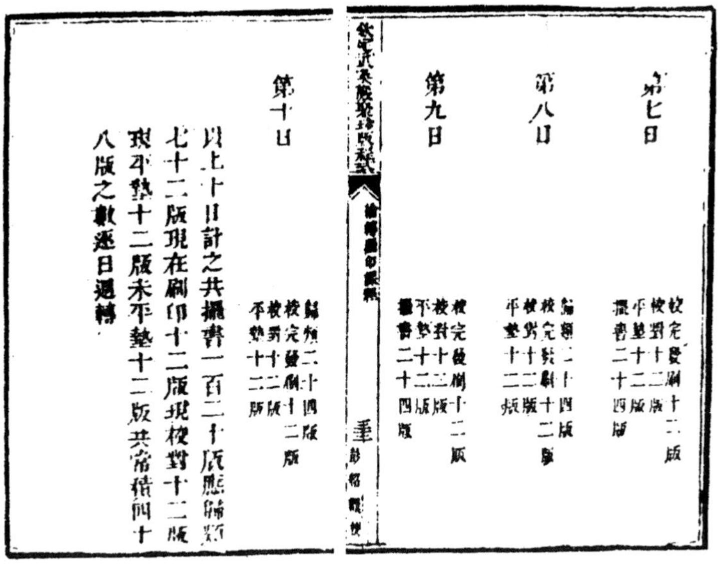
欽定武英殿聚珍版程式

第七日
校完發刷十二版
校對十二版
平墊十二版
擺書二十四版

第八日
歸類二十四版
校完發刷十二版
校對十二版
平墊十二版

第九日
校完發刷十二版
校對十二版
平墊十二版
擺書二十四版

第十日
歸類二十四版
校完發刷十二版
校對十二版
平墊十二版

以上十日計之共擺書一百二十版應歸類七十二版現在刷印十二版現校對十二版現平墊十二版未平墊十二版共常積四十八版之數逐日週轉

肆、程、高刻本「新鐫全部繡像紅樓夢」刊行地點試論

清朝乾隆五十六年辛亥（西元 1791）冬天，及翌年壬子（西元 1792）花朝，前後二次排印的「新鐫全部繡像紅樓夢」——程甲、程乙本，其刊行地點，歷來未見說明，王珮璋女士認爲甲、乙二本全在蘇州刊行，理由何在，未見說明，僅在書的末冊最後一頁署有「萃文書屋藏板」等字。

胡適先生則把甲、乙二本訂爲「北京萃文書屋木活字排印」，依然無所根據。

趙岡教授在甲、乙二本之外，認爲另有異本存在，於是肯定程本有過三次的印刷，並且折衷上述二家之說，把三次排印的地點分別認爲：程甲本在北京刊行，程乙、「程丙」本則並在蘇州一地出版，其理由如下：

（一）「萃文書屋是北京蘇州聯號。葉德輝『書林清話』中引錄李文藻『南澗文集』中的『琉璃廠書肆記』，列舉北京琉璃廠書肆之名稱。按南澗此記作於乾隆已丑（三十四年，1769），是乾隆中葉的記載，比程高刻書時早廿幾年。記中不見『萃文書屋』之名。但是卻記有『文粹堂金氏，肆貫謝姓，蘇州人』。後來又說，『書肆中之曉事者，惟五柳之陶，文粋之謝及韋也。韋湖州人，陶謝皆蘇州人』。並且五柳居及文粹堂『皆每年購書于蘇州，載船而來』。李文藻把這兩家書店特別提出，因爲他們老闆最會作生意，也是唯一與外埠有聯繫的書店。葉德輝書中又據黃蕘翁『士禮居藏書題跋記』記述吳門書坊之盛衰。黃蕘翁卒於道光五年（1825），年六十三歲。其『題跋記』約作於乾隆末年或嘉慶初年。他的『士禮居』是當時書商經常出入之處，故云『其時書肆中人，無不以士禮爲歸宿』，此『題跋記』爲蘇州書肆作了一個詳列無遺的清單。蘇州書肆中有『琉璃廠文粹堂』，是唯一與北京書肆有聯號者。想來『文粹堂』定是『萃文書屋』的正式店名。『文粹』與『萃文』文義互通，而且『書屋』不是當時書肆的正式名稱。絕大部份稱『堂』，少數稱『齋』只有一兩個稱『居』，無一稱『書屋』者，『文萃堂』在乾隆中葉是由謝某及章某經營，想來廿年後已歸程偉元經營。」

（二）「紅樓夢的重訂工作是由高鶚負責，在北京進行的。應無問題。程甲本在北京刊行的可能性最大。但是程乙本及程丙本則很可能是在蘇州刊印的。在一年多之內，連續改版兩次，這種事是書商們絕不肯幹的。但是如果初版與修正版是分別在南北兩地發行，則情形就不同了，不是自己搶自己的市場。」

（三）周春在其「閱紅樓夢隨筆」中提供了一點線索。此書弁首說：乾隆庚戌秋，楊畹耕語余云：雁隅以重價購鈔本兩部。……時始聞紅樓夢之名，而未得見。壬子冬，知吳門坊間已開雕矣。茲苕估以新刻本來，方閱其全。」

胡適認爲是蘇州書坊得到了程甲本，就趕緊雕板印行，他們等不及後來的程乙本或程丙本。北京蘇州兩地相隔，而雕版比活字版更要費時費事。因此胡適推斷周春所看到的紅樓夢是程甲本，唯有如此，時間上才稍有可能。但是，周春所看的其實是程乙本或程丙本。周春在其「隨筆」中記了這麼一條：

寶玉問了一聲妞妞好，案妞讀如紐。

這在第九十二回。在程甲本中寶玉稱巧姐爲『姐姐』。到了程乙及丙本，姐姐才被改爲妞妞。」

（四）更重要的是此序言中第一句話的異文。程甲程丙兩本此句文雖不同，意義卻相同。在程高刻本刊行前，大多數八十回抄本都是採用『石頭記』之名。當時八十回石頭記本頗享盛名，需求很高。正如程偉元序中所說『每傳鈔一部置廟市中，昂其值得數十金，可謂不脛而走者』。但是程高排印本卻以『紅樓夢』之名出現，就像一種名牌貨忽然換了註冊商標。程偉元以一個出版商的心理，爲了保障書的銷路，對於更換商標這件事，一定要加以強調說明。所以他在序言中開頭第一句話就提出紅樓夢小說本名石頭記。到了程乙本，此句完全失去了意義。書名既然已用紅樓夢，序言中又不提另一名『石頭記』，則『紅樓夢是此書原名』就如同說張三原名張三。如果程乙本是在北京刊印，發生了這樣關鍵性的大錯誤，程偉元怎會不注意？不糾正？顯然，此版是在別處印的。〔註 54〕

自從趙教授這番考訂，即被認爲一大發現，連在新版「新證」中對趙教授頗有微詞的周汝昌先生，仍用沿然刊行地在蘇州的錯誤說法，今述引如下：

從雁隅買書到楊畹耕告知周春，中間又已隔有相當的一段時間；壬子冬吳門開雕，才是指程偉元等序刊其乙本的事情而言。〔註 55〕

另外，與趙教授時有文字因緣的高陽先生也呼應著：

程偉元當然早就顧到南方的市場；但如在京印書南運，則有諸多窒礙，京中供不應求，並無大量餘書，是其一；天寒地凍，水路不便，且亦非漕船『回空』之時，是其二；舟車駁運，費錢費事，是其三。既然如此，何不將原版送到蘇州印刷？此即是你所考出的胡天獵藏本的程乙本。〔註 56〕

更由此推論出很多牽強的說法，這些在前幾節裏也已一一批駁，在此不擬具述。事實上，我們如果仔細檢討其論據，趙先生的說法，完全是錯誤的：

（1）從程、高史料的發掘成果來看，乾隆五十六、七年，程、高並在北京一地。高鶚直到乾隆六十年（1795）中了進士，都不曾離開北京；而程偉元也在嘉慶四年左右，隨晉昌往東北作幕，絕非南北聯號的老板，而是具有舉人資格兼或略備藝術修養的文人。這點已經文雷〔註 57〕、伊藤漱平〔註 58〕、

〔註 54〕同註 13，以上引文分見第 254～257 頁。

〔註 55〕同註 24，第 1018 頁。

〔註 56〕同註 29，第 117 頁。

〔註 57〕同註 25，第 131～151 頁。

〔註 58〕伊藤漱平，「程偉元刊新鐫全部繡像紅樓夢小考餘說——關於高鶚與程偉元的探討札記」（以下簡稱「小考餘說」，東洋文化第五八號（東京大學東洋文化

潘師石禪〔註59〕等論證，勿庸贅言。

（2）趙教授創立程本「三次印刷」的新說，是基於胡天獵叟藏本的誤認，不知胡本是甲、乙混合本的事實。此點已經潘師石禪的指出，並得到伊藤教授對於胡本的檢討，給予證實，更與我彙校抄本、刻本後的校記完全吻合。因此序言中第一句話的異文，實際是胡天獵叟的改筆，不足爲據。

（3）王珮璋女士斷定程本是在蘇州刊行，恐怕基於對周春「紅樓夢隨筆」的誤解，但是「開雕」和用木活字排版的程本，絕不相似。而且程本的刊行時間更不會延到壬子冬天，因爲翌年癸丑（1793）春天三月，即有正科會試，高鶚可能準備下場參加舉業，這點理由也經高陽先生提出了。〔註60〕

甚至趙教授根據張愛玲女士「紅樓夢未完」裏對周春提到「妞妞」的研究成果〔註61〕，認爲：「這在第九十二回，在程甲本中寶玉稱巧姐爲『姐姐』。到了程乙本及程丙，姐姐才被改爲妞妞。」可是在我的校記中，不管程甲、程乙，並作「妞妞」，東觀閣本或亞東程乙覆排本也作「妞妞」，絕非張女士、趙教授所說的「姐姐」；作「姐姐」的是「吳縣王希廉雪香評本」系統的刊本。張愛玲女士撰文時，因找不到較好的程甲本，於是依據雪香評本，已落下策。而把北方的京語改爲適合南方的音讀，這是南方刊本的特徵。張女士並未查考他本，如此斷言，已嫌大膽，而趙教授把甲、乙並作「妞妞」的文字，認爲甲本原作「姐姐」的依據，更不可從。

（4）更重要的是「萃文書屋是北京蘇州聯號」的說法，純粹是毫無根據的錯誤揣測。據葉德輝「書林清話」轉載李文藻「南澗文集」中「琉璃廠書肆記」一文，其中提到「文粹堂」的幾個地方是這樣說的：

> 又西而南，轉沙土園北口路西，有文粹堂金氏。肆賈謝姓，蘇州人，頗深于書。予所購鈔本如：宋通鑑長編記事本末、蘆浦筆記、麈史、寓簡、乾坤清氣集、滏水集、呂敬夫詩集、段氏二妙集、禮學彙編、建炎復辟記、貢南湖集、月屋漫稿、王光庵集、焦氏經籍志之屬；刻板如：長安志、雞肋集、胡雲峯集、黃稼翁集、江湖長翁集、唐眉山集之屬，皆于此肆。……又西爲五柳居陶氏，在路北，近來始

研究所，1978年3月）第143～227頁。

〔註59〕潘師石禪，「紅學史上一公案——程偉元僞書牟利的檢討」，聯合報，民國66年4月17日，十二版。

〔註60〕同註56。

〔註61〕張愛玲，「紅樓夢未完」，「紅樓夢魘」第31～34頁。

開，而舊書甚多，與文粹堂皆每年購書于蘇州，載船而來。五柳多璜川吳氏藏書。嘉定錢先生云:『即吳企晉舍人家物也，其諸弟析產，所得書遂不能守。』……書肆中之曉事者，惟五柳之陶、文粹之謝及韋也。韋、湖州人；陶、謝皆蘇州人。〔註 62〕

這裏僅說明五柳之陶、文粹之謝籍貫並隸蘇州，爲書賈中最懂商業行情的人，每年從蘇州購書載船北上，如此而已。

另外趙教授又從葉德輝「書林清話」據黃蕘圃的「士禮居藏書題跋記」輯成的「吳門書坊之盛衰」一文裏，找到「琉璃廠文粹堂」，作爲北京蘇州聯號的依據，然而我們檢查的結果，並非盡如趙教授說的：「『琉璃廠文粹堂』是唯一與北京書肆有聯號者。」如說五柳居的陶蘊輝還可牽上一點關係，至於文粹堂在吳一帶，並無本店。葉氏「書林清話」內是這樣說的：

黃氏時收時賣，見於士禮居藏書題跋記者，必一一註明其源流。當時久居蘇城，又值承平無事，書肆之盛比於京師。今於記中考之：有胥門經義齋胡立群、廟前五柳居陶廷學子蘊輝、山塘萃古齋錢景凱……。又有書友呂邦惟……。書船友曹錦榮……。估人吳東白……。其在外者有玉峯考棚汗筠齋書籍舖……會稽童寶音齋，琉璃廠文粹堂（續記：宋本梅花喜神譜二卷）……。〔註 63〕

這裏冠上「其在外者」，顯然不是蘇州本地，而是遠居北方的琉璃廠。據「蕘圃藏書題識」卷五說：

余辛酉春，計偕北行，與同邑顧南雅、夏方米同伴。……二月中旬，抵燕台，即從琉璃廠徧索未見書，適於文粹堂書肆得宋刻梅花喜神譜，非第快奇秘之獲，且與瞿、顧兩君之畫，若有舊緣者，抑何巧耶……。〔註 64〕

黃蕘圃於嘉慶八年辛酉（1801）北上，在琉璃廠買到宋本「梅花喜神譜」，作了一篇跋語及題詩。葉氏據此即把「文粹堂」列在「吳門書坊之變遷」一文，體例已經不純，然而爲了將黃氏跋文所提到的書肆籠括無遺，因此又立一例，說明「其在外者」，以作辨識，並註上「會稽」、「琉璃廠」等地，沒想到趙教

〔註 62〕 葉德輝，「書林清話」卷九「都門書肆之今昔」（臺北：文史哲出版社，民國 62 年 12 月）第 508～513 頁。

〔註 63〕 同上，第 503～506 頁。

〔註 64〕 黃丕烈，「蕘圃藏書題識」卷五（臺北：廣文書局，民國 56 年 8 月）第 356 頁。

授會把遠在北方琉璃廠的文粹堂，一統搬到蘇州，作爲新的根據。甚至爲了和程本強制牽合，解說「文粹」與「萃文」文義互通，如果這種望文生義的訓解可以成立，那麼繆筱珊的「琉璃書肆後記」，有「越橋而西，路南有文琳堂馬氏、萃文齋常氏，均舊鋪。」又何嘗不可附會「萃文書屋」即這裏的「萃文齋」呢？

從以上諸點看來，程本並未在南方刊行，根據紅樓夢一書的傳承歷史，程、高二人的遊歷，應足以證明甲、乙二本，其刊行地點都在北京。尤其首先翻刻甲本的東觀閣即在北京琉璃廠一帶，此點已經伊藤漱平教授確定。若非程高刊行於北京，怎會由他佔了魁首，以致後來的刻本在「雪香評本」尚未風行前，盡是「東觀閣本」的後裔。如果乙本在南方翻刻，何以今日的刻本系統，盡是程甲天下。從這些旁證看來，程本實未刊行於南方，在吳門「開雕」的，應是伊藤漱平教授推測的「全傳本」。（詳見下節論述）

伍、乾隆末年程本的翻刻本及其刊年研究

程本一出，南北各地的翻刻本即隨著出現。由於木活字擺印的版面一旦拆散，若需再印，勢必重新組版。然而誠如前數節的論述，程本總共只有兩版的印刷；服務的對象也限於一般同好，並非純粹爲了牟利。加以木活字的特性，不堪久刷，校對既已不易，更受節候的限制（即需選擇寒冬乾季，避免因膨脹係數過大而影響版面。）必需倉促的刷印，造成連篇的錯誤及高昂的售價，難以滿足眾多「紅迷」的需求，所以在程甲本解版的前後，即有其他的書店著手翻印。

根據「書錄」的介紹，今日知道的翻版中，不下百多種，而以東觀閣本擢爲魁首，其後在新版中，退居本衙藏版之後；如果依據題記上的刊年，當以嘉慶四年（1799 年）的抱青閣爲最早，其次才是東觀閣增評本。然而根據周春的「隨筆」，早在乾隆壬子冬即已談到蘇州正進行翻刻的工作了。那麼，這些沒有明載刊年的版本也必存有早期的翻刻。從伊藤教授的研究中，就曾根據日本方面的資料，找出乾隆末年南北二地首先覆刻程本的是「東觀閣本」和「繡像紅樓夢全傳本」，因此對於這麼多後期的刻本，在未及一一目驗之前，僅就書錄的介紹，加以整理，略述其源流如下：

一、東觀閣本系統

（一）直系本—東觀閣本（參見書影五五）

此本已經廣文書局收集在「紅樓夢叢書」裡頭，扉頁首題「新鐫全部、繡像紅樓夢、東觀閣梓行」，扉頁背面題記說：

> 紅樓夢一書，向來只有抄本，僅八十卷。近因程氏搜輯刊印，始成全璧。但原刻係用活字擺成，勘對較難，書中顛倒錯落，幾不成文；且所印不多，則所行不廣。爰細加釐定，訂訛正舛，壽諸梨棗，庶幾公諸海內，且無魯魚亥豕之誤，亦閱者之快事也。東觀主人識。

首程序、高序、次目錄、再次繡像二十四頁，前圖後贊。正文每面十行，行二十二字。此本是根據程甲本翻刻，但是回目及正文都有部分的修正。如第廿七回回目「楊妃」、「飛燕」等改作「寶釵」、「黛玉」。可是因爲倉促翻刻，本身造成的錯誤不少，版面也就顯得相當的粗糙。

刊年和地點的考訂：

根據書錄提要的介紹：「題記同本衙藏板本，但末多『東觀主人識』五字。」並擺在本衙藏板之後。伊藤教授最初也據日本太田南畝「百舌草莖」的「改濟書籍目錄」（轉錄「書籍元帳」和「番船持渡書籍目錄」）中，有一條記載：享和三年（嘉慶八年，西元 1803）的亥七號船舶書目說：「繡像紅樓夢、袖珍、二部同二套」，因而斷定是「嘉慶初年刊本」的東觀閣原刊本，或本衙藏板本。」〔註 65〕。並將二本合而爲一。大庭脩教授在「江戶時代唐船持渡書的研究」裏，也採用他嘉慶初年刊本的看法。〔註 66〕其後因人民文學出版社刊行程乙本的「出版說明」裏記明「本衙藏板」本是嘉、道間刻本。〔註 67〕因此又把二本分開，而將「村上文書」中的「寄件簿」和周春「隨筆」內的記載牽合，他說：

> 誠然，現行的刻本中，並無乾隆五十七年刊行的記載，中國也無任何資料足以證明東觀閣本刊於這個時候，然其旁證卻在日本。即我國寶曆以後，直到明治中期，在長崎從事唐貿易的村上家私人文書

〔註 65〕伊藤漱平，「小考」註 10，見第 353～355 頁。

〔註 66〕大庭脩，「江戶時代における唐船持渡書の研究」（關西大學東西學術研究所，1976）第 206 頁。

〔註 67〕啓功註釋，程十髮插圖，「紅樓夢」，「出版說明」（作家出版社，1957 年 10 月）第 1 頁。

> ——所謂「村上文書」中的「寄件簿」曾明記著：「寬政五年癸丑十一月廿三日乍浦（浙江）出航，十二月九日到達長崎的「寅貳號船（南京），船主王開泰」帶來書籍六十七種，其目錄第六十一有「紅樓夢九部十八套」等字，恰在程甲本排印約二年後，在程乙本與同時間開雕的蘇州「新刻本」刊行約一年後。因此，遠離北京刊行地的江南且僅有百部左右（參照註30）的程甲、乙本在刊行後的一、二年，一口氣能夠運出九部，其可能性極小。而且我國現在的程本都在民國以後購於北京，從未聽說江戶時期以來的傳本。再以「各二套」這點而論是屬於「小型本」，也與四套分裝的程本不同，卻與蘇州東觀閣刊的袖珍本吻合。又據我國享和三年（當爲嘉慶八年）亥七號船的舶載書目，記有『繡像紅樓夢、袖珍、二部同二套』，大概也是這個版本。雖無「新渡」的註記，卻證明了「寄件簿」裏的記載。〔註 68〕

所以又把東觀閣本的刊行時間改訂在乾隆五十八年左右，地點則爲蘇州。其後，偶然在法式善「梧門詩話」的稿本中發現一則有關的資料說：

> 琉璃廠東觀閣書肆中，偶見架上五言詩一冊。未著姓氏。詢之賈人，對曰：「鄙人素好吟詠，聞先生工五言，錄稿庋此，特求正耳。」「詠琴」云：「桐月一輪滿，秋濤萬壑深。」十字殊可愛。因憶李實君日華「贈書賈」云：「行藏半是銜書鶴，生計甘爲食字魚。」斯蓋過之。其人姓王，名德化，字珠峰，江西人。〔註 69〕

「梧門詩話」寫成的時期未詳，但是乾隆三十四年時李文藻的「書肆記」還沒有東觀閣這一家，其前也不見刊行過任何書籍，則這個書肆大概在乾隆末年開業，而「梧門詩話」也是這時期到嘉慶初年的作品，不過東觀閣爲北京琉璃廠的書肆，已是鐵證如山，自然無法和「隨筆」中所說蘇州刊本的話對應，不得不更改前說，將年代提早到五十七年秋。〔註 70〕而把蘇州刊刻的本子改隸「全傳本」（其說詳見全傳本一節）。

伊藤教授的「補說」發表之後，愛知縣立大學的佐野公治助教授卻提出如下的質疑：

〔註 68〕伊藤漱平，「小考」註 10，見第 353～355 頁。
〔註 69〕法式善，「梧門詩話」（臺北：廣文書局，民國 62 年 9 月）卷二，第 51 頁。
〔註 70〕同註 26，第 105～111 頁。

內閣文庫藏「三刻刪補四書微言」的各葉版心留有「東觀閣」。（欠序跋，本文初葉「華亭赤城唐汝諤士雅父輯，新都何所執吾御父校」）因爲這是「刪補微言」的改編本，想來爲蓬佐文庫藏「刪補四書微言」是萬曆刊本，例言中有「余輯四書微言，始自萬曆甲辰（三十二年）行之海內已經九稔」。正文各葉版心「鼎隆秀山原版」。因刻書的地點未詳，尊經閣本「增補四書微言」是有「金陵書院 晏氏少溪 朱子桃溪 」刊本，又從唐氏的本貫是在華亭一事來考慮，蓬左本「微言」與「三刻微言」應該並爲南方版且爲晚明版。〔註71〕〔註72〕

由於有此風波，形成東觀閣在北、在南兩端之說。關於這個問題，伊藤教授曾經親赴內閣文庫查看，對校二本的結果，發現二本版面精粗的差別非常的大，似乎僅爲同名的書店而已。

另外，仲振奎的『紅樓夢傳奇』自序（嘉慶三年）曾說：「壬子秋末，臥疾都門，得『紅樓夢』於枕上讀之」，雖然無法斷定所讀的是抄本、排版本或刻本，但是晚年在京猶當幕友的仲氏，其得到的絕對不像消遙子「後紅樓夢」所說，每部須值數十金的抄本或者程本，說不定是普及版的東觀閣刻本吧。

從這兩點旁證來看，東觀閣本仍和程本共處北方，既居地利之宜，獲得程本的機會最大最快，以致「壬子秋」就能發行販賣了。直到嘉慶辛未十六年（1811），又重新再版，原來程、高引言所說的話：「創始刷印，卷帙較多，工力浩繁，故未加評點。」終於在這個板本上加了評語（限圈點與行間批）因此，長於板本鑑識的孫殿起在「紅樓夢一百二十回圖像一卷」下說：「……乾隆間巾箱本，嘉慶間重刊……」〔註73〕，嘉慶戊寅二十三年（1816），又據評點本再出三版，道光二年（1822）則爲四版。其後，不知是書店的易主或易名，亦或版本的出售，在善因樓刊本的第九～十四回，每頁中縫猶存「東觀閣」的字樣。

（二）倣刻本

1. 本衙藏板本

此本扉頁題記同於東觀閣本，背面題『新鐫全部、繡像紅樓夢、本衙藏

〔註71〕同註58，「追記一，就東觀閣及其刊本」第222～223頁。
〔註72〕此點伊藤教授最先提到，書錄早已錄出，見「敘錄」第112～113頁。
〔註73〕孫殿起，「四庫書目續編」〔販書偶記〕（臺北：世界書局，民國56年8月）第299頁。

本』。首高鶚序，程偉元序，次繡像二十四頁，前圖後贊，次目錄。正文每面十行，行二十四字。

書錄原置刻本之首，後人民出版社程乙本「出版說明」斷定是嘉、道年間的刻本，可是不如確認爲嘉慶年間首先直接翻刻東觀閣本的第一個本子，其理由有三：

第一：題記既和東觀閣本相同，僅缺「東觀主人識」，顯然屬於東觀閣本之後，很難說是「東觀主人」拿別人的題記而署自己的名字。

第二：再從乾隆末年到嘉慶元年間的作品逍遙子的「後紅樓夢」，及嘉慶四年己未間的作品「紅香閣小和山樵南陽氏編輯款月樓武陵女史月文氏校訂」的「紅樓復夢」並有本衙藏板，又「娜嬛山樵撰」的「補紅樓夢」，其扉頁直題「嘉慶庚辰夏（十九、西元 1814）鐫補紅樓夢、本衙藏板」又「娜嬛山樵撰」的增補紅樓夢扉頁也題「道光四年（西元 1824）新鐫增補紅樓夢本衙藏本」等，足以證明「本衙藏板」一系列的刊物都是在嘉慶初年到道光四年間，專門從事紅樓夢、金瓶梅有關說部的生意，可能在翻刻「紅樓夢」後賺到錢，於是再有「後夢」、「復夢」、「補夢」、「增補夢」等的翻刻。

第三：嘉慶辛未十六年（西元 1811），由於東觀閣帶評本的出現，奪走紅樓夢的市場，加上坊間版的連續出現，而後夢、復夢、補夢等書又沒受到大多數讀者的歡迎，以後再也沒有重刊本出現，或者因其他原因而歇業。

因此，可以斷定「本衙藏板本」應是直接翻刻東觀閣本的第一個本子，而這些署題「本衙藏板本」如果盡屬同一書局，則其下限不得晚於嘉慶十六年東觀閣帶評本的出現。

2. 寶文堂刊本

扉頁題『同治壬戌（西元 1862）重鐫，東觀閣梓行，寶文堂藏板，新增批評繡像紅樓夢』，據書錄的介紹：「題記及回目全同東觀閣，繡像則同王希廉本，程序末署『小泉程偉元識。』」。顯然是以東觀閣本作底本，並取王希廉評本的六十回幅繡像雕配而成。

二、全傳本系統

（一）直系本—新鐫繡像紅樓夢全傳（參見書影五六）

伊藤教授認爲程甲本一出，南、北二地即有翻刻本的出現，北爲上述所說的東觀閣本，南則少爲人知的「全傳本」，其曾倣照書錄的體例，作有如下的題解：

> 刊年刊行者不記，一百廿回。扉頁題「繡像紅樓夢全傳」，回首及中縫均題「紅樓夢」，首高鶚序，程偉元序，次繡像二十四頁，前圖後贊。正文每面十行，行二十四字，回目同程甲。
>
> 分訂二十四冊（第一冊到第三回，第二冊到第八回，第三冊到第十五回，以下各冊均為五回）。每六冊為單位，分裝四帙，巾箱本，匡廓高一三・二公分，寬八・九公分，左右雙邊。卷首，版心用「卷」，不用「回」字。高序（「月小山房」等印與程本同）與程序（「游戲三昧」等印與程本同），目錄與圖贊（圖較程本簡略），並和程本的順序對調，包角裝（據長澤規矩也「書誌學序說」六三頁說：「清代殿版及江蘇的刊本多用包角，如果這是原裝式樣的話，或為南京、蘇州一帶刊本的一個佐證。恐怕是後者吧！」）刻字也比東觀閣本精細。從時間看來，推測為乾隆五十八、九年，或嘉慶初年間刊行。這裡可以舉出享和三年（嘉慶八年，參照註十）亥拾號船運來的書籍中，看到「繡像紅樓夢全傳二部各四套」的事實。因為也沒有「新渡」的註記，想來在此以前，已有舶載，因此刊年也可往前回溯。在我國除自藏本外，已故古城貞吉的舊歲藏書中也有一部。這些或者都在享和年間一同舶載而來的。（還有聽說後者現在已從細川家中寄託在慶應義塾大學圖書館。杉村勇造氏的「乾隆皇帝」二玄社，一九六一——卷頭插圖刊載了這本的程、高序，目錄及圖贊的部分書影。39～43）〔註 74〕

但是因為梧門詩話的一則消息，已可確定東觀閣是琉璃廠的書肆，絕無在蘇州「開雕」的道理，使東觀閣本和周春「隨筆」中的牽合落空，自然就隸屬於全傳本了。

此外，又有一個旁證，在「書錄」裏題著程甲本系統的鈔本「紅樓夢全傳」其鈔寫的時期與地域一概不明，而懷疑全傳本的鈔寫為他種本子；而且道光十二年題為雙清仙館上梓的「新評繡像紅樓夢全傳」，評者王希廉的籍貫在吳縣，因為全傳本流佈於江南，自然就在此本上加評，而沿用「全傳」之名了。更因程偉元是吳縣一地的人，所以「全傳本」都將程、高二序對調位置，而王評本更把高敘拿掉，更足以證明全傳本是蘇州一帶刊刻的。

那麼「村上文書」「寄件簿」中，記載乾隆五十八年（日本寬政五年）癸

〔註 74〕伊藤漱平，「小考」註 10，見第 353～355 頁。

丑十一月十三日，自乍浦出航，十二月九日在長崎入港的寅貳號船（船主王開泰，南京人），其運到日本的九部十八套「紅樓夢」，想來當以這書的成份居大。〔註 75〕這時離程甲本刊行後，不足三年的時間，可惜未曾加評，因此爲後出的評本所取代，直到道光十二年，王希廉在這個本子上加評，才倡行一時，形成後來坊間最通行的本子。

（二）倣刻本

1. 道光十二年（1832）雙清仙館刊本（參閱書影第五十七）

一百二十回，扉頁題：『新評繡像紅樓夢全傳本』，背面題：「道光壬辰歲之暮春上浣開雕。」首王希廉批序，次程偉元序，次繡像六十四幅。每半頁十行，行廿二字。從行款格式及所加評語來看，或受東觀閣帶評本影響。可是以刊行地而言，應在全傳本的範圍內，而其加評的底本極有可能是全傳本；甚至程序的置放卷首以及書名「全傳」，顯然是爲「全傳本」的嫡系；何況就回目及本文的比較，多處顯示非直接來自東觀閣本，而是以程本系統及東觀閣本合刊的本子。

其後根據此本倣刻的有：京都隆福寺路南聚珍堂書坊本、題作「光緒丁丑歲（三年，西元 1877）之暮春上浣開雕」的翰苑樓刊本、題作「光緒丁丑歲之暮春上浣開雕」的廣東芸居樓刊本。民國十年（1921）五月上海亞東圖書館鉛印新式標點本。後者並附胡適「紅樓夢考證（改定稿）」、蔡孑民「石頭記索隱第六版自序」、胡適「跋紅樓夢考證」、陳獨秀「紅樓夢新敘」和汪源放校讀後記及標點符號說明等近人考證文章，創新風氣，且爲近來甲本系統中坊間本覆排的祖本。其正文行款每面十二行，行三十六字，此本據王本覆排，而無評語。

2. 光緒七年（1881）湖南臥雲山館刊妙復軒評繡像石頭記紅樓夢

扉頁題：「光緒辛巳新鐫，妙復軒評本，繡像石頭記紅樓夢，臥雲山館藏板。」首程序，依次爲同治十二年（1873）孫桐生序、光緒二年（1876）跋、繡像二十頁，前圖後贊，太平閑人「紅樓夢讀法」；目錄，末有道光三十年太平閑人自題詩、光緒七年孫桐生題詩。正文每面十行，行二十五字。有雙行夾評及回後總評。由於其底本已經發現，首紫琅山人序，依次爲咸豐元年，鴛湖月痴子的序，道光三十年（1850）五桂山人序和道光三十年的日記，並

〔註 75〕同註 26，第 105～111 頁。

附錄東屏書及「紅樓夢讀法」，末有道光三十年自題詩三首。正文每面十四行，行約三十二字，和刻本差別甚大。

根據題跋資料，張新之在道光八年（1828）黑龍江龍沙都護署開始作評，十一年（1831）才完成二十回。回到北京後，因故停止，翌年（1832）夏被銘氏借去遺失。二十年（1840）遊歷南方，一日不離石頭記。廿一年（1841）秋至福建，又再作評，衹是每日完成不多。二十四年（1844）再回北京，僅完成五十卷。二十八年（1848）也只完成八十卷，直到臺灣前又多五卷。到臺灣後一年，百二十回始完全脫稿。三十年（1850）一陽（正）月，太平閑人自述作評經過，五桂山人也作了跋語。因爲無力刊行，秋八月丁卯（初八）又寫了自題詩七律三首。

咸豐元年（1851）小春望前一日，鴛湖月癡子在臺南爲他又寫了一跋。然而這個本子後來卻失去了線索，直到同治五年丙寅（1866）才流入劉銓福的手上。根據甲戌本第二十八回劉氏的跋語，有一條說：「近日又得妙復軒手批十二巨冊，語雖近鑿而於紅樓夢味之亦深矣。」這條批語應接同治二年癸亥（1863）春日及同年五月廿七日之後，另一頁青士、椿餘並識的同治四年乙丑（1865）孟秋之前。因此，似在同治二年後的不久，得到這個抄本，同治七年戊辰（1868）秋，再作跋語時，又追記著：「此批本丁卯夏，借與綿州孫小峰太守刻於湖南。」其實只是借出待刻，尚未付刻。

但是孫桐生說：「丙寅寓都門，得友人劉子重貽妙復軒『石頭記評本』」，時間不同，比劉說早一年，可是刻本上題詩二首又自註：「憶自同治丁卯得評本于京邸，……而無正文，余爲排比，添注刻本之上，又親手合正文評語，編次鈔錄。……竭十年心力，始克完書。」前後矛盾，那麼丙寅可能是誤記，而其寄寓都門卻爲丙寅年季冬月前，因爲甲戌本第三回第二頁下胡先生找到「左綿痴道人」，記的一條批語是屬丙寅季冬月時，到丁卯夏才借出。由於原評未有正文，於是經其「逐句排比按節分疏，三、四年，始編錄就。」這時該是同治九年庚午（1870）到十年辛未（1871）間，然後自同治十一年壬申（1872）暮春開始鈔錄，安章宅句，到光緒二年丙子（1876）十一月二十日，四年零八個月，才全部完成，而且分別在同治十二年癸酉（1873），光緒二年丙子（1876）各寫一篇跋語，光緒七年辛巳（1881）出版前，又和了太平閑人的詩附刻於上。

這個刻本似非以現存的抄本爲底本，否則既有五桂山人的跋語，斷然不會再將張新之誤爲「同卜年」。而且原評以「石頭記」爲名，和刻本加上「紅樓夢」三字，也有不同。又孫小峰所用的底本沒有明言，據行款、批語和格式，似受王本的影響。

3. 王希廉、張新之、姚燮合評本

（1）光緒十年（1884）上海同文書局石印本「增評補像全圖金玉緣」，又有十四年重刊本。翌年又把每面十七行增改爲十八行，背面題「己丑仲夏滬上石印」。從形式來看，其行款改變是爲了降低成本，加強競爭力。又一本封裏題作「鐵城廣百宋齋藏本，上海同文書局石印」，扉頁背面題「己丑仲夏上海同文書局石印」，繡像僅四十二頁，餘同前。據「紅樓夢訟案」由於避免禁例，而把書名「石頭記——紅樓夢」改作「金玉緣」，扉頁題：「增」，背面題：「戊子仲冬滬上石印」。餘同前，可以確定也是據數本謄錄上石的本子。

（2）光緒十八年（1892）上海石印本增評補像全圖金玉緣：

扉頁題：「增評補像全圖金玉緣。」背面題：「壬辰仲夏上海石印。」餘同前。是前系數本的翻印本。另外一本則題：「壬辰仲夏文選石印。」則屬盜印本。因此引發「紅樓夢訟案」。其後屬於此系的翻刻本有扉頁題作「繡像全圖金玉緣」，背面題「光緒戊戌（廿四年、西元 1898）孟夏上海書局石印」本；扉頁題作「增評全圖足本金玉緣」，背面題「光緒戊申（卅四年、西元 1908）九月求不負齋印行」本；扉頁題作「增評加註全圖紅樓夢」，背面題「一名增補石頭記，一名圖註金玉緣，己丑（1889）仲夏上海同文書局藏板，民國十四（1925）年三月印行」的上海石印本；扉頁題作「評註加批紅樓夢全傳，上海江東書局石印」本；民國十六（1927）年三月上海文明書局鉛印本；十七年（1928）、十九年（1930）又有再版及三版本等，這些仿刻本的圖贊行款或多或少，皆有部分改動。

4. 王希廉、姚燮增合評本補圖石頭記

（1）增評補圖石頭記：

扉頁題「增評補圖石頭記」，首程偉元原序；次護花主人批序；次太平閑人讀法附補遺、訂誤；次護花主人總評，護花主人摘誤，大某山民總評，明齋主人總評，或問，讀花人論贊，周綺題詞，大觀園影事十二詠，大觀園圖及圖說，音釋；次目錄；次繡像十九頁，前圖後贊。每回前有回目畫一頁二幅。正文每面十四行，行三十一字。每卷首題「悼紅軒原本，東洞庭護花主人評，蛟川大某山民加評」，總目末有「ケイケイキヨヨウ、サウケンクヨウシエンケイ同校字」一行。有圈點、重點、重圈、行間評及眉批，回末又有護花主人評及大某山民評。「懺玉樓叢書提要」:「清光緒間，廣東徐雨之觀察（潤）創廣百宋齋於上海，鑄鉛字排印書籍，爰取家藏此本付印，以公同好。紙墨精良，校對精審，世頗稱之。後書賈仿印，改名『大觀瑣錄』，脫誤甚多。考『紅樓夢』最流行時代，初爲程小泉本，繼則王雪香評本，逮此本出現而諸本幾廢矣。山民評無甚精義，惟年月歲時考證綦詳，山民殆譜錄家也。原稿歸海鹽李祖韓家，七七事變後毀於火。印本稱卷不稱回，但中縫則題第幾回、『增評補圖石頭記』及『悼紅軒原本』，程偉元原序首句「『紅樓夢』本名『石頭記』亦改爲「『石頭記』是此書原名」，盡刪『紅樓夢』字樣。」這是據光緒十二年（西元 1886 年）以前王希廉評本爲底本，加姚燮評的本子，光緒十四年廣百宋齋又以此本作底本，加上張新之的評語，可見此本必是光緒十二年六月以前的印本。

其後的翻刻本有中縫作「增評補圖石頭記」，扉頁題「增評繪圖大觀瑣錄」，背面題「光緒十有二年（西元 1886）六月校印」本；扉頁題「古越誦芬閣藏板，護花主人黃（王）原批、大某山民姚加評石頭記，泉唐毛承基署」背面題「光緒十八年歲次壬辰重校刊印」本；扉頁題「增評補圖石頭記」，背面題「光緒戊戌（廿四年，西元 1898）季夏上海石印」本；光緒二十六年庚子（1900）又重刊一次；扉頁題「繡像全圖增批石頭記，悼紅軒原本，鍾山居士題」，背面題「光緒廿有六年（西元 1900）石印，中縫則題「增評補圖石頭記」本；又有與光緒二十六年印本全同，但版權頁作「明治三十八年（1905）一月十三日印刷，明治三十八年一月十七日發行，編輯兼發行者下河邊半五郎，印刷者中野鍈太郎，印刷所帝國印刷株式會社」的日本鉛印繡像全圖增批石頭記；及 1905 年日本金港堂書籍株式會社編印本、封面題「原本重刊大字全圖石頭記，鑄記書局鉛印」本，（一本題「精校全圖足本鉛印金玉緣」）。廣文書局即是翻印這個本子的（參見書影第五十八）。又有民國十九年（1930）「萬有文庫」本、1933 年「國學基本叢書本」即今商務印書館傳本。

5. 王希廉、蝶薌仙史合評本

扉頁題作「全圖增評金玉緣，光緒丙午（卅二年，西元 1906）九秋石薌」（一本題「足本全圖金玉緣」），背面題「光緒丙午菊秋月上海桐蔭軒石印」本，但書前均題「增評加批金玉緣圖說，蝶薌仙史評訂」，與同文書局本同，但次序異。華陽仙裔序末署「光緒三十二年九秋既望華陽仙裔識」，多評論六條，繡像第六十頁下葵官像外，均下圖上贊，多錯亂。每二回有回目畫一頁二幅。正文每面二十一行，行四十字。有圈點、重點、重圈及雙行夾評，回末有護花主人評。其後根據此本翻刻的有封面題「繪圖石頭記」，扉頁題「全圖增評金玉緣」，背面題「宣統元年（西元 1908）季冬上海阜記書局石印」本。又有一本封面及扉頁題「全圖增評金玉緣」，中縫題「增評繪圖石頭記」，書前均題「增評加批金玉緣圖說，蝶薌仙史評訂」，但是華陽仙裔序末改署「民國甲寅年（三年，西元 1914 年）夏日後學王浩書於海上」，多程偉元原序，無大某山民總評。另一石印本全同，但無華陽仙裔序。

三、抱青閣本

據書錄說：「扉頁題：『嘉慶己未年鐫，繡像紅樓夢，抱青閣梓』。首程偉元序，高鶚序、目錄、繡像二十四頁、前圖後贊。正文每面十行，行二十四字。無題記，餘同本衙藏板本。」然而從版式行款的記載來看，應是根據程本直接翻刻。這個本子至今未有倣刻本出現。

四、金陵籐花榭刊本系統

有金陵籐花榭刊本，扉頁題「繡像紅樓夢、籐花榭藏板」，首程偉元序，次目錄、繡像十五頁，前圖後贊，較程甲簡略。正文每面十一行，行二十四字。「藤花榭」爲滿州正紅旗額勒布齋名。根據道光三年（西元 1823）曹耀宗「紅樓夢百詠詞」跋：「予昔遊金陵，適籐花榭板初刊，偶攜一冊，雜置書叢，今越五載，長夏無事，檢取評點之」，及嘉慶二十四年己卯（西元 1819）籐花榭又刊行歸鋤子撰的紅樓夢補，似可斷定此本刊行於嘉慶二十三年以前。

此本如非直以程本覆刻，即據東觀閣原刊本翻刻，並以程甲本訂正。後又有重鐫本。其後倣刻本有扉頁題「道光辛卯（十一年，西元 1831）孟冬，繡像紅樓夢，凝翠草堂監印」本；扉頁題「咸豐己未年（九年，西元 1895）秋鐫、繡像紅樓夢」本；甲子（1864）夏日扉頁題「繡像紅樓夢、籐花榭原板、耘香閣重梓」本。其後裔又有背面題記同耘香閣本而扉頁題「繡像紅樓夢，濟南會錦堂藏板」的本子和濟南聚和堂刊本。又有陳其泰據籐本加評而未及付梓的桐花鳳閣評紅樓夢。

籐本系統的特色是減少繡像，增加每版的字數，縮成爲不加評語的白文袖珍本，以降低成本，加強競爭力。直到陳其泰才在這部底本上加評（據「石頭記集評」卷下及「懺玉樓叢書提要」)，可惜未及付梓而歿。

五、三讓堂刊本系統

有扉頁題「繡像批點紅樓夢，三讓堂藏板」。首程偉元序，次繡像十五頁，前圖後贊，次目錄。正文每面十一行，行二十七或二十八字。有圈點、重點、重圈及行間評。每回首頁中縫有「三讓堂」字樣。

從圈點形式而言，屬於東觀閣本系統，而把高序省略，目錄移在圖贊之後。又繡像十五頁及正文每面十一行，似受籐本的影響。然而採取每行二十七至二十八字更袖珍的板式，加上評語作號召是這一系列刊本的特色。

其刊年上限大概在嘉慶廿三年（1818），下限則到同治初年。其後版本分售給扉頁題「繡像批點紅樓夢，文元堂藏板」本及扉頁題「繡像批點紅樓夢，忠信堂藏板」本、扉頁題「繡像批點紅樓夢，緯文堂藏板」本。以至於數本中縫並有「三讓堂」遺跡，其後並轉讓給扉頁題「曹雪芹原本，右文堂發兌，新增批點繡像紅樓夢，同文堂藏板」本。從中縫遺跡及加刻東觀閣本的題記看來，似以三讓堂本和東觀閣本拼湊而成。由作「同治十三年甲戌」(1874)的粵謳和作清光緒十一年乙酉（1885）「湘軍水陸戰紀十六卷」來看，應爲這段期間北京刊定的本子。其後又轉售給扉頁題「東觀閣梓行，三元堂藏板，新增批評繡像紅樓夢」本，其正文每面十一行，行二十二至二十八字。似爲接收同文堂，並據東觀閣本補刻部分板木及調整繡像及目錄次序。其刊年可能已到光緒十一年乙酉（1885）以後了。

又有扉頁題作：「曹雪芹新本，新增批點繡像紅樓夢，佛山連元閣藏板」本，中縫「三讓堂」、「三元堂板」字樣全同三元堂本。可證明是收購三元堂的板木，其年代據現存的「隋唐演義」二十卷一百回巾箱本的題記，有「同治五年丙寅（1866）連元閣本字樣，則似爲這個時期的刊本，但是不得早於三元堂刊刻的時間。

又一本爲扉頁題：「咸豐己未新鐫，繡像紅樓夢，五雲樓藏板，光華堂發兌」本，餘同佛山連元閣本，而無三元堂刊刻的遺跡。因此上面那些刊本可能都要提前到咸豐九年己未（1859）年以前。又一本扉頁題「繡像紅樓夢，翰選樓藏板」本，和咸豐九年五雲樓刊本同，想來也是這以後的刊本。又另有扉頁題「繡像批點紅樓夢，經綸堂藏板」本、扉頁題「繡像批點紅樓夢，務本堂藏板」本。雖然務本堂還刊有「李義天賜福」三十卷本，題記作「嘉慶元年」，帶評本恐不會那麼早出現的。又朱鏡江撰「四香緣」三十二卷三十二回本，題記作「同治五年」，朱鏡江、章惟善撰「六美圖中外緣」六卷七十八回本，題記作「清光緒二十一年」，則據務本堂出版二人同撰的「六美圖」殘存初二集三十回本，似可斷定約在這個時間內（西元 1867～1895）開業。此外又有扉頁題「繡像批點紅樓夢，登秀堂藏板」本及扉頁題「繡像批點紅樓夢，經元升記梓」本，並是此系的翻刻本。

以上這些刻本、排板本等，並屬程甲本的後裔，目前坊間的通行本也以此系居多。至於程乙本的後裔從來未見未聞，直到民國十年，汪原放先生曾據胡適先生收藏的程乙本重排，首開序幕。至民國三十七年十月，共出了九版。今日坊間的遠東書局、正中書局、香港友聯出版社，皆是亞東書局本的流裔。又作家出版社「紅樓夢」則屬根據程乙本重校重排的本子。

僧道

二十四

結論

研究紅樓夢發生的問題，不管千差萬別，總歸要根據紅樓夢的文字來解決。問題愈複雜，文字的根據顯得愈重要，文字愈分歧，版本的考訂顯得愈艱辛。因此，在紅學研究中，不管是課虛的文學批評，或者是徵實的作品考據，在從事研究的時候，都要落實到紅樓夢的版本上來，然後才能窮源溯本，順流觀變。否則，得到的結論，脈絡必然混淆不清，成果也是虛而不實。

我們知道，紅樓夢的版本分野建立在程高擺印的甲、乙本上。在程、高未用活字擺印以前，書係手寫，由於傳抄過錄的關係，更容易以譌傳譌，所以舉凡字體的缺謬，語句的脫落，跳行的誤抄，乃至於衍文增句，重行回抄等現象，更是無所不有。致使紅樓夢難以卒讀及大大損害原作的精神。因此，爲了恢復早本的面貌，探索當時的眞象，更進一步的了解本書的內容旨趣，捨版本校勘一途外便無從著手。所以校書又是讀書過程中最重要的基礎工作，而集合現存的版本彙校，更是當前研究紅樓夢最爲迫切需要的課程。多年來，在師長的訓勉下，從事這方面的研究工作，並出入諸家的精闢著述，撰成論文，現在試作總結如下：

壹、紅樓夢書名的確認

我們知道，在乾隆四十九年甲辰以前的抄本，並以「石頭記」作爲書名，沒有發現題名「紅樓夢」的抄本。但是在甲戌本的第一回楔子裏卻說：

> 「空空道人聽如此說，思忖半嚮，將這石頭記再檢閱一遍……方從頭至尾，抄錄回來，問世傳奇；因空見色，由色生情，傳情入色，

自色悟空，遂易名爲情僧，改『石頭記』爲『情僧錄』。至吳玉峯題曰『紅樓夢』。東魯孔梅溪則題曰『風月寶鑑』。後因曹雪芹于悼紅軒中披閱十載，增刪五次，纂成目錄，分出章回，則題曰『金陵十二釵』。並題一絕云：

『滿紙荒唐言，一把辛酸淚。都云作者癡，誰解其中味。』

……至脂硯齋甲戌抄閱再評，仍用『石頭記』」。

從這段楔子裏，可以看出書名「石頭記」三字是源於石頭所記的一段故事。經過情僧的抄錄後，易名爲「情僧錄」。到了吳玉峯，改題爲「紅樓夢」；東魯孔梅溪則題作「風月寶鑑」。曹雪芹花費了十載增刪的工夫，才改題「金陵十二釵」。直到乾隆十九年甲戌，脂硯抄閱再評時，仍用「石頭記」的原名。自此以後，甲辰夢覺主人作序之前的脂硯本，盡以「石頭記」作爲書名，其餘的都已成了歷史名詞。然而在我們論述過程裏，「紅樓夢」是脂硯題名「石頭記」以前的一個總其全部之名。在脂硯抄閱加評的期間，仍然爲大家所樂於沿用，以至於最後又成爲家喻戶曉的書名。

在甲戌本的「凡例」裏，己卯本第三十四回，脂列本第十、六十三、六十四、七十二回，全抄本第一、六十七、後四十回的回前回末題署，以及己酉本的目錄、正文前、或脂鄭本的中縫，都有「紅樓夢」的題名。晉本全書則直接題作「紅樓夢」。程、高在廣集核刊以後，也以「紅樓夢」三字作爲他們擺本的書名。甚至明義、永忠等在乾隆二十三年所看到的早本，也是題名「紅樓夢」；脂硯、畸笏的評語，如第廿四回、四八回等，偶而也援用這個他們已經廢棄的名詞。凡此，都足以說明「紅樓夢」在脂硯等沒有統一作「石頭記」以前，非但擔當過全書的總名；縱使在統一作「石頭記」以後，脂硯等人仍然不時的援用。這些綿延不絕的遺迹促使晉本、程高擺印本，能夠正名爲「紅樓夢」，而且定於一尊。

貳、曹雪芹纂著的評估

自從胡適先生考證紅樓夢的作者是曹雪芹以後，海內外一時風從，然而反對這種說法的，前有潘師石禪，後有戴不凡先生。〔註1〕其所以不從胡先生的說

〔註1〕戴不凡，首篇爲「揭開紅樓夢作者之謎——論曹雪芹是在石兄舊稿風月寶鑑基礎上的巧手新裁改寫成書的」（「北方論叢」第一期，1979），其次有「石兄

法，非因反對而反對，而是胡先生的說法中仍然存有不少的矛盾。如胡先生自認爲作者是曹雪芹的鐵證非但不成爲鐵證，而現存的脂評本中，竟然沒有一本直接題署是曹氏的著作，以至於程、高擺印之時，考見作者，僅能說明：「作者相傳不一，究未知出自何人，惟書內記曹雪芹先生刪改數過。」更奇怪的，有過從關係的親朋好友，依然無人出來爲他爭取過著作權，這是極爲特殊的現象。

雖然脂評本中偶而提到作者一詞，但是和曹雪芹的關係並非二即是一的那麼肯定，以至於大家在解釋上也有不同，如甲戌本第十三回回末總評（靖本作回前）說：

> 秦可卿淫喪天香樓，作者用史筆也。老朽因有魂托鳳姐賈家後事二件，嫡（靖本作「豈」）是安富尊榮坐享人能想得到者，其事雖未漏（靖本無此句），其言其意則（靖本無「則」字）令人悲切感服，姑赦之，因命芹溪刪去（「遺簪」、「更衣」諸文。是以此回只十頁，刪去天香樓一節，少去四、五頁也。）

這裏的批語把作者所用的史筆和芹溪的刪去二事相提並論，互對成文，沒有說明作者即是曹雪芹。

我們再從紅樓夢第一回楔子裏的文字敘述來看，如果曹雪芹自己承認是人人都說癡絕的這位作者的話可以相信，那麼稍前的一段文字，從空空道人抄回的「石頭記」和改名作「情僧錄」、「紅樓夢」、「風月寶鑑」的這些過程，也應該可以相信的。這種兩難的矛盾是很難解釋的，除非承認曹雪芹增刪之前有個原作者的存在。因此要直接建立原作者也是曹雪芹的說法，還需要更進一步的發掘可靠的直接證據和詳盡的資料，否則仍有紛爭。

雖然如此，「曹雪芹于悼紅軒中，披閱十載，增刪五次，纂成目錄，分出章回。」這個事實是可以相信的。

在脂硯齋甲戌抄閱再評以前，曹氏已在悼紅軒中對紅樓夢作了十載的披閱，五次的增刪，這些工作在現在的脂本群中，仍有蛛絲馬跡可尋。如第十三回的刪去「遺簪」、「更衣」二節，改爲秦氏害病的過程；第三十三回寓有微意的湘雲麒麟陰陽論；第三十七回賈政的點上學差；第五十八回老太妃的

和曹雪芹——揭開紅樓夢作者之謎第二篇」（「北方論叢」第三期，1979），第三篇則爲「曹雪芹拆遷改建大觀園」（「紅樓夢學刊」第一輯），第四篇「畸笏即曹頫辯——脂批考之一」（「紅樓夢集刊」第一輯），並力持曹雪芹非紅樓夢的原作者，而是增刪的一位作家。

薨逝；第六十四到六十九回紅樓二尤的纂入；以及晴雯及她嫂子的改寫；還有其他人名的異動等等。凡此足以說明這些矛盾或異名現象都是披閱增刪過程中留下的遺跡。甚至脂評中載有某些未見的情節，仍可能是屬於增刪中的部份工作。何況這些增刪的工作到了甲戌年後，並未全部完成，如庚辰本的第廿二回回末，畸笏的批語就說：「此回未成而芹逝矣，嘆嘆。」第七十五回又有：「乾隆二十一年五月初七對清。缺中秋詩，俟雪芹。」都足以說明直到壬午除夕，雪芹逝世的前夕，還在從事這些大大小小的工作。

至於「纂成目錄，分出章回」的工作，從第一、二、六、六四回等的回目後評中，可以看出其撰作目錄時的精心擘劃，每回的回目必要恰如其份的照顧到整回的情節。以至於我們研究回目的時候，可以發現大部分的回目已經底定；有些卻紛紜不定，反覆的更動；甚至有些回目未愜後人之意，而再加以修改。另外分出章回的工作如第十七、十八、十九等三回，第七十九、八十回等文字的或分或合；第四、五回，第四一、四二，第五一、五二回等，分斷的或長或短，都可以窺見分出章回和纂成目錄時的嘔心瀝血。凡此都是足以確定曹雪芹和脂硯諸人的成就而無法否定的。

參、紅樓夢寫作的旨意

紅樓夢一書的寫作背景恰巧處在禁網最爲嚴密的時代，完成後又經歷文字獄繁興的過程，因此這書設立眞假兩面，欲吐猶吞。以至於第一回的回目後評敘述著：「作者自云，因曾歷過一番夢幻之後，故將眞事隱去，而借通靈之說，撰此石頭記一書。」書中也說：「其中只不過幾個異樣的女子，或情或癡，或小才微善，亦無班姑蔡女之德能。」可是「朝代年紀，地輿邦國，卻反失落無考。」這種忽顯忽隱，迷離惝恍的敘述方式，自然會引起各種不同的論說。

胡適先生主張的「自傳說」雖然得到一時的勝利，可是由於這種說法本身的缺陷，並不能滿足每位專家學者的要求。因此潘師在索隱一派銷沈之後，仍然主張反清復明的說法，雖然具體的證據猶待加強補充，可是蛛絲馬跡卻歷歷可尋。尤其甲戌本第一回中「有命無運，累及爹娘」上的幾段眉批說：

〔甲戌眉批 12b〕八個字屈死多少英雄？屈死多少忠臣孝子？屈死多少仁人志士？屈死多少詞客騷人？今又被作者將此一把眼淚洒於閨閣之中，見得裙釵尚遭逢此數，況天下之男子乎。(〔甲辰〕「騷人」

作「才人」，無「數」字）

看他所寫開卷之第一個女子便用此二語以訂終身，則知託言寓意之旨，誰謂獨寄興于一情字耶。（〔甲辰〕「以訂」作爲「以爲」，「誰謂」作爲「誰爲」）

武侯之三分，武穆之二帝，二賢之恨，及今不盡，況今之草芥乎。家國君父事有大小之殊，其理其運其數則略無差異。知運知數者則必諒而後嘆也。

靖本第十八回也有一條很長的眉批說：

〔靖藏眉批〕「孫策以天下爲三分，眾纔一旅；項籍用江東之子弟，人惟八千。遂乃分裂山河，宰割天下。豈有百萬義師，一朝卷中（甲），芟夷斬伐，如草木焉？江淮無崖岸之阻，亭壁無藩籬之固。頭會箕斂者，合從締交；鋤耰棘矜者，因利乘便。將非江表王氣，終於三百年乎？是知洴（并）吞六合，不免幟（軹）道之災，混一車書，無救平陽之禍。嗚呼！山岳崩頹，既履危亡之運；春秋迭代，不免去故之悲。天意人事，可以淒滄（愴）傷心者矣！」

大族之敗，必不至如此之速，特以子孫不肖，招接匪類，不知創業之艱難。當知「瞬息榮華，暫時歡樂」，無異於「烈火烹油，鮮花著錦」，豈得久乎？戊子孟夏，讀虞（庚）子山文集，因將數語系此。後世子孫，其毋慢忽之。

這些奇奇怪怪的話不得不使大家承認書中的確存有反滿的傾向，縱使和「反清復明」之說還存有一段距離，可是紅樓夢既經五度的增刪，其間刪去了什麼？增的又是什麼？這是一件頗值耐人尋味的事。從早期抄本刪去「賞花時」一曲，以內有「斬黃龍」的語句。甚至同回的其他地方也刪去了有關芳官倩妝及寶玉頑笑等一千餘字。似此冒犯當朝政情的語句，絕對都在刪節的方針之內，以至於「凡例」中也要推出「不欲著跡于方向」、「不敢干涉朝廷」、「著意于閨中」等正面招牌，使我們更難發現原作的初旨。因此若能找到增刪前的原本，則這個爭議或可論定，否則這種學問槓仍然永無休止的一天。

肆、紅樓夢版本上的重要問題

在我們校對的過程中，除了一些有意增刪的改文外，常常存有一些抄胥過錄的時候，因鄰行出現重文，或字形的近似，或疲倦時視線的誤移，造成無意識的重文或脫文現象，致使文字扞格難通，無法卒讀。有些已經原抄胥的發現而補寫在旁，有些經過後來的讀者依據己意寫，有些仍然保留著原來的矛盾，可是這幾種情形在諸本的覆校之下，脫落的痕跡宛然可尋。所以藉著這些重文、脫文，常常可以考見抄錄底本的行款，過錄的因革和次數，失眞率的統計和諸本間的關係，今分說如下：

一、原本行款的因革及過錄次數

由於甲戌本和靖本的發現，第十三回在經過曹雪芹的刪去「遺簪」、「更衣」兩節之後，僅存十頁，使我們能夠確定當年增刪的原本每半頁十二行，每行廿字。從甲戌本第二回回目後評的重文和第七、十六回脫去的佚文裏，可以證明甲戌抄閱再評時所用的底本的確如此。再從己卯、庚辰等其他的抄本也有一系廿字左右的重文或脫文，也可以相輔相成的說明這種行款是早期原本的遺跡。另外若以早本的行款格式作爲基準，去考查這些重文、脫文的現象，我們便會發現現存版本的行款格式的變改情形，再能更進一步的推測其過錄次數。

二、失眞率的統計

我們知道，過錄的次數愈多，失眞的程度愈大，抄胥的水準和失眞的程度也成正比。所以根據重文、脫文的現象考查諸本的失眞情形，證明甲戌本的失眞率最小，行款變革最少，說明現存的甲戌本是從脂硯的甲戌再評本過錄。其次才是全抄、庚辰本。儘管戚本的抄寫相當的整飭，可是從它的嚴重失眞率和行款的一再變革，說明若非存有較晚的配本即是經過多道的過錄手續。只有程本雖說晚到乾隆五十六年的擺印,然而失眞率僅次於甲戌本。這種現象說明程高當年所用的底本若非如「引言」所說：「茲惟擇其情理較協者，取爲定本。」等精挑細選的手續，即是經過「廣集核勘，准情酌理，補遺訂訛」的勘校工夫。

三、諸本間的關係

從諸本無意識的共同脫文使我們發現抄本間的相互關係，畢竟二種版本經過不同的抄胥，在不同的時間，不同的空間條件下過錄，而有相同的脫文，其或然率幾乎等於零。因此利用這些共同的脫文，可以考見有些抄本中的部分或全部，非來自同一祖本即是相互的過錄。如甲戌本和戚本的第七回曾有一條共同的脫文，說明二本間的前面數回或存有某些淵源。庚辰本和諸本共同的脫文七條，其第三十四回和己卯、戚本共同失落一條，可見三本之間這回的關係極爲密切。另外和全抄本在第六回裏並脫一條，以前面數回己卯和全抄本的關係而論，恐怕三本都會脫去，也可以說明三本間存有某種關係。又庚辰、晉本在第七一回裏有一條共同的脫文，說明此回也具有同一祖本的條件。尤其令人詫異的是庚辰本竟與程本共同擁有四條脫文，兩條在前面十一回的白文本，兩條則在第八冊中，顯示程本所用的底本和庚辰一系淵源極深。

戚本和諸本的共同脫文高達九次，其與甲戌、庚辰本的關係已經上面說明了外，在剩餘的七條脫文中，有兩條是分佈在不到一回一頁餘的已知蒙本裏，顯示二本的關係極爲密切。另外和全抄本的共同脫文居然佔了六條，分佈在第廿九、五八、六五、六八回各一條，第六九回二條。尤其全抄本的六五、六六、六八、六九回，同出於一個抄胥的筆跡，卻存有蒙戚本的共同脫文，足以說明全抄本不是直接從戚本過錄，而是來自同一個祖本，並遠較戚本忠實。

全抄本和己卯、庚辰本各有一條共同的脫文，並分佈在第三、六回，顯示首冊和己卯、庚辰的白文本頗有淵源。但是全抄本前面帶有雙行夾註批語看來，其所用的底本遠較己卯、庚辰本爲早，或者是帶有雙行批語的己卯原本也未可知。

四、批語的問題

在程高未曾擺印活字之前，紅樓夢僅在脂硯、畸笏等旗人的圈子裏傳抄加批，從文字的風格來說，縱使不甚出色，卻對雪芹當時增刪的情況提供不少的軼事秘聞，是研究紅樓夢增刪前後極爲珍貴的史料。在程高擺印以後，首有東觀閣的評點本，次有王希廉評本、姚燮、新張之及蝶薌仙史等諸家的集評本出現，則是走出旗人的圈子裏，而爲漢人評點紅樓夢的開始，其傳承的歷史和擺的地點便由北而南，由旗而漢了。

伍、現存紅樓夢版本的評鑑

一、諸抄本的評價

甲戌本是乾隆十九年甲戌抄閱再評本的過錄，其底本緣自脂硯齋的藏本，書內存有很多珍貴的批語和部分獨出的文字，甚至具有一頁諸本所無的「凡例」，可說是現存的版本中最具早本面貌的一個抄本。

己卯本已經可以確定是從乾隆廿四年己卯冬月的四閱評本過錄，而且是怡親王府的家藏本。它和庚辰本的關係極爲密切，然而是否庚辰本直接過錄的底本，則有待更爲詳細的研究。不過這一系統中，除了第六四、六七回缺失外，還有七十八回左右是完整的，其中第十七、十八、十九回、廿二回、七五回等，存有許多彌足珍貴的早本原樣。

戚本、蒙府、脂南三本自成一系，是現存抄本中具有完完整整的八十回抄本，有些文字雖有經過後人改動或補苴的嫌疑，但也存有很多早本的原樣，如第六四、六七回等，有些分回的長短也有不同，這些異文也都具有極高的研究價值。

其他的抄本中，如脂列本存有七十七回，而抄胥水準之高及其獨出的眉、夾行批，可能開漢人加批的先河。又如第十七、十八回和第七九、八○回的未經分回，和第廿二回的不完整，也是存有早本現象的一部珍貴抄本。晉本可能上承甲戌一系，下開擺印程本的一部八十回抄本。迷失的靖本可能錄自藏書家吳鼒的「夕葵書屋藏本」，可惜這幾個本子和脂鄭、己酉本，雖具重要性，卻不曾公開發行，還有待更進一步研究的必要。

二、百廿回全抄本的評價

在程高擺印本以前，唯一具有後四十回的抄本，至今碩果僅存的只有全抄本一書，因此從這個抄本可以考見程高擺印以前的整理實況。經過我們研究的結果，證明全抄本的確是多人彙抄各種抄本和程高整理過程中的一個過渡稿本。後四十回以及第廿二、五三、六七回等是直接蛻變爲程高擺印的部分底本。其他諸回由於底本或近甲戌、晉本、或爲己卯，或同戚本，以至於在複雜不一的情況下，反而沒有被直接採用。然而其改文也是程偉元在辛亥春「將付剞劂」前即已存在，巧遇到了「閒且憊矣」的高鶚，在出示以後，終於在第七八、一○三回兩個地方，題上「蘭墅閱過」及順手改動了幾字。這些改文在後來高鶚整理甲、乙本的過程裏，曾經被間接的參考採納。

三、程高擺印本的評價

程高擺印本是結束紅樓夢版本的傳抄時代，開創後期刻本的先河。它使紅樓夢的文字統一固定，也使紅樓夢能夠發揚光大，這是紅樓夢遇到程高的幸運。然而由於大量的刪改正文，削淨脂批，減弱原著的精神，湮滅了雪芹當年的增刪改纂的痕迹，又未嘗不是紅樓夢遇到程高的不幸。因此其整理的得失功過，評價也就隨人而異了。

根據我們考訂的結果，程高只有擺印甲、乙兩版，地點是在北京，尤其程本留存的雖然不多，但是甲本幾乎是後來各種刻本的祖本。流行世界各地，眞說得上是無遠弗屆。

以上所舉，每一項問題，都是幾十年來，專家學者辛勤探索，反覆考覈，熱烈辯論所提出來的。經過我六年的努力，得出若干結果，是否可稱定論，實在不敢自信，惟有衷心期待專家學者的批評指教。

主要參考書目

一、版　本

（一）

1. 「古本紅樓夢」，文淵出版社，民國 48 年 1 月，案：此本自古籍出版社翻印。
2. 「乾隆甲戌脂硯齋重評石頭記」，胡適紀念館，民國 50 年 5 月一版，又 64 年 12 月 3 版。
3. 「影乾隆壬子年木活字本百廿回紅樓夢」，青石山莊，民國 51 年 5 月。
4. 「國初鈔本原本紅樓夢」，學生書局，民國 65 年 7 月。
5. 「紅樓夢叢書」（八種），廣文書局，民國 66 年 4 月。
6. 「脂硯齋重評石頭記」，中華書局，1977 年 8 月。

（二）

1. 「紅樓夢」，啓功注釋，程十髮插圖，人民文學出版社，1964 年 2 月（八版）。
2. 「精批補圖大某山民評本紅樓夢」，廣文書局，民國 62 年 6 月，案：此本扉頁原題：「精校全圖鉛印評註金玉緣」，自「鑄記書局鉛印」原本影印。
3. 「紅樓夢八十回校本」，俞平伯校訂，王惜時參校，中華書局，1974 年 1 月。
4. 「評註全圖金玉緣」，鳳凰出版社，民國 63 年 12 月，案：此本扉頁有上海舒屋山人署「大字足本連環圖畫評註金玉緣」，次頁有華陽仙裔「重刊金玉緣序」，正文每面十八行，行三十七字。「書錄」未見著錄，當爲「上海同文書局本」的翻印本。

二、目　錄

（一）專書目錄

1. 「紅樓夢書錄」，一粟（朱南銑、周紹良），古典文學出版社，1958 年 4 月。
2. 「紅樓夢卷」，一粟，古典文學出版社，1963 年 12 月，又：翻印本改題

「紅樓夢研究」，明倫出版社，民國60年12月。

3. 「香港所見紅樓夢研究資料展覽」，香港中文大學中國文化研究所文物館，1972年。
4. 「紅樓夢敘錄」，田于，漢苑出版社，民國65年10月，案：此書係據一粟「書錄」的增訂本翻印，並增收徐高阮「關於紅樓夢第六十四、六十七回」一則。

（二）一般目錄

1. 「四庫書目續編」，孫耀卿，世界書局，民國58年8月。
2. 「書林清話」（餘話），葉德輝，文史哲出版社，民國62年12月。
3. 「中國通俗小説書目」（孫子書），鳳凰出版社，民國63年10月。
4. 「日本東京所見中國小説書目——附大連圖書館所見中國小説書目」（孫子書），鳳凰出版社，民國63年10月。
5. 「倫敦所見中國小説書目」，柳存仁，鳳凰出版社，民國63年10月。

（三）期刊目錄

1. 「臺灣地區刊行紅樓夢研究資料目錄」（稿），閻琴南，本所刊物「木鐸」第五期「慶祝婺源潘石禪先生七秩華誕特刊」，民國66年3月。
2. 「臺灣地區刊行紅樓夢研究資料目錄（稿）續編」，本所紅樓夢研究小組（未刊稿）

三、專書論著

（一）傳記類

1. 「曹雪芹的故事」，吳恩裕，中華書局，1962年，案：翻印本改題「曹雪芹的一生」，去掉釋文，地平線出版社，民國64年10月。又另一翻印本改題「曹雪芹」，釋文略有更動，河洛圖書出版社，民國67年3月。
2. 「有關曹雪芹十種」，吳恩裕，古典文學出版社，1963年10月。
3. 「曹雪芹」，周汝昌，作家出版社，1964年1月。
4. 「關於江寧織造曹家檔案史料」，故宮博物院明清檔案部編，1974年，又：翻印本，九思出版有限公司，民國66年1月。

（二）別集論著類

1. 「紅樓夢索隱」，王夢阮、沈瓶庵，中華書局，民國53年，案：此書據民國5年版影印。
2. 「紅樓夢辨」，（俞平伯），河洛圖書出版社，民國68年4月，案：此書據民國12年亞東本影印。

3. 「紅樓夢人物論」，王太愚（松菁），長安出版社，民國 68 年 3 月。
4. 「紅樓夢研究」，俞平伯，棠棣出版社，1952 年 9 月。
5. 「紅樓夢新證」，周汝昌，台灣明倫書局，民國 62 年 5 月，案：此書據 1953 年棠棣出版社底本影印。又：增訂版，人民文學出版社，1976 年 4 月。
6. 「紅樓夢評論集」，李希凡、藍翎，作家出版社，1955 年 6 月。
7. 「紅樓夢的思想與人物」，劉大杰，中華書局，1959 年。
8. 「紅樓夢新解」，潘師石禪，文史哲出版社，民國 62 年 9 月台一版，案：此書據 1959 年新加坡青年書店底本重排。
9. 「紅樓夢人物評傳」，朱虛白，新興書局，民國 49 年 11 月。
10. 「紅樓夢研究」，李辰冬，新興書局，民國 51 年 6 月，又：修訂版，正中書局，民國 66 年 6 月。
11. 「紅樓夢新探」，趙岡、陳鍾毅，文藝書屋出版，1970 年 7 月，又：晨鍾出版社、同。「新探」係據 1963 年趙岡先生的「紅樓夢考證拾遺」（高原出版社）增訂。又：修訂本「紅樓夢研究新編」，聯經出版事業公司，民國 62 年 5 月。
12. 「論紅樓夢」，何其芳，人民文學出版社，1963 年。
13. 「平心論高鶚」，林語堂，文星書店，民國 55 年 7 月。
14. 「試看紅樓夢的眞面目」，蘇雪林，文星書店，民國 56 年。
15. 「紅樓夢與禪」，瀟湘，獅子吼雜誌社，民國 59 年 3 月。
16. 「靈山臆語——論紅樓夢」，靈鈞，標準書局，民國 60 年 1 月，又：增訂本，民國 61 年。
17. 「紅樓夢悲金悼玉實考」，杜世傑，自印本，民國 60 年 3 月。
18. 「中西小說上的兩個瘋顛人物」，田毓英，文壇社，民國 60 年 7 月。
19. 「紅樓夢原理」，杜世傑，自印本，民國 61 年 4 月。
20. 「新編紅樓夢脂硯齋評語輯校」，陳慶浩，新亞書院中文系紅樓夢小組，1972 年 1 月。又：增訂本改題：「新編石頭記脂硯齋評語輯校」，聯經出版事業公司，民國 68 年 10 月。
21. 「紅樓夢研究參考資料選輯」（俞平伯專輯），人民文學出版社，1973 年。
22. 「紅樓夢人物介紹」，李君俠，商務印書館，民國 62 年 4 月（二版）。
23. 「紅樓夢新辨」，潘師重規，文史哲出版社，民國 63 年 2 月。
24. 「大觀園就是自怡園」，周冠華，漢文書店，民國 64 年 6 月。
25. 「紅樓夢的寫作技巧」，墨人，商務印書館，民國 64 年 7 月。
26. 「紅樓夢人物素描」，徐慰忱，曾文出版社，民國 63 年 8 月。

27. 「紅樓夢六十年」，潘師重規，文史哲出版社，民國 63 年 9 月。
28. 「紅樓夢論集」，趙岡，志文出版社，民國 64 年 8 月。
29. 「紅樓夢的重要女性」，梅苑，商務印書館，民國 65 年 1 月。
30. 「紅樓夢西遊記」，林以亮，聯經出版事業公司，民國 65 年 9 月。
31. 「紅樓夢詩詞釋注」文冰，中華書局，1976 年 12 月（再版）。又：翻印本改署「文貞」，文聖圖書出版社，民國 67 年 9 月。
32. 「紅樓夢考釋」，杜世傑，自印本，民國 66 年 2 月。
33. 「論紅樓夢」，林大芽，光華印務有限公司，1977 年 2 月。
34. 「紅樓夢的敘述藝術」，Wong, Kam Ming 著（黎登鑫譯），成文出版社，民國 66 年 8 月。
35. 「紅樓夢夢魘」，張愛玲，皇冠雜誌社，民國 66 年 8 月。
36. 「紅樓夢與中國舊家庭」，薩孟武，東大圖書公司，民國 66 年 8 月。
37. 「紅樓夢一家言」，高陽，聯經出版事業公司，民國 66 年 8 月。
38. 「漫說紅樓」，張華來，人民文學出版社，1978 年。
39. 「紅樓夢論叢」，陳毓羆、劉世德、鄧紹基，古籍出版社，1978 年。
40. 「紅樓夢的兩個世界」，余英時，聯經出版事業公司，民國 67 年 1 月。
41. 「論庚辰本」，馮其庸，文藝出版社，1978 年 4 月。
42. 「花香銅臭讀紅樓」，趙岡，時報出版公司，民國 67 年 8 月。
43. 「紅樓夢概說」，蔣和森，古籍出版社，1978 年 9 月。
44. 「紅樓夢研究」，王關仕，文坊出版社，民國 68 年 3 月。
45. 「考稗小記——曹雪芹紅樓夢瑣記」，吳恩裕，中華書局，1979 年 4 月。
46. 「紅樓夢的文學價值」，羅德湛，東大圖書公司，民國 68 年 7 月。
47. 「紅樓夢詩詞曲賦評注」，蔡義江，北京出版社，1979 年 10 月。

（三）學位論文類

1. 「紅樓夢中的詩詞題詠」，顏榮利，自印本，民國 64 年 6 月。
2. 「紅樓夢劇曲三種之研究」，許惠蓮，自印本，民國 65 年 6 月。
3. 「乾隆抄本百二十回紅樓夢稿研究」，王錫齡，自印本，民國 65 年 7 月。
4. 「紅樓夢脂硯齋評語新探」，朱鳳玉，自印本，民國 68 年 6 月。
5. 「紅樓夢隱語之研究」，劉榮傑，自印本，民國 68 年 6 月。

（四）總集論叢類

1. 「紅樓夢問題討論集」（第一～四集），作家出版社，1955 年 6 月。
2. 「紅樓夢研究論文集」，吳大琨等撰，人民文學出版社，1959 年 2 月。

3. 「紅樓夢考證」，胡適等撰，遠東圖書公司，民國 50 年 3 月。
4. 「散論紅樓夢」，吳世昌等撰，建文書局，1963 年。又：翻印本，明倫書局，民國 62 年 1 月。又：再版本，中流出版社，1979 年 7 月。
5. 「從林語堂頭髮談起」，李霜青，哲志出版社，民國 58 年 7 月。
6. 「紅樓夢研究集」，幼獅月刊社輯，民國 61 年 8 月。又：再版本，幼獅文化事業公司，民國 64 年 5 月。
7. 「紅樓夢研究彙編」（第一、二輯），吳宏一，巨浪出版社，民國 63 年 7 月。
8. 「紅樓夢研究資料」，吳世昌等撰，北京師大學報叢書之三，1975 年 7 月。
9. 「曹雪芹與紅樓夢」，周汝昌等撰，中華書局，1977 年 12 月。

（五）戲劇類

1. 「紅樓夢戲曲集」，九思出版有限公司，民國 68 年 2 月，案：此書據阿英編著原書翻印（中華書局，1978 年 1 月）。
2. 「紅樓夢劇本」，徐蒙、譚峙軍，商務印書館，民國 58 年 1 月（二版）。

四、研究專刊類

1. 「紅樓夢研究專刊」，第一～十二輯，新亞書院中文系紅樓夢研究小組，民國 56 年 4 月～65 年 7 月。
2. 「紅樓夢學刊」，第一輯，紅樓夢學刊編輯委員會，1979 年 5 月。
3. 「紅樓夢研究集刊」，第一輯，紅樓夢研究集刊編委會，1979 年 10 月。

五、雜著類

1. 「王國維先生三種」，王國維，育民出版社，民國 62 年 6 月。
2. 「中國小說史略」，周樹人，明倫出版社，民國 58 年。
3. 「胡適文存第一～四集」，胡適，洛陽圖書公司（民國 68 年）。
4. 「項莊雜文」，項莊，百葉書舍，1961 年。
5. 「榕齋雜譚」，錢濟鄂，白羽雜誌社，民國 58 年 6 月。
6. 「文史覓趣」，高陽，驚聲文物供應公司，民國 58 年 10 月。
7. 「胡適手稿」，胡適紀念館，民國 59 年 6 月。
8. 「胡適演講集」，胡適紀念館，民國 69 年 12 月。
9. 「明清小說論文集」（續編），中國語文社編，1970 年 1 月。
10. 「小說考證」（上、下），蔣瑞藻，萬年青書店，民國 60 年 3 月。

11. 「中國小說述評」，王止峻，商務印書館，民國61年10月。
12. 「文人小說與中國文化」，夏志清等著，勁草文化事業公司，民國64年2月。
13. 「中華藝林叢論」，文馨出版社，民國65年2月。
14. 「藝林論叢」，文馨出版社，民國65年3月，案：以上二書並據「藝林叢錄」改編。
15. 「從中國小說看中國人的思考方式」，中野美代子（劉禾山譯），成文出版社，民國66年7月。
16. 「紅樓水滸與小說藝術」，胡菊人，百葉書舍，1977年10月。
17. 「小說技巧」，胡菊人，遠景出版社，民國67年9月。
18. 「中國古典小說研究論集」，聯經出版事業公司，民國68年8月。
19. 「小說叢考」，錢靜方，長安出版社，民國68年10月。
20. 「我的第一步」，時報出版社，民國68年。
21. 「中國古典文學論文精選叢刊」，樂蘅軍主編，幼獅文化事業公司，民國69年3月。
22. 「中國歷史小說家」，轂庵，木鐸出版社，民國69年5月。

六、期刊論文

1. 「民族血淚鑄成的紅樓夢」（上）（下），潘夏，「反攻」三十七期、三十八期，民國40年5、6月。
2. 「再話紅樓夢」，潘夏，「反攻」四十三期，民國40年8月。
3. 「紅樓夢的暗示作用」，汪劍隱，「反攻」四十四期，民國40年9月。
4. 「對潘夏先生論紅樓夢的一封信」，胡適，「反攻」四十六期，民國40年10月。
5. 「與潘重規先生談紅樓夢」（上）（中）（下），潘夏，「反攻」五十、五十一、五十二期，民國40年12月、41年1月。
6. 「三話紅樓夢附錄——清文字獄檔」，潘夏，「反攻」五十四期，民國41年2月。
7. 「紅樓夢前八十回中的後人筆墨」，徐芸書，「反攻」九十期，民國42年8月16日。
8. 「紅樓夢非曹雪芹家事論」（上）（下），齊如山，「暢流」十六卷九、十期，民國46年12月、47年1月。
9. 「紅樓夢的藝術價值與小說裏的對白」，徐訏，「自由中國」十八卷四、五、六期，民國47年2、3月。

10. 「再論紅樓夢的對話——覆徐訏先生」，石堂，「文學雜誌」四卷一期，民國 47 年 3 月 20 日。
11. 「紅樓夢後四十回的考證問題——對林語堂先生的翻案提出商榷」，嚴明，「自由中國」十九卷十二期、二十卷一期，民國 47 年 12 月、48 年 1 月。
12. 「紅樓夢的凡例」，潘重規，「暢流」十九卷一期，民國 48 年 2 月。
13. 「從脂硯齋評本推測紅樓夢的作者」，潘重規，「暢流」十九卷六期，民國 48 年 5 月。
14. 「有關曹雪芹的兩件事」，趙岡，「大陸雜誌」十九卷四、六期，民國 48 年 8、9 月。
15. 「關於紅樓夢一百二十回稿本底發現」，嚴明，「暢流」二十卷五期，民國 48 年 19 月。
16. 「論紅樓夢後四十回的著者」，趙岡，「文學雜誌」七卷四期，民國 48 年 12 月。
17. 「脂硯齋與紅樓夢」（上）（中）（下），趙岡，「大陸雜誌」二十卷二、三期，民國 49 年 1、2 月。
18. 「論今本紅樓夢的後四十回」（上）（下），高陽，「暢流」二十二卷二、三期，民國 59 年 9 月。
19. 「論紅樓夢故事的地點時間與人物」，趙彥賓，「幼獅學報」二卷二期，民國 49 年 4 月。
20. 「曹雪芹對紅樓夢最後的構想」（上）（下），高陽，「暢流」二十二卷二、三期，民國 49 年 9 月。
21. 「由紅樓夢談到偶像崇拜」，蘇雪林，「中國語文」七卷三期，民國 49 年 9 月。
22. 「試看紅樓夢的眞面目」，蘇雪林，「作品」一卷十期，民國 49 年 10 月。
23. 「世界文史第一幸運兒——曹雪芹」，蘇雪林，「試看曹雪芹的眞面目」（文星書店）所收（原作於民國 49 年 10 月 25 日）。
24. 「曹霑石頭記」，顧獻樑，「文星」七卷一期，民國 49 年 11 月。
25. 「我看紅樓」，高陽，「作品」一卷十一期，民國 49 年 11 月。
26. 「關於紅樓夢原本的問題」，李辰冬，「中國語文」七卷五期，民國 49 年 11 月。
27. 「再談關於紅樓夢原本的問題」，李辰冬，「作品」一卷十一期，民國 49 年 11 月。
28. 「最古紅樓夢寫本「甲戌脂硯齋重評石頭記」將影印問世」，李青來，中央日報第五版，民國 50 年 2 月 25 日。

29. 「關於紅樓夢的四封信」，胡適，「作品」二卷二期，民國 50 年 2 月。
30. 「所謂「曹雪芹小象」的謎」，胡適，「新時代」一卷四期，民國 50 年 4 月。
31. 「跋乾隆甲戌脂硯齋重評本石頭記影印本」，胡適，「作品」二卷六期，民國 50 年 6 月。
32. 「談甲戌脂硯齋重評石頭記」，趙岡，「作品」二卷十期，民國 50 年 10 月。
33. 「談紅樓夢的第十三回」，高陽，「作品」三卷四期，民國 51 年 4 月。
34. 「論紅樓夢介程乙本」，毛桐齋，「中國一周」六三三期，民國 51 年 6 月。
35. 「影印「脂硯齋重評石頭記」十六回後記」，俞平伯，「中華文史論叢」第一輯，1962 年 8 月。
36. 「曹學創建初議——研究曹霑和石頭記的學問」，顧獻樑，「作品」四卷一期，民國 52 年 1 月。
37. 「影印「脂硯齋重評石頭記十六回後記」的補充說明」，俞平伯，「中華文史論」叢第三輯，1963 年 5 月。
38. 「論乾隆抄本百廿回紅樓夢稿」，趙岡，「大陸雜誌」二十八卷六期，民國 53 年 3 月。
39. 「論脂硯齋重評石頭記（七十八回本）的構成、年代和評語」，吳世昌，「中華文史論叢」第六輯，1965 年 8 月。
40. 「讀乾隆抄本百廿回紅樓夢稿」，潘師重規，「大陸雜誌」三十卷二期，民國 54 年 1 月。案：又載學粹十五卷六期（民國 62 年 10 月）。
41. 「評紅樓夢稿本」，宗德崗，「大陸雜誌」三十卷七期，民國 54 年 4 月。
42. 「續談新刊乾隆抄本百廿回紅樓夢稿」，潘師重規，「大陸雜誌」三十一卷四期，民國 54 年 8 月。
43. 「紅樓夢外文迻譯述略」，陳鐵凡，「大陸雜誌」三十一卷七期，民國 54 年 10 月。
44. 「紅樓夢裏的愛與憐憫」，夏志清著，何欣譯，「現代文學」二七期，民國 55 年 2 月。
45. 「說高鶚手定的紅樓夢稿」，林語堂，中央日報第六版，民國 55 年 3 月 28 日，案：又載同日聯合報第七版。
46. 「紅樓夢後四十回作者問題」，趙岡，中央日報第六版，民國 55 年 5 月 12、13 日。
47. 「評錢賓四先生釋蘇詩兼談紅樓夢」，左舜生，「文藝史話及批評」（文星書店）第一冊所收，民國 55 年 6 月 25 日。
48. 「紅樓夢的後四十回」，宗德崗，自立晚報第五版，民國 55 年 7 月 18 日。

49. 「補論脂硯齋爲曹顒遺腹子說」，翁同文，「大陸雜誌」三十三卷一期，民國 55 年 7 月。
50. 「論林語堂紅樓翻案」，嚴明，「中華雜誌」四卷九期，民國 55 年 9 月。
51. 「紅樓夢研究與分析」（上）（下），李道顯，「思想與時代」一五一、一五二期，民國 56 年 2、3 月。
52. 「紅樓夢出自曹雪芹手筆」，林語堂，中央日報第五版，民國 56 年 5 月 5 日,案:本篇係民國 56 年 5 月 4 日文藝節林氏在中國文藝協會會員大會中講稿「紅樓夢的新發現」之記錄，同日新生報第二版標題作「新發現曹雪芹手訂一百廿回紅樓夢本」，臺灣新聞報第三版標題作「紅樓夢後四十回眞僞辨」。
53. 「「乾隆抄本百廿回紅樓夢稿」題簽商榷」，潘師重規，「大陸雜誌」三十四卷九期，民國 56 年 5 月。
54. 「論林語堂所謂曹雪芹手訂本紅樓夢之眞相」，嚴明，「中華雜誌」五卷五期，民國 56 年 5 月。
55. 「評林語堂對紅樓夢的新發現」，葛建時、嚴冬陽，聯合報第九版，民國 56 年 5 月 22 日。
56. 「論林語堂先生的堇堇重訂本紅樓夢稿」，趙岡，聯合報第九版，民國 56 年 5 月 25 日。
57. 「紅樓夢與儒林外史」，張健，「中國文學散論」（商務印書館）所收，民國 56 年 5 月。
58. 「再論紅樓夢百二十回本——答趙葛諸先生」，林語堂，聯合報第九版，民國 56 年 6 月 2 日。
59. 「再評林語堂先生對紅樓夢的新發現」，葛建時、嚴冬陽，聯合報第九版，民國 56 年 6 月 15 日。
60. 「論「己乙」及「堇蓮」筆勢」，林語堂，聯合報第九版，民國 56 年 6 月 26 日。
61. 「論紅樓夢後四十回之僞——三評林語堂先生之新發現」，葛建時、嚴冬陽，聯合報第九版，民國 56 年 6 月 26 日。
62. 「紅樓夢論戰裏的文字問題」，趙尺子，徵信新聞報副刊，民國 56 年 7 月 25 日。
63. 「論「乾隆抄本百廿回紅樓夢稿」的楊又雲題字」，潘師重規，「大陸雜誌」三十五卷一期，民國 56 年 7 月。
64. 「曹雪芹原本紅樓夢的結局」，趙岡，中央日報第九版，民國 56 年 12 月 7 至 9 日。
65. 「關於紅樓夢第六四、六七回」，徐高阮，「陽明」二十五、二十六、二十八、二十九期，民國 57 年 1、2、4、5 月。案：又載「文藝月刊」十、

十一、十二期（民國 59 年 4、5、6 月）。

66. 「曹雪芹原稿紅樓夢一百回」，葛建時、嚴冬陽，聯合報第九版，民國 57 年 2 月 6 日。
67. 「紅樓夢第六十四、六十七兩回是誰寫的」，趙岡，中央日報第九版，民國 57 年 3 月 23、24 日。
68. 「談紅樓夢十二金釵的支曲意義和十二調」（上）（中）（下），梅開基，「公教智識」三六九、三七〇、三七一期，民國 57 年 7、8 月。
69. 「曹雪芹手訂一百廿回本紅樓夢稿的商榷」，陳慶浩，「新亞書院學術年刊」第十期，1968 年 10 月。
70. 「關於紅樓夢六十四、六十七兩回的問題」，嚴冬陽，「中華雜誌」六卷九期，民國 57 年 9 月。
71. 「論紅樓夢中的西方物與西方思想」（上）（下），陳中平，「建設」第十七卷五、六期，民國 57 年 10、11 月。
72. 「從紅樓夢所記西洋物品考故事的背景」，方豪，「史學集刊」一期，民國 58 年 3 月。
73. 「程高刻本紅樓夢之刊行及流傳情形」，趙岡，「大陸雜誌」三十八卷八期，民國 58 年 5 月。
74. 「在臺灣完成的妙復軒石頭記評」，方豪，「中華文化復興月刊」二卷四期，民國 58 年 4 月。案：本文原爲中國歷史學會第五屆年會宣讀稿。
75. 「紅樓夢之寫作技巧與藝術價值」，李道顯，「文學名著研評舉隅」（華岡出版公司）所收，民國 58 年 4 月。
76. 「漫談紅樓夢及其詩詞」，傅孝先，「大學雜誌」二十期，民國 58 年 8 月。
77. 「周汝昌著曹雪芹（書評）」，李田意，「清華學報」新七卷二期，民國 58 年 8 月。
78. 「李煦和西洋人直接交往的紅樓夢的人物」，方豪，中央日報第九版，民國 58 年 12 月 11 日。
79. 「與方豪先生論紅樓夢的故事背景」，葛建時、嚴冬陽，「東方雜誌」復刊第三卷六期，民國 57 年 8 月 12 日。
80. 「答葛嚴二先生論紅樓夢的故事背景」，方豪，「東方雜誌」復刊第三卷六期，民國 57 年 8 月 12 日。
81. 「關於紅樓夢的故事背景問題」葛建時、嚴冬陽，「文藝月刊」十期，民國 59 年 4 月。
82. 「紅樓夢評介」（一）（二）（三）（四）（完），李超宗譯，「文藝月刊」十～十五期，民國 59 年 4 月至 9 月。案：譯自夏志清先生「中國古典小說」。
83. 「紅樓夢口語化的完成」，潘師重規，「文藝復興」一卷七期，民國 59 年

7月。案：又載「中國文選」四一期（民國59年9月）。
84. 「曹雪芹生平新考」，嚴冬陽，「中華雜誌」八卷十期，民國59年10月。
85. 「紅樓夢脂批平議」，張壽平，「思與言」八卷四期，民國59年11月。
86. 「紅樓夢研究」，費海璣，「文學研究續集」（商務印書館）所收，民國60年1月。
87. 「紅樓夢的寫作年代和成書經過」，嚴冬陽，「反攻」三四七期，民國60年2月。
88. 「從紅樓夢的寫作和評閱談脂硯齋評抄本」，嚴冬陽，「反攻」三五一期，民國60年6月。
89. 「一雙感情事件的對比」，康來新，「幼獅月刊」三十四卷三期，民國60年9月。
90. 「從寶玉的覺悟看紅樓夢的出世精神」，徐小玲，「幼獅月刊」三十四卷三期，民國60年9月。
91. 「紅樓夢研究的一個方向」，費海璣，「民主憲政」四十三卷十二期，民國62年4月。
92. 「紅學五十年」，潘師重規，「學粹」十五卷五期，民國62年8月。案：原載香港「新亞生活」九卷一期（民國55年5月27日）。
93. 「紅樓夢與精神分析學」（一）（二）（三），費海璣，大華晚報第十版，民國62年9月24日、10月1日、10月8日。
94. 「談西遊記紅樓夢等的改寫」，黎亮，國語日報第三版，民國62年10月7日。
95. 「新紅學的發展方向」，林以亮，「幼獅文藝」三十八卷五期，民國62年11月。
96. 「紅樓夢蠡測」，Jonathan D. Spence著，杜正勝譯，「幼獅月刊」三十九卷二期，民國63年2月。
97. 「論大觀園」，林以亮，「幼獅文藝」三十九卷三期，民國63年3月。案：原載「明報月刊」八十一期（民國61年9月）。
98. 「紅樓夢的神話和幽默——從劉姥姥看紅樓夢之一」（上）（下），傅述先，中國時報第十二版，民國63年5月27、28日。
99. 「慾海和情天——從劉姥姥看紅樓夢之二」（上）（中）（下），傅述先，中國時報第十二版，民國63年6月3、4、5日。
100. 「紅樓夢不可當作寫實小說」，費海璣，臺灣日報九版，民國63年12月17日。
101. 「談紅樓夢的修訂（一）——（三）」，墨人，中華日報十一版，民國64年5月23至25日。

102. 「大觀園的影射對象及其相關問題」，翁同文，「幼獅月刊」四十二卷一期，民國64年7月。

103. 「紅樓夢舊鈔本知見述略（一）——（五）」，潘師重規，中華日報九版，民國65年2月11至15日。案：又載65年3月8、15日「創新周刊」174、175期，同年6月「書目季刊」十卷一期。

104. 「脂硯齋是誰」，「中華藝林叢論」文學類（2）所收，民國65年2月。

105. 「脂硯齋果爲竹磵乎」，「中華藝林叢論」文學類（2）所收，民國65年2月。

106. 「水月與寂寞——紅樓夢第七十六回的主題表現」（上）（下），康來新，中央日報副刊，民國65年6月16日、17日。

107. 「英語世界的紅樓夢」，康來新，「中外文學」五卷二期，民國65年7月。

108. 「喜見有正本紅樓夢」，高陽，中華日報副刊，民國654年8月5日，案：又載65年6月「書目季刊」十卷二期。

109. 「讀乾隆甲戌脂硯齋重評石頭記後記」，陳伯遼，「暢流」五十四卷一、二期，民國65年8月。

110. 「由紅樓夢之神話原型看賈寶玉的歷幻定劫」，許素蘭，「中外文學」五卷三期，民國65年8月。

111. 「三生石上舊魂精——紅樓夢中賈寶玉與林黛玉的愛情」，方瑜，中國時報十二版，民國65年8月30、31日。

112. 「有正大字本石頭記的問題」，徐復觀，中華日報九版，民國65年9月16日。

113. 「紅樓夢的神話與寓言結構」（一）（二），劉紹銘，中華日報十一版，民國65年10月22、23日。案：本文係對本年初美國普林斯頓大學出版之"Archetype and Allegory in the Dream of the Red Chamber"（Andfrew H. Plasks原著）一書所作之介紹。

114. 「從覆印的「國初鈔本原本紅樓夢」談起」，王三慶，「書目季刊」十卷三期，民國65年12月16日，案：又節載66年元月3日中華日報九版，改名「關於原本紅樓夢」。

115. 「讀趙岡先生「與潘重規先生再論紅學」」，王三慶，「幼獅月刊」四十五卷一期，民國66年元月。

116. 「簡介戚本石頭記」，張欣伯，臺灣新生報十一版，民國66年元月21日。

117. 「紅樓夢的唯情主義」（上）（下），程靖宇，文藝月刊九一、九二期，民國66年元、2月。案：本文原爲作者於65年4月代表香港英文筆會至臺北參加「亞洲作家會議」宣讀之英文論文「近三十年來紅樓夢的研究」，同年6月13日曾由陳蔚青譯登大華晚報七版。

118. 「紅樓傾談——酬答趙岡教授」（一）～（四），高陽，聯合報十二版，民國66年3月9日至12日。
119. 「程偉元的畫——有關紅樓夢的新發現」，張壽平，聯合報十二版，民國66年3月28日。
120. 「紅學史上一公案——程偉元僞書牟利的檢討」，潘師重規，聯合報十二版，民國66年4月17日。
121. 「戚序有正本紅樓夢的始末」，林以亮，聯合報十二版，民國67年元月。
122. 「論紅樓夢的書名及其演變」，劉夢溪，「文藝論叢」第四輯，1978年3月。
123. 「論紅樓夢後四十回之眞僞」，嚴冬陽，國立編譯館館刊七卷一期，民國67年6月。
124. 「論紅樓夢的避諱」，潘師重規，「幼獅月刊」第四十八卷一期，民國67年7月。
125. 「紅樓夢抄本和孟列夫」，潘師重規，中華日報副刊，民國67年7月。
126. 「揭開紅樓夢作者之謎——論曹雪芹是在石兄風月寶鑑舊稿基礎上巧采新裁改寫成書的」，戴不凡，「北方論叢」第一期，1979年。
127. 「石兄和曹雪芹——揭開紅樓作者之謎第二篇」，戴不凡，「北方論叢」第三期，1979年。
128. 「紅樓夢後四十回非高鶚續作」，陶劍平，案：此文原載時間、刊物不詳。

七、外　文

（一）專　著

1. *on the Red Chamber Dream*Wu Shih-Chang—1961. Oxford.

（二）期刊論文

1. 「「紅樓夢」研究のはいりかた二篇」，橋川時雄，「東山論叢」1，1949年10月。
2. 「「紅樓夢」研究のはいりかた二篇」（續），橋川時雄，「東山論叢」2，1950年7月。
3. 「結果表現について——紅樓夢文法ノート」，太原信一，「東山論叢」3，1951年10月。
4. 「「紅樓夢」の構成について」，加藤知彥，「中國文學報」4輯，1956年4月。
5. 「「紅樓夢」のテキストについて」，太田辰夫，「中國歷代口語文」，1957年。
6. 「紅樓夢考」（一），金子二郎，「大阪外大學報」，六輯，1958年。

7. 「紅樓夢考」(二),金子二郎,「大阪外大學報」,七輯,1959 年。
8. 「紅樓夢後四十回の評價」,村松暎,「「中國文學」——慶應義塾創立百年紀念論文集」,1959 年。
9. 「脂硯齋と脂硯齋評本に關する覺書(一)」,伊藤漱平,人文研究,十二卷九期,1961 年 9 月。
10. 「紅樓夢首回、冒頭部分の筆者に就いての疑問(續)——覺書」,伊藤漱平,東京支那學報第八號,1962 年。
11. 「脂硯齋と脂硯齋評本に關する覺書(二)」,伊藤漱平,「人文研究」,十三卷八期,1962 年 9 月。
12. 「論石頭記中的棠村序文——答伊藤漱平助教授」,吳世昌,「東京支那學報」第十號,1963 年。
13. 「「紅樓夢首回、冒頭部分の筆者に就いての疑問(續)——覺書」訂補——併せて吳世昌氏の反論に答える」,伊藤漱平,「東京支那學報」第十號,1963 年。
14. 「脂硯齋と脂硯齋評本に關する覺書(三)」,伊藤漱平,「人文研究」,十四卷七期,1963 年 8 月。
15. 「脂硯齋と脂硯齋評本に關すゐ覺書(四)」,伊藤漱平,「人文研究」,十五卷九期,1964 年 7 月。
16. 「紅樓夢研究日本語文獻、資料目錄」,伊藤漱平,「明清文學言語研究會會報」,1964 年 12 月。
17. 「日本における紅樓夢の流行」(上)(中)(下),伊藤漱平,大安六卷第一、三、五期,1965 年 1、3、5 月。
18. 「紅樓夢新探」(Ⅰ),太田辰夫,「神户外大論叢」十六卷三期,1965 年。
19. 「紅樓夢新探」(Ⅱ),太田辰夫,「神户外大論叢」十六卷四期,196 年。
20. 「抄本紅樓夢の語彙と抄寫時期」,塚本照和,「中國語學」一四九輯,1965 年。
21. 「紅樓夢の研究と資料」,伊藤漱平,「中國八大小説(論集)」,1965 年。
22. 「紅樓夢研究——覺書」(一),塚本照和,「天理大學學報」第四八輯,1966 年。
23. 「紅樓夢研究——覺書」(二),塚本照和,「史文研究」第六輯,1966 年。
24. 「脂硯齋と脂硯齋評本に關すゐ覺書(五)」,伊藤漱平,「人文研究」,十七卷九期,1966 年。
25. 「金陵十二釵と紅樓夢十二支曲(覺書)」,伊藤漱平,「人文研究」第十九卷第四期，1968 年 3 月。
26. 「紅樓夢の文章——前八十回と後四十回」，野口宗親，「集刊東洋學」第廿六期，1971 年。
27. 「紅樓夢稿後四十回について」，野口宗親，「集刊東洋學」第廿八期，1972 年 10 月。
28. 「程偉元刊新鐫全部繡像紅樓夢小考——程本に見られる「配本」の問題のを主とした覺書」，伊藤漱平，「鳥居久靖先生華甲紀念論集」，1972 年。
29. 「紅樓夢稿后四十回について」，宮田一郎，「人文研究」第廿六卷第七期，1974 年 11 月。
30. 「「程偉元刊新鐫全部繡像紅樓夢小考」補說」，伊藤漱平，「東方學」第五三輯，1977 年 1 月。
31. 「「程偉元刊新鐫全部繡像紅樓夢小考補說」餘說——高鶚と程偉元に關する覺書」，伊藤漱平，「東洋文化」第五八號，1978 年 3 月。
32. 「紅樓夢——その內なる軋み」，小濱陵一，「中國文學報」第三十冊，1978 年。
33. 「「程偉元刊新鐫全部繡像紅樓夢小考、餘說」補記」，伊藤漱平，未刊手稿，1978 年 8 月。

（三）其　他

1. 「和漢書の印刷とその歷史」，長澤規矩也，吉川弘文館，1952 年。
2. 「書誌學序說」，長澤規矩也，吉川弘文館，1960 年。
3. 「木活字版の異版」，長澤規矩也，「書誌學」新第十一號，1968 年 3 月。
4. 「紅樓夢」，富士正晴・武部利男譯，小川環樹解說，河出書房新社，1974 年十版。

附表一　前八十回回目對照表

版本 / 聯語 / 回次	甲戌	己卯	庚辰	脂列	蒙府	戚（脂南）	晉本	己酉	全抄	程甲	程乙	備註
1	甄士隱夢幻識通靈賈雨村風塵懷閨秀	〃	〃	〃	〃	〃	〃	〃	〃	〃	〃	〃
2	賈夫人仙逝揚州城冷子興演說榮國府	〃	〃	〃	〃	〃	〃	〃	逝作遊，餘同。	同甲戌	〃	
3	金陵城起復賈雨村榮國府收養林黛玉	賈雨村寅緣復舊識林黛玉拋父進京都	〃（又回目作「都京」）	託內兄如海酬訓教接外孫賈母惜孤女	「孫」作「甥」，餘同脂列	〃	同脂列	「訓教」作「闈師」、「惜」作「憐」，餘同脂列。	同己卯	「酬訓教」作「薦西賓」，餘同脂列。	〃	
4	薄命女偏逢薄命郎葫蘆僧亂判葫蘆案	〃	〃	〃	〃	〃	「亂判」作「判斷」，餘同甲戌。	同甲戌	〃	同晉本	〃	
5	開生面夢演紅樓夢立新場情傳幻境情	遊幻境指迷十二釵飲仙醪曲演紅樓夢	〃	／	靈石迷性難解仙機警幻多情秘垂淫訓	〃	賈寶玉神遊太虛境警幻仙曲演紅樓夢	同蒙府	同己卯	同晉本	〃	
6	賈寶玉初試雨雲情劉姥姥一進榮國府	總目同（又回目「雨雲」作「雲雨」）	〃	／	「劉姥姥」作「劉姥嫗」，餘同己卯	〃	同己卯	〃	〃	「姥姥」作「老老」，餘同己卯。	〃	
7	送宮花周瑞嘆英蓮談肄業秦鐘結寶玉	送宮花賈璉戲熙鳳宴寧府寶玉會秦鐘	〃	尤氏女獨請王熙鳳賈寶玉初會秦鯨卿	〃	〃	「晏寧府」作「寧國府」餘同己卯。	同甲戌	無回目	同晉本	同己卯。	

版本 聯語 回次	甲戌	己卯	庚辰	脂列	蒙府	戚 （脂南）	晉本	己酉	全抄	程甲	程乙	備註
8	薛寶釵小恙梨香院賈寶玉大醉絳芸軒	比通靈金鶯微露意探寶釵黛玉半含酸	〃	「恙」作「宴」，「大」作「逞」，「芸」作「雲」，餘同甲戌	攔酒興李奶母討㦗擲茶杯賈公子生嗔	〃	賈寶玉奇緣識金鎖薛寶釵巧合認通靈	總目「香」作「花」餘同甲戌，（回首「恙」作「宴」，「大」作「逞」）	同己卯	同晉本	〃	
9	／	戀風流情友入家塾起嫌疑頑童鬧學堂	〃	〃	〃	〃	訓劣子李貴承申飭嗔頑童茗烟鬧書房	「家塾」、「學堂」倒置，餘同己卯	同己卯	同晉本	〃	
10	／	金寡婦貪利權受辱張太醫論病細窮源	〃	〃	〃	〃	〃	〃	〃	〃	〃	
11	／	慶壽辰寧府排家宴見熙鳳賈瑞起淫心	〃	「壽」作「生」，餘同己卯	同己卯	〃	〃	〃	缺失	同己卯	〃	
12	／	王熙鳳毒設相思局賈天祥正照風月鑑	〃	〃	〃	〃	〃	〃	〃	〃	〃	
13	秦可卿死封龍禁尉王熙鳳協理寧國府	〃	〃	〃	〃	〃	〃	〃	〃	〃	〃	
14	林如海捐館揚州城賈寶玉路謁北靜王	「如」作「儒」，餘同甲戌	〃	同甲戌	同己卯	同甲戌	〃	〃	〃	〃	林如海靈返蘇州郡賈寶玉路謁北靜王	
15	王熙鳳弄權鐵檻寺秦鯨卿得趣饅頭庵	「王熙鳳」作「王鳳姐」，餘同甲戌	〃	〃	總目與甲戌同，回首同於己卯。	〃	同由戌	同己卯	〃	〃	〃（回目「鐵檻寺」作「鐵寺鏡」）	
16	賈元春才選鳳藻宮秦鯨卿夭逝黃泉路	「夭」作「夭」，餘同甲戌	〃	「夭」作「大」，餘同甲戌	「夭逝」作「夭遊」，餘同甲戌。	〃	同己卯	〃	〃	〃	〃	
17	／	大觀園試才題對額榮國府歸省慶元宵	〃	〃	大觀園試才題對額怡紅院迷路探曲折	總目同蒙本，回目「曲折」被挖，改作「深幽」	同己卯	大觀園試才題對額榮國府奉旨賜歸寧	會芳園試才題對額賈寶玉機敏動諸賓	同己卯	〃	
18	／	（未分）	〃	（已分，無回目）	慶元宵賈元春歸省助情人林黛玉傳詩	〃	皇恩重元妃省父母天倫樂寶玉呈才藻	隔珠帘父女勉忠勤搦湘管姊弟裁題詠	林黛玉悞剪香囊袋賈元春歸省慶元宵	同晉本	「呈才藻」作「獻詞華」，餘同程甲	
19	／	（已分，無回目）	〃	情切切良宵花解語意綿綿靜日玉生香	〃	〃	〃	〃	〃	〃	〃	
20	／	王熙鳳正言彈妬意林黛玉俏語謔嬌音	〃	〃	〃	〃	〃	〃	〃	〃	〃	
21	／	／	賢襲人嬌嗔箴寶玉俏平兒軟語救賈璉	〃	〃	〃	〃	〃	缺失	同庚辰	〃	

版本 聯語 回次	甲　戌	己　卯	庚　辰	脂　列	蒙　府	戚（脂南）	晉　本	己　酉	全　抄	程　甲	程　乙	備　註
22	／	／	聽曲文寶玉悟禪機製灯謎賈政悲讖語	〃	〃	〃	〃	〃	〃	〃	〃	
23	／	／	西廂記妙詞通戲語牡丹亭艷曲警芳心	「語」作「言」，餘同庚辰	同庚辰	（總目「警」作「驚」，回目似遭挖改作「警」。）	同庚辰	〃	〃	〃	〃	
24	／	／	醉金剛輕財尙義俠痴女兒遺帕惹相思	〃（「相」誤作「想」，又總目「尙」誤作「向」）	〃	〃	〃	〃	「惹」作「染」，餘同庚辰	同庚辰	〃	
25	魘魔法叔嫂逢五鬼通靈玉蒙蔽遇雙眞	／	魘魔法姊弟逢五鬼紅樓夢通靈遇雙眞	「蔽」作「敝」，餘同甲戌	同庚辰	〃	同甲戌	「眞」作「仙」，餘同甲戌	「蒙蔽遇雙眞」作「姐弟遇雙仙」，餘同甲戌	同甲戌	〃	
26	蜂腰橋設言傳蜜意瀟湘館春困發幽情	／	「蜜意」作「心事」，餘同甲戌。	蘅蕪院設言傳蜜語瀟湘館春困發幽情	同庚辰	〃	〃	「設言傳蜜意」作「目送傳蜜語」，餘同甲戌	同脂列	同庚辰	〃	
27	滴翠亭楊妃戲彩蝶埋香塚飛燕泣殘紅	／	〃	〃	〃	〃	〃	〃	〃	〃	〃	
28	蔣玉菡情贈茜香羅薛寶釵羞籠紅麝串	／	〃	〃	〃	〃	〃	〃	〃	〃	〃	
29	／	／	享福人福深還禱福重愈斟情斟情女情	「斟情女」作「癡情女」，餘同。	〃	〃	「斟」作「多」，餘同庚辰	回首同晉本，總目同脂列。	下聯作「癡情女情重愈鍾情」	同晉本	〃	
30	／	／	寶釵借扇機帶雙敲椿靈畫薔癡及局外	「靈」作「齡」，餘同庚辰	「椿靈」作「齡官」，餘同庚辰。	〃	「齡」作「靈」，餘同庚辰	同庚辰	原同晉本。又回目下另作「訊寶玉借扇生風逐金釧因丹受氣」	同晉本	同庚辰〃	
31	／	撕扇子作千金一笑因麒麟伏白首雙星	〃	〃	〃	〃	〃	「首」作「頭」，餘同己卯	撕扇子公子追歡笑拾麒麟侍兒論陰陽	同己卯	〃	
32	／	訴肺腑心迷活寶玉含恥辱情烈死金釧（總目「心」作「情」）	〃	〃	〃	〃	〃	〃	〃	〃	〃	
33	／	手足耽耽小動脣舌不肖種種大承笞撻	〃	〃	〃	〃（「承」總目作「乘」）	〃	〃	〃	〃	〃	
34	／	情中情因情感妹妹錯裏錯以錯勸哥哥	〃	〃	〃	〃	〃	〃	〃	〃	〃	

版本 聯語 回次	甲戌	己卯	庚辰	脂列	蒙府	戚 （脂南）	晉本	己酉	全抄	程甲	程乙	備註
35	/	白玉釧親嚐蓮葉羹黃金鶯巧結梅花絡	〃	「巧」作「俏」，餘同己卯	同己卯	〃	〃	〃	〃	〃	〃	
36	／	繡鴛鴦夢兆絳芸軒識分定情語梨花院	〃	「語」作「悟」，「花」後改作「香」，餘同己卯。	〃	〃	〃	「芸」作「雲」，餘同脂列	「夢兆」作「驚夢」，下聯作「悟梨香院識分定情」，後乙倒如脂列。	同脂列	〃	
37	／	秋爽齋偶結海棠社蘅蕪苑夜擬菊花題	〃	〃	〃	〃 （「苑」作「院」）	〃 （回首「苑夜」作「院長」）	〃	〃	〃	〃	
38	／	林瀟湘魁奪菊花詩薛蘅蕪諷和螃蟹咏（總目作「詠」）	〃	「咏」作「韻」，餘同己卯。	〃	〃 （總目「咏」作「吟」）	同己卯	〃	〃	〃	〃	
39	／	村姥姥是信口開河情哥哥偏尋根究底	〃 （庚辰「河」字後並改作「合」），餘同	〃	「村姥姥」作「村老嫗」，「情哥」作「癡情子」	〃	同己卯	「姥姥」作「嫽嫽」，餘同己卯。	村老嫗謊談承色笑癡情子實意覓踪跡	同己卯	「是」作「作」，「情哥哥偏」作「小痴郎惧」，餘同己卯	案：程乙此頁有異植字版。
40	／	史太君兩宴大觀園金鴛鴦三宣牙牌令	〃	〃	〃	〃	〃	〃 （總目缺失）	〃	〃	〃	
41	／	／	櫳翠菴茶品梅花雪怡紅院劫遇母蝗蟲	「菴」作「庵」，餘同庚辰	賈寶玉品茶櫳翠庵劉老嫗醉臥怡紅院	〃	「劉老嫗」作「劉姥姥」，餘同蒙府	／	／	「庵」作「菴」，餘同晉本	〃	
42	／	／	蘅蕪君蘭言解疑癖瀟湘子雅謔補餘香	「香」作「音」，餘同庚辰	「癖」作「語」，「音」作「香」，餘同庚辰	〃	同脂列	／	／	同脂列		
43	／	／	閑取樂偶攢金慶壽不了情暫撮土爲香	〃	〃	〃（「閑」作「閒」）	同戚本	／	／	同戚本	〃	
44	／	／	變生不測鳳姐潑醋喜出望外平兒理粧	〃	〃	〃	〃	／	／	同庚辰	〃	
45	／	／	金蘭契互剖金蘭語風雨夕悶製風雨詞（總目作「調」）	〃	〃	〃	〃	／	／	同庚辰回目	〃	
46	／	／	尷尬人難免尷尬事鴛鴦女誓絕鴛鴦偶（總目「偶」原作「女」，後改作「侶」）	「尷尬」並作「魖尬」，「絕」作「卻」，餘同庚辰。	「偶」作「侶」，餘同庚辰	〃	同庚辰	／	／	〃	〃	

版本 聯語 回次	甲戌	己卯	庚辰	脂列	蒙府	戚（脂南）	晉本	己酉	全抄	程甲	程乙	備註
47	／	／	獃霸王調情遭苦打冷郎君懼慨走他鄉（「遭」總目作「遭」，「慨」作「禍」）	同庚辰總目	「遣」作「遭」，「慨」作「禍」，「苦」作「毒」，餘同庚辰	〃	同庚辰總目	／	／	同晉本		
48	／	／	濫情人情誤思游藝慕雅女雅集苦吟詩	〃	〃（「游」作「遊」）	〃	〃	／	／	同庚辰	〃	
49	／	／	琉璃世界白雪紅梅脂粉香娃割腥啖膻（總目「琉」作「瑠」）	〃	白雪紅梅園林佳景割腥啖羶閨閣野趣	〃（總目「佳」作「集」）	同庚辰總目	／	／	同晉本	〃	
50	／	／	蘆雪爭聯即景詩暖香塢創製春燈迷（回目「暖」作「暖」）	「庵」作「廬」，「創」作「雅」，餘同庚辰	「創制」作「雅製」，餘同庚辰。	〃	「廬」作「亭」，餘同脂列	／	／	同晉本	〃	
51	／	／	薛小妹新編懷古詩胡庸醫亂用虎狼藥	〃	〃	〃	〃	／	缺失	同庚辰	〃	
52	／	／	俏平兒情掩蝦鬚鐲勇晴雯病補雀金裘	〃	〃	〃	「金」作「毛」，餘同庚辰	／	同庚辰	同晉本	「雀金裘」作「孔雀裘」，餘同庚辰	
53	／	／	寧國府除夕祭宗祠榮國府元宵開夜宴	「祠」作「祀」，餘同庚辰	同庚辰	〃	〃	／	同庚辰	〃	〃	
54	／	／	史太君破陳腐舊套王熙鳳倣戲彩斑衣	「倣」作「效」，「斑」作「班」，餘同庚辰	同庚辰	〃	回首「套」作「倉」，「效」作「莽」，餘同庚辰。	／	同庚辰（「斑」作「班」）	「套」作「倉」，餘同庚辰	〃	
55	／	／	辱親女愚妾爭閑氣欺幼主刁奴蓄險心	〃	〃	〃（「閑」作「閒」）	〃	／	同戚本	同庚辰	〃	
56	／	／	敏探春興利除宿弊時寶釵小惠全大體	「敏」作「賈」，「時」作「薛」，餘同庚辰	「時」作「識」，餘同庚辰	〃	「時」作「賢」，餘同庚辰	／	同蒙府	同晉本	〃	
57	／	／	慧紫鵑情辭試忙玉慈姨媽愛語慰癡顰	「忙」作「寶」，「慈」作「薛」，餘同庚辰	／	同脂列	「忙」作「莽」餘同庚辰	／	「忙」作「寶」，「媽」作「母」，後改與晉本同。	同晉本	〃	
58	／	／	杏子陰假鳳泣虛凰茜紗窗真情揆癡理（總目「茜」誤作「晒」）	「揆」作「撥」，餘同庚辰	／	「茜紗窗作「茜紅紗」，餘同脂列。	回目同脂列，回首「凰」作「鸞」，「撥」作「揆」。	／	同庚辰	／	／	

版本 聯語 回次	甲戌	己卯	庚辰	脂列	蒙府	戚（脂南）	晉本	己酉	全抄	程甲	程乙	備註
59	／	／	柳葉渚邊嗔鶯咤燕絳雲軒裏召將飛符	「雲」作「芸」，餘同庚辰	／	同脂列	「咤」作「叱」，餘同脂列	／	同脂列	〃	〃	
60	／	／	茉莉粉替去薔薇硝玫瑰露引來茯苓霜（總目「來」作「出」）	同庚辰總目	／	同庚辰回目	〃	／	同庚辰回目	〃	「茉莉粉暗替薔薇硝，茯苓霜明證玫瑰露」	
61	／	投鼠忌器寶玉情贓判冤決獄平兒情權	〃	「情贓」作「認贓」，「情權」作「行權」，餘同己卯	／	「情權」作「徇私」，餘同庚辰。	同己卯	／	缺失	「情贓」作「瞞贓」，餘同脂列。	〃	
62	／	憨湘雲醉眠芍藥裀獃香菱情解柘榴裙（總目「柘」作「石」）	〃	同己卯總目	／	同脂列	〃	／	同己卯回目	同脂列	〃	
63	／	壽怡紅群芳開夜宴死金丹獨艷理親喪	〃	〃	〃	〃	〃	／	同己卯	〃	〃	
64	／	後人據他本補作幽淑女悲題五美吟，浪蕩子情遺九龍佩」	／	「佩」作「珮」，餘同己卯	同己卯	〃	同脂列	／	同己卯	同脂列	〃	
65	／	賈二舍偷娶尤二姨尤三姐思嫁柳二郎	〃	「二郎」作「三郎」，餘同己卯。	膏粱子懼內偷娶妾淫奔女改行自擇夫	〃	同己卯	／	「姨」作「姐」，餘同己卯	同己卯	〃	
66	／	情小妹恥情歸地府冷二郎一冷入空門	〃	「一」作「心」，餘同己卯	同己卯	〃	同脂列	／	同己卯	同脂列	同己卯	
67	／	後人據他本補作「見土儀顰卿思故里，聞秘事鳳姐訊家童」	／	餽土物顰卿念故里訊家童鳳姐蓄陰謀	同庚辰	「念」作「思」，餘同脂列	〃（回首同脂列）	／	見土儀顰卿思故里聞秘事鳳姐訊家童	〃	〃	
68	／	苦尤娘賺入大觀園酸鳳姐大鬧寧國府	〃（又回目作「俊鳳姐」）	〃	「大鬧」作「鬧翻」，餘同己卯。	〃	同己卯	／	同己卯	〃	「苦尤娘」作「尤苦娘」。	
69	／	弄小巧用借劍殺人覺大限吞生金自逝	〃	〃	〃	〃	〃	／	同己卯	〃	「吞生」作「生吞」。	
70	／	林黛玉重建桃花社史湘雲偶填柳絮詞	〃	〃	〃	〃	〃	／	同己卯	〃	〃	

版本 聯語 回次	甲 戌	己 卯	庚 辰	脂 列	蒙 府	戚（脂南）	晉 本	己 酉	全 抄	程 甲	程 乙	備 註
71	／	／	嫌隙人有心生嫌隙鴛鴦女無意遇鴛鴦	〃	〃	〃	〃	／	缺失	同庚辰	〃	
72	／	／	王熙鳳恃強羞說病來旺婦倚勢霸成親（回目「恃」誤作「特」）	「特」作「倚」，餘同庚辰	同庚辰總目	同庚辰總目	〃	〃	／	同庚辰總目	〃	〃
73	／	／	瘋丫頭悞拾繡春囊懦小姐不問纍金鳳（回目「瘋」作「癡」）	「春」作「香」，「悞」作「誤」，餘同庚辰回目。	「悞」作「誤」，餘同庚辰回目。	〃	〃	／	同庚辰總目（「纍」誤作「壘」）	〃	〃	
74	／	／	惑奸讒抄揀大觀園矢孤介杜絕寧國府	〃	〃	〃	〃	／	同庚辰	〃	〃	
75	／	／	開夜宴異兆發悲音賞中秋新詞得佳讖	「兆」作「事」，「讖」作「兆」，餘同庚辰	同庚辰	〃	〃	／	「讖」誤作「識」餘同庚辰	同庚辰		
76	／	／	凸碧堂品笛感淒情凹晶館聯詩悲寂莫	「情」作「涼」，餘同庚辰	「莫」作「寞」，餘同庚辰	「情」作「清」，餘同庚辰	同蒙府	／	同蒙府	「情」作「清」，餘同蒙府	〃	
77	／	／	俏丫環抱屈夭風流美優伶斬情歸水月	〃	〃	〃	〃	／	同庚辰	〃	〃	
78	／	／	老學士閒徵姽嫿詞癡公子杜撰芙蓉誄	「閒」作「閑」，餘同庚辰	〃	〃	〃	／	同庚辰	〃	〃	
79	／	／	薛文龍悔娶河東獅賈迎春悞嫁中山狼	〃	〃	〃	「獅」作「吼」，餘同庚辰	／	回首原同庚辰，改後與程乙同	同晉本	回目「龍」作「起」，餘同晉本。	
80	／	／	（已分，無回目）	（未分）	懦弱迎春腸迴九曲姣怯香菱病入膏肓	〃（「肓」誤作「盲」）	美香菱屈受貪夫棒醜道士胡謅妒婦方	夏金桂計用奪寵餌王道士戲述療妒羹	原作「懦迎春腸迴九曲，姣香菱病入膏肓」，改後與程甲同。	「醜」作「王」，餘同晉本	〃	

註：

一、以上諸本間，回目未分或有正文而無回目，直接在回內註明。

二、正文或回目部分殘損，用「缺失」註明。

三、正文、回目都已遺失，則以符號「／」表示。

四、回目相同時，則以符號「〃」表示。

附表二　後四十回回目對照表

回次／回目	全抄本	程甲本	程乙本	備　　註
81	占旺相四美釣游魚 奉嚴詞兩番入家塾	〃	〃	全抄回目缺損
82	老學究講義警頑心 病瀟湘痴魂驚惡夢	〃	〃	同右
83	省宮闈賈元妃染恙 鬧閨閫薛寶釵吞聲	〃	〃	同右
84	試文字寶玉始提親 探驚風賈環重結怨	〃	〃	
85	賈存周報陞郎中任 薛文起復惹放流刑	〃	〃	
86	受私賄老官翻案牘 寄閒情淑女解琴書	〃	〃	
87	感秋聲撫琹悲往事 坐禪寂走火入邪魔	〃（胡本、閣本、王本回首「聲」作「深」）	同全抄	
88	博庭歡寶玉讚孤兒 正家法賈珍鞭悍僕	〃	〃	
89	人亡物在公子塡詞 蛇影杯弓顰卿絕粒	（回首同）回目「粒」作「粧」	回目同全抄	案徐本、胡本、閣本、王本、亞東本首目並作「粒」，書錄作「粧」，未解何所依據。
90	失綿衣貧女耐嗷嘈 送菓品小郎驚叵測	〃	〃	
91	縱淫心寶蟾工設計 布疑陣寶玉妄談禪	〃	〃	
92	評女傳巧姐慕賢良 玩母珠賈政參聚散	〃	〃	閣本、王本同，然徐本、胡本回首「賢」作「從」。

回次 回目	全抄本	程甲本	程乙本	備　　註
93	甄家僕投靠賈家門 水月庵掀翻風月案	〃	〃	全抄本回目「掀翻」作「翻掀」
94	宴海裳賈母賞花妖 失寶玉通靈知奇禍	〃	〃	「裳」胡本、徐本同，閣本首同，目作「失通靈寶玉有灾咎」，程丁本、王本、金本首目作「失通靈寶玉知奇禍」。
95	因訛成實元妃薨逝 以假混眞寶玉瘋顚	〃	〃	
96	瞞消息鳳姐設奇謀 洩機關顰兒迷本性	〃	〃	
97	林黛玉焚稿斷痴情 薛寶釵出閣成大禮	〃	〃	
98	苦絳珠魂歸離恨天 病神瑛淚瀟相思地	「瀟」作「灑」	〃	全抄回目「瀟」作「灑」，「相」誤作「想」。
99	守官箴惡奴同破例 閱邸報老舅自擔驚	〃（例，回首作刑）	〃	徐本、胡本並同程甲，餘並作例。
100	破好事香菱結深恨 悲遠嫁寶玉感離情	〃	〃	
101	大觀園月夜警幽魂 散花寺神籤驚異兆	「驚」作「占」(「警」回首作「感」，又「驚」回音同)	同「全抄本」	全抄總目「驚」旁改作「占」，胡本、徐本同於程甲，閣本、王本「警」回目作「驚」，首作「感」，「驚」字首同，目作「占」。
102	寧國府骨肉病災祲 大觀園符水驅妖孽	〃	〃	
103	施毒計金桂自焚身 昧眞禪雨村空遇舊	〃	〃	
104	醉金剛小鰍生大浪 痴公子餘痛觸前情	〃	〃	
105	錦衣軍查抄寧國府 驄馬使彈劾平安州	〃	〃	徐本、胡本、閣本、王本回首「總」並作「驥」。
106	王熙鳳致禍抱羞慚 賈太君禱天消禍患	「禍」作「災」（回首與全抄同）	〃	胡本、徐本、閣本、王本「灾」作「禍」。
107	散餘資賈母明大義 復世職政老沐天恩	〃	〃	
108	強歡笑蘅蕪慶生辰 死纏綿瀟湘聞鬼哭	〃	〃	
109	候芳魂五兒承錯愛 還孽債迎女返眞元	〃	〃	
110	史太君壽終歸地府 王鳳姐力詘失人心	「王鳳姐」作「王熙鳳」	〃	

回次／回目	全抄本	程甲本	程乙本	備　註
111	鴛鴦女殉主登太虛 狗彘奴欺天招夥盜	〃	〃	
112	活冤孽妙姑遭大劫 死讎仇趙妾赴冥曹	「姑」回首作「尼」	〃	
113	懺宿冤鳳姐託村嫗 釋舊憾情婢感痴郎	〃	〃	
114	王熙鳳歷幻返金陵 甄應嘉蒙恩還玉闕	「幻」作「劫」（回首與全抄同）	「還玉闕」作「返玉闕」餘同全抄本	徐本、胡本並作「幻」，王本並作「劫」。
115	惑偏私惜春矢素志 證同類寶玉失相知	〃	〃	
116	得通靈幻境悟仙緣 送慈柩故鄉全孝道	〃	〃	
117	阻超凡佳人雙護玉 欣聚黨惡子獨成家	「成」作「承」	〃	〃
118	記微嫌舅兄欺弱女 驚謎語妻妾諫痴人	〃	〃	
119	中鄉魁寶玉卻塵緣 沐皇恩賈家延世澤	〃	〃	
120	甄士隱詳說太虛情 賈雨村歸結紅樓夢	「士隱」作「隱士」（回首與全抄同）	同全抄本	

附表三　諸本脫文分布簡表

以下加「○」存，「×」者佚，無「○」、「×」者闕而未知

回次	條次	甲辰	戊辰	戚	全抄	程	己卯	晉	蒙	字數	正負數	備註	（類）	（條次）
一	1	○	×	○	○	○				26	±4	庚	（二）	1
二	2	○	○	○	×	○				11	±2	全抄	（四）	1
三	3	○	○	○	×	○	×			20	±2	全抄	（八）	1
〃	4	○	×	○	○	○				16	±2	庚	（二）	2
〃	5	○	○	×	○	○	○			28	±7	戚	（一）	1
〃	6	○	×	○	○	○				19	±2	庚	（二）	3
〃	7	○	×	○	○	○				17	±2	庚	（二）	4
四	8	○	×	○	○	○				35		庚	（二）	5
六	9	○	○	×	○	○	○			14	±3	戚	（一）	2
六	10	○	○	×	○	○	○			17	±4	戚	（一）	3
〃	11	○	×	○	×	○				22	±2	庚	（七）	1
七	12	×	○	×	○	○	○			18	±1	甲戌	（二）	1
〃	13	○	○	×	○	○	○			30	±10	戚	（一）	4
九	14		○	○	×	○	○			31		全抄	（五）	1
〃	15		×	○	○	×				21	±2	庚	（十）	1
十	16		○	○	×	○				24		全抄	（七）	1
〃	17		○	○	○	×	○			19	±2	程	（一）	1
十一	18		×	○	○	×				21	±2	庚	（十一）	1
〃	19		○	×	○	○	○			24	±3	戚	（四）	1
十二	20		○	×	○	○	○	○		24		戚	（二）	1
十四	21	○	○	○	×	○				14	±1	全抄	（四）	1
十五	22	○	○	○	○	×	○	○		19	±3	程	（一）	1

回次	條次	甲辰	戌辰	戚	全抄	程	己卯	晉	蒙	字數	正負數	備註		
													（類）	（條次）
十六	23	×	○	○	○	○				21	±2	甲戌	（一）	1
〃	24	○	○	○	×	○				20	±3	全抄	（四）	3
〃	25	○	○	○	×	○	○	○		30	±1	全抄	（一）	1
〃	26	○	○	○	○	×	○			18	±4	程	（二）	1
十九	27		○	○	×	○				31		全抄	（七）	2
〃	28		○	○	×	○				35	±4	全抄	（七）	3
廿二	29		○	○	×	○				21	±2	全抄	（十）	1
廿三	30		×	○	○	○				26	±2	庚	（五）	1
廿四	31		×	○	○	○				29	±1	庚	（五）	2
廿五	32	○	×	○	○	○				25	±4	庚	（二）	6
廿八	33	○	○	○	○	×				23	±3	程	（三）	1
廿九	34		○	×	×	○		○		20	±2	戚	（十）	1
〃	35		○	○	×	○		○		29	±2	全抄	（六）	1
卅四	36		×	○	○	○	○	○		24	±1	庚	（一）	1
〃	37		×	×	○	○	×			18	±1	庚	（六）	1
卅五	38		○	○	×	○				21	±1	全抄	（七）	4
卅七	39		○	○	×	○	○	○		50	±3	全抄	（五）	2
四十	40		○	○	×	○				19	±4	全抄	（三）	1
四一	41		×	○		○				20	±1	戚	（六）	1
〃	42		○	×		○		○		20		戚	（八）	1
〃	43		○	×		○		○		27	±1	戚	（六）	2
四二	44		×	○		○		○		19	±1	庚	（六）	1
四五	45		×	○		○				29	±2	庚	（四）	1
四五	46		×	○		○		○		29		庚	（六）	2
〃	47		○	×		○		○		23	±2	戚	（六）	3
四六	48		○	×		○				41	±2	戚	（八）	2
四九	49		○	×		○		○		20	±3	戚	（六）	4
〃	50		×	○		○				23	±3	庚	（六）	3
五十	51		○	×		○		○		17	±1	戚	（六）	5
〃	52		×	○		○				24	±1	庚	（六）	4
五一	53		×	○	○	○				13	±1	庚	（五）	3
〃	54		○	×	○	○		○		36	±4	戚	（五）	1
〃	55		○	○	○	×				24	±2	程	（五）	1
五二	56		○	×	○	○		○		15	±5	戚	（五）	2
〃	57		○	×	○	○		○		17	±3	戚	（五）	3
五二	58		○	○	○	×				21	±1	程	（五）	2
五三	59		○	○	×	○				30	±3	全抄	（十）	2

回次	條次	甲辰	戊辰	戚	全抄	程	己卯	晉	蒙	字數	正負數	備註	（類）	（條次）
五四	60		○	×	○	○				20	±3	戚	（七）	1
〃	61		×	○	○	○		○		27	±2	庚	（三）	1
〃	62		○	×	○	○				23	±1	戚	（七）	2
五六	63		○	×	○	○		○		21	±1	戚	（五）	4
〃	64		○	○	×	○		○		36	±2	全抄	（六）	2
〃	65		○	○	×	○		○		19	±2	全抄	（六）	3
〃	66	○	×	○	○					25	±8	戚	（七）	3
〃	67	×	○	○	○					28	±4	庚	（五）	4
五七	68		○	×	○	○		○		27	±4	戚	（五）	5
〃	69		○	○	×	○		○		26		全抄	（六）	4
五七	70		○	○	×	○		○		25	±1	全抄	（六）	5
〃	71		○	×	○	○				35	±6	戚	（七）	4
〃	72		○	○	×	○		○		24	±3	全抄	（六）	6
〃	73		×	○	○	○				30	±1	庚	（五）	5
五八	74		○	×	×	○		○		20		戚	（十）	2
〃	75		×	○	○	○				28	±3	庚	（五）	6
〃	76		×	○	○	○		○		30	±2	庚	（三）	2
六一	77		○	×		○	○	○		19	±2	戚	（三）	1
〃	78		○	×		○	○	○		22	±2	戚	（三）	2
六二	79		×	○	○	○	○	○		29	±1	庚	（一）	2
〃	80		○	×	○	○	○			24		戚	（四）	2
〃	81		×	○	○	○	○	○		30	±1	庚	（一）	3
六四	82		○	○	×	○	○	○	○	24	±2	全抄	（二）	1
〃	83	×	○							20	±5	全抄	（十一）	1
六五	84		○	×	○	○	○	○		32	±2	戚	（二）	2
〃	85		○	×	×	○	○			27	±1	戚	（九）	1
〃	86		×	○	○	○	○	○		27	±2	庚	（一）	4
六六	87		○	○	×	○	○	○		26	±1	全抄	（三）	2
六七	88	○	○	○		×				26	±1	蒙	（一）	1
〃	89	○	○	○	○		×			40	±2	蒙	（一）	2
〃	90	○	○	○		×				20	±2	蒙	（二）	1
〃	91	○	○	○		×				21	±1	蒙	（二）	2
〃	92	○	○	○		×				26	±4	蒙	（二）	3
〃	93	○	○	○		×				21		蒙	（二）	4
六七	94	○	○	○	○		×			19		蒙	（二）	5
六八	95		○	×	○	○	○	○		24	±2	戚	（二）	3
〃	96		○	×	×	○	○			29	±2	戚	（九）	2

回次	條次	甲辰	戌辰	戚	全抄	程	己卯	晉	蒙	字數	正負數	備註		
													（類）	（條次）
〃	97		○	×	○	○	○	○	×	19		蒙	（三）	1
〃	98		○	○	×	○				27	±2	全抄	（七）	5
六九	99	○	×	×	○	○	○			23	±2	戚	（九）	3
〃	100	○	×	×	○	○				44	±10	戚	（九）	4
〃	101		○	×	○	○	○	○		22	±2	戚	（二）	4
七十	102		○	○	○	×				29	±4	程	（五）	3
〃	103		○	×	○	○	○			30	±1	戚	（四）	3
〃	104		○	×	○	○	○			15	±2	戚	（四）	4
〃	105	○	×	○	○	○	○			24	±1	戚	（二）	5
七一	106		×	○	○	○		×		28	±2	庚	（九）	1
〃	107		×	○	○	○		○		33	±4	庚	（三）	3
〃	108		×	○	○	×				28	±1	庚	（十一）	2
〃	109	○	○	○	×	○				35	±3	程	（四）	1
〃	110		○	○	○	×				44	±2	程	（五）	4
〃	111		○	○	○	×				26		程	（五）	5
〃	112		○	○	○	×				25	±2	程	（五）	6
〃	113		×	○	○	○				28	±1	程	（五）	7
〃	114		○	×	○	○		○		24		戚	（五）	6
〃	115		○	○	○	×				31		程	（五）	7
〃	116		○	○	○	×		○		24		程	（四）	2
七二	117		×	○	○	○				20	±2	庚	（五）	8
七二	118		×	○	○	○				27	±1	庚	（五）	9
〃	119		○	○	○	×				28	±2	程	（五）	8
〃	120		○	○	○	×				31	±3	程	（五）	9
七三	121		×	○	○	○		○		28	±1	程	（五）	10
〃	122		○	○	○	×				28	±1	庚	（三）	4
〃	123		○	○	○	×				22	±2	程	（五）	11
〃	124		×	○	○	○		○		30	±2	庚	（三）	5
〃	125		×	○	○	○				25	±2	庚	（五）	10
七四	126		○	○	○	×		○		19	±2	程	（四）	3
〃	127		○	○	○	×				22	±1	程	（五）	12
〃	128		×	○	○	○				29	±2	庚	（五）	11
七六	129		×	○	○	×				26		庚	（十一）	3
七六	130		○	○	○	×				29		程	（五）	13
七七	131		○	○	○	×				47	±2	程	（五）	14
〃	132		○	○	×	○				50		全抄	（十）	3
七八	133		○	×	○	○				20	±5	戚	（七）	5

回次	條次	甲辰	戌辰	戚	全抄	程	己卯	晉	蒙	字數	正負數	備註（類）	（條次）
〃	134		○	×	○	○		○		23	±2	戚（五）	7
〃	135		○	×	○	○				15	±3	戚（七）	6
七九	136		○	×	○	○				25	±3	戚（七）	7
〃	137		×	○	○	○	○			26		庚（五）	12
八十	138		×	○	○	○		○		26	±2	庚（三）	6
〃	139		○	○	○	×				32	±1	程（五）	15
〃	140	○	○	×	○					24	±2	全抄（七）	6
〃	141	○	×	○	○					20		戚（七）	8
八十	142		×	○	○	○		○		24		庚（三）	7
〃	143		○	○	○	×				51	±2	程（五）	16
〃	144		×	○	○	○				31	±5	庚（五）	13

附錄一　敬答趙岡先生評王三慶『紅樓夢版本研究』

「紅樓夢」版本史上，程、高前後排版幾次，爭論不一。胡適先生曾據「引言」及「序」訂爲兩次，晚年，胡天獵叟刊行一部程本，文字介於甲、乙本間，觀點因此搖動，也引發趙先生提出凡有三印的說法。其後，徐先生昆仲又在台大發現另一部程本，文字也與已知的三種各異，於是更發明了四印說。拙著「紅樓夢版本研究」則據木活字的特性、排版技術及過程論定僅有兩種，而以「混合本」及「異植字版」解釋現存的各種程本現象。

趙先生「書評」凡從名詞定義的異同、純版標準之建立、理論能夠作何證明以及六九天的時間距是否足以印行一部新版等加以質難，並以後四十回來源的曖昧來補充說明程、高三版不再加序的原因，試圖維持三印說的主張。拙文除在反面一一的給予說明及批駁外，另據事實及假設，順著趙先生即將面臨的六點困難，加以否決。其間涉及治學方法及證據證明力的爭論，饒富趣味，如趙先生曾引王女士之校對經驗批駁潘師，拙著則據伊藤教授「小考」作爲反論之旁證；然則「書評」反以「小考」問難，拙文除說明「小考」未盡外，也以王女士之研究成果對質，足見雙方列陣，旗鼓相當，只好延請專家公評，也證明同一「證據」之解說，各有正反兩面，在於立場不同而已。東坡詩云：「橫看成嶺側成峰」，其此之謂乎！

承蒙趙先生在百忙中抽空，對於拙著「紅樓夢版本研究」〔註1〕提出幾點評介，這種循循善誘後學的態度，本人在此除了表示萬分的謝意外，也借此機會，再向趙先生說明和請教幾個問題。

記得草創論文的時候，潘師石禪曾經訓誡說：「這些人都是你的前輩，也算是你的老師，因此立論不管同異與否，都需持之以敬。」其後，在請示其他問題時，又對著我說：「只要依照正確的現象作正確的解釋，能夠改正我的立論最好，與其讓人批駁不如給自己教導出來的學生。」恭聆這番訓示後，我的研究態度是依據事實，同所應同，異其當異，既不標新立異，也並沒有自己獨樹一幟的成見。初始研讀篇章，看山是山，篇篇精彩，無隙可擊，但也困擾著我，誰是誰非，眞理又在何處。爲著突破這點，只好遵奉潘師的訓示，做個笨人，從事抄本和抄本，抄本和刻本，刻本和刻本的彙校工作。然後再重理這些篇章，覺得自己似乎進入看山不是山的階段。正巧，趙先生研究「紅樓夢」的說法在台灣，影響最爲深遠，而我能拜讀到的篇章也以趙先生的爲大宗，既落到我這看山非山的眼底，就處處作爲砥礪的對象。沒想到我的用字特別重，批評的也特別苛，這倒是要向趙先生公開表示歉意的。幸好趙先生對我批評賢者的態度不以爲意，更顯示出令人傾心的磊落胸懷。尤其給拙著評價高了些，更令我感到不安。如人飲水，冷暖自知，設若眞的有那麼一丁點心得，應該是潘師的指導及拙作引述的幾位大家所給的恩賜。不管是與非，都是他們在紅學史上不斷的嚐試後，綴續成今天的結果。尤其沒有潘師和趙先生的相互論難，提出問題；而伊藤先生的從旁協助，解決問題：可能我從不會想到那些是問題，更遑論去解決幾點小問題了。所以他們都是新理論的發明家，而我不過一位略具技術的小工人。發明家難求，而工人隨處都有，何況拙著看來還有不夠周延的地方呢？因此只要有錯，決心改過。畢竟我們目前處理未能親預其事的東西，雖是追求眞理，探討事實，所得的僅是近於眞理，要達到絕對的是非，還要把古人從墳堆裏找來問問，方有結果。可惜人天永隔，已成絕響，只好在眞理的左右迴旋探測，隨著新方法、新資料、新證據，不時的修正自己的意見，才有可能觸摸到眞理的一天。

〔註1〕此書原據教育部規定之學位論文型式自印出版，題署時間民國69年10月。去年11月經過校內考試，今年二月又接受教育部國家博士口試後，始由石門公司影印發行，時間改題70年元月。兩版的版別主要在於封面扉頁的不同，前者附有提要，後者加有序文，餘則頁碼文字全同。

因此早日回到看山是山的境界一直是我所嚮往的目標。

由於趙先生說：「王先生的精彩處是他不打游擊戰，不迂迴，不閃躲，而在問題的癥結上下硬功夫，尋找答案，提出分析。」〔註2〕這裡只好順著趙先生評介的問題，逐次說明就教如下：

一、「異版」「異植字版」的定義問題及其書影：

根據拙著下篇「程本純版的標準及其判讀方法」一節曾經如此的說明：

（一）程本的判讀方法

「……活字版的特性卻有不同，刷印完畢，一旦解版，原貌從此不可復見。也因如此，討論到程本的純版標準，必需依照印刷時時空的異同條件加以區分，如果前後多版的印刷，內容沒有絲毫的改變，空間的條件也是相同，僅在時間上改變，則重排和刷印出來的版面絕對不會相同；相反的，儘管內容沒有改變，排版的時間也在同一時候，但是空間已分兩地，則產生出來的版面也會有所差異。這些差異的情況完全決定於活字版的特性，從版面的字模大小、正俗、傾斜等條件，都可以區別各版的種類，因此，這裡必需說明我的校對經驗，作爲以後判別版本的依據。

事實上，在這二百年後要去說出純版的標準，已隨程、高的過世而成絕響。縱使程、高二人面對著今日的程本群，是否能夠一一的指辨也成疑問，何況是沒有參與其事的我們呢？所以一旦集中兩種以上的程本時，不可流於主觀的判斷，必先依據活字版的特性校對，並歸納出到底可區分爲幾種版面，可惜我們目前所能看到的只有胡本和徐本兩種程本，而乏第三種的程本可資利用。但是從胡本和徐本的校對過程中，我們會發現以下四種情況：

1. 版異文異

二本間有大量異文，且從字模的位置、正俗、大小等情形來看，也有不同，知非同一時空的印刷。證之後期刻本－亞東本同於胡本，東觀閣及王雪香評本同於徐本，可以斷定胡本爲乙本系統，徐本爲甲本系統。

〔註2〕趙岡，「評王三慶紅樓夢版本研究」，「漫談紅樓夢」（臺北、經世書局，民國70年6月初版）第140頁。

第十五回第七頁下半第八頁上半面

麼道既如此奶奶明日就開恩也罷了鳳姐道你瞧瞧我忙得那一處少了我既應了你自然快快的了結老尼道這點子事在別人跟前就忙的不知怎麼樣若是奶奶跟前再添上些也不勾奶奶一發揮的只是俗語說的能者多勞太太見奶奶大小事都妥貼越發都推給奶奶了奶奶也要保重貴體才是一路奉承的話鳳姐越發受用也不顧勞乏更攀談起來誰想秦鍾趁黑晚無人來尋智能剛至後面房中只見智能獨在那裡洗茶碗秦鍾便摟着親嘴智能急的跺脚說做什麼就要叫喚秦鍾道好人我已急死了你今兒再不依我我就死在這裡智能道你想怎麼樣除非等我出這牢坑離了這些人纔好呢秦鍾道這也容易只是遠水救不得近火說着一口吹了燈滿屋漆黑將智能抱到炕上就雲雨起來那智能百般挣挫不起又不好叫的少不得依的正在得趣只見一人進來將他二人按住也不出聲他二人唬得魂飛魄喪倒是那人嗤的一聲笑了方知是寶玉秦鍾連忙起來抱怨道這筭什麼寶玉道你倒不依偺們就叫喊起來羞得智能趁暗中跑了寶玉拉了秦鍾出來道你可還和我强秦鍾笑道好人你只别嚷的衆人知道你要怎樣我都依你寶玉笑道這會子也不用說等一會睡下再細細的筭賬一時寬衣安歇的時節鳳姐在裡間秦鍾寶玉在外間滿地下皆是家下婆子打鋪坐更鳳姐因怕通靈玉失落

（廣文書局紅樓夢叢書徐氏程乙本——程甲本）

奶奶明日就開恩罷了鳳姐道你瞧瞧我忙的那一處少的了我我既應了你自然給你了結啊老尼道這點子事要在别人自然忙的不知怎麼樣要是奶奶跟前再添上些也不勾奶奶一辦的俗語說的能者多勞太太見奶奶這樣才情越發都推給奶奶了只是奶奶也要保重貴體些纔是一路奉承鳳姐越發受用了也不顧勞乏更攀談起來誰想秦鍾趁黑晚無人來尋智能兒剛到後頭房裡只見智能兒獨在那裡洗茶碗秦鍾便摟着親嘴智能兒急的跺脚說這是做什麼就要叫喚秦鍾道好妹妹我要急死了你今兒再不依我我就死在這裡智能兒道你要怎麼樣除非我出了這牢坑離了這些人纔好呢秦鍾道這也容易只是遠水解不得近渴說着一口吹了燈滿屋裡漆黑將智能兒抱到炕上那智能兒百般的扎挣不起來又不好嚷不知怎麼樣就把中衣兒解下來了這裡剛纔入港說時遲那時快猛然間一個人從身後冐冐失失的按住也不出聲二人唬的魂飛魄散只聽嗤的一笑這纔知是寶玉秦鍾連忙起來抱怨道這筭什麼寶玉道你倒不依偺們就嚷出來羞的智能兒趁暗中跑了寶玉拉着秦鍾出來道你可還强嘴不强秦鍾笑道好哥哥你只别嚷你要怎麼着都使的寶玉笑道這會子也不用說等一會兒睡下偺們再慢慢兒的筭賬一廂寬衣安歇的時節鳳姐在裡間寶玉秦鍾在外間滿地下皆是

（青石山莊胡天獵叟本——程乙本）

2.版異文同

二本間無異文，然從字模的位置、正俗、大小等情形看來，知非同一時空的印刷，證之東觀閣本、王雪香評本等後期刻本，僅能分辨異版。

第八十五回第七頁下半第八頁上半

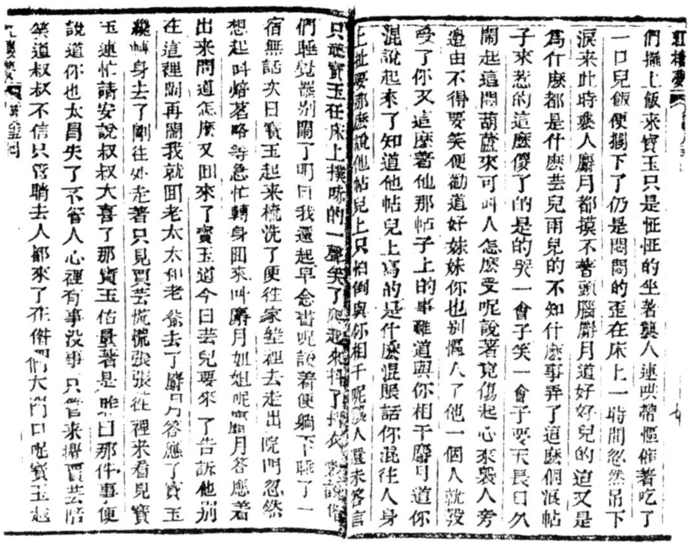

們擺上飯來寶玉只是怔怔的坐著襲人連哄帶慪催著吃了一口兒飯便擱下了仍是悶悶的歪在床上一時間忽然吊下淚來此時襲人麝月都摸不著頭腦麝月道好好兒的這又是爲什麼都是什麼芸兒雨兒的不知什麼事弄了這麼個渾帖子來惹的這麼傻了的是的哭一會子笑一會子要天長日久鬧起這悶葫蘆來可叫人怎麼受呢說著竟傷起心來襲人旁邊由不得要笑便勸道好妹妹你也別慪人了他一個人就沒受了你又這麼著他那帖子上的事難道與你相干麝月道你混說起來了知道他帖兒上寫的是什麼混賬話你混往人身上扯要那麼說他帖兒上只怕倒與你相干呢襲人還未答言只聽寶玉在床上撲哧的一聲笑了爬起來抖了抖衣裳說偺們睡覺罷別鬧了明日我還起早念書呢說著便躺下睡了一宿無話次日寶玉起來梳洗了便往家塾裡去走出院門忽然想起叫焙茗略等急忙轉身回來叫麝月姐姐呢麝月答應着出來問道怎麼又回來了寶玉道今日芸兒要來了告訴他別在這裡鬧再鬧我就回老太太和老爺去了麝月答應了寶玉纔轉身去了剛往外走著只見賈芸慌慌張張往裡來看見寶玉連忙請安說叔叔大喜了那寶玉估量著是昨日那件事便說道你也太冒失了不管人心裡有事沒事只管來攪賈芸陪笑道叔叔不信只管瞧去人都來了在偺們大門口呢寶玉越

（青石山莊胡天獵叟本—程甲本）

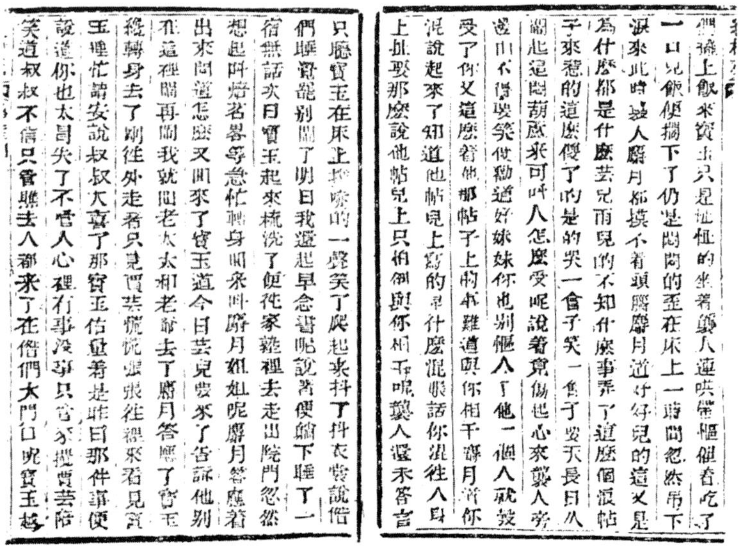

們擺上飯來寶玉只是怔怔的坐著襲人連哄帶慪催著吃了一口兒飯便擱下了仍是悶悶的歪在床上一時間忽然吊下淚來此時襲人麝月都摸不著頭腦麝月道好好兒的這又是爲什麼都是什麼芸兒雨兒的不知什麼事弄了這麼個渾帖子來惹的這麼傻了的是的哭一會子笑一會子要天長日久鬧起這悶葫蘆來可叫人怎麼受呢說著竟傷起心來襲人旁邊由不得要笑便勸道好妹妹你也別慪人了他一個人就沒受了你又這麼著他那帖子上的事難道與你相干麝月道你混說起來了知道他帖兒上寫的是什麼混賬話你混往人身上扯要那麼說他帖兒上只怕倒與你相干呢襲人還未答言只聽寶玉在床上撲哧的一聲笑了爬起來抖了抖衣裳說偺們睡覺罷別鬧了明日我還起早念書呢說著便躺下睡了一宿無話次日寶玉起來梳洗了便往家塾裡去走出院門忽然想起叫焙茗略等急忙轉身回來叫麝月姐姐呢麝月答應着出來問道怎麼又回來了寶玉道今日芸兒要來了告訴他別在這裡鬧再鬧我就回老太太和老爺去了麝月答應了寶玉纔轉身去了剛往外走著只見賈芸慌慌張張往裡來看見寶玉連忙請安說叔叔大喜了那寶玉估量著是昨日那件事便說道你也太冒失了不管人心裡有事沒事只管來攪賈芸陪笑道叔叔不信只管瞧去人都來了在偺們大門口呢寶玉越

（廣文書局「紅樓夢叢書」程乙本—程乙本）

3. 版同文同

（1）二本間無異文，且從字模的位置、正俗、大小以及倒排等情形看來，知為同一時空的印刷，證之後期刻本，異於亞東本而與東觀閣本、王雪香評本的文字完全相同，可以斷定並屬甲本系統。

第一百十九回第十六頁下半十七頁上半面

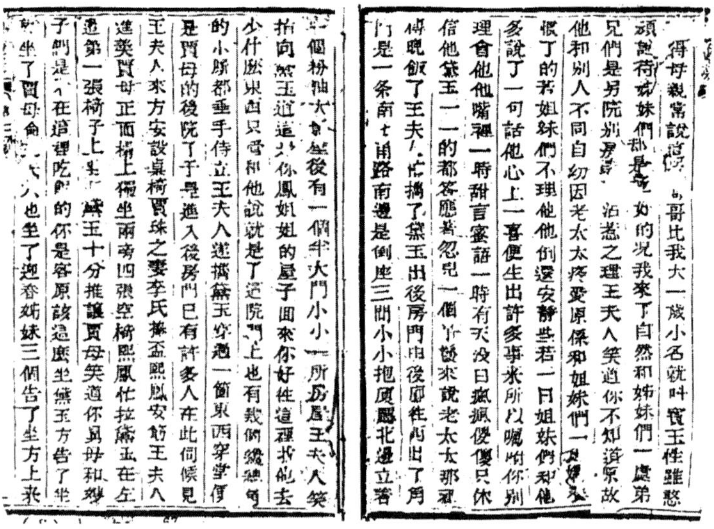

得母親常說這位哥哥比我大一歲小名就叫寶玉性雖憨
頑說待姊妹們却是極好的況我來了自然和姊妹們一處弟
兄們是另院別房豈有沾惹之理王夫人笑道你不知道原故
他和別人不同自幼因老太太疼愛原係和姐妹們一處嬌養
慣了的若姐妹們不理他他倒還安靜些若一日姐妹們和他
多說了一句話他心上一喜便生出許多事來所以囑咐你別
理會他他嘴裡一時甜言蜜語一時有天沒日瘋瘋傻傻只休
信他黛玉一一的都答應著忽見一個丫鬟來說老太太那裡
傳晚飯了王夫人忙攜了黛玉出後房門由後廊往西出了角
門是一條南北甬路南邊是倒座三間小小抱廈廳北邊立著
一個粉油大影壁後有一個半大門小小一所房屋王夫人笑
指向黛玉道這是你鳳姐姐的屋子回來你好往這裡找他去
少什麼東西只管和他說就是了這院門上也有幾個纔總角
的小廝都垂手侍立王夫人遂攜黛玉穿過一個東西穿堂便
是賈母的後院了于是進入後房門已有許多人在此伺候見
王夫人來方安設桌椅賈珠之妻李氏捧盃熙鳳安箸王夫人
進羹賈母正面榻上獨坐兩旁四張空椅熙鳳忙拉黛玉在左
邊第一張椅子上坐下黛玉十分推讓賈母笑道你舅母和嫂
子們是不在這裡吃飯的你是客原該這麼坐黛玉方告了坐
就坐了賈母命王夫人也坐了迎春姊妹三個告了坐方上來

（青石山莊胡天獵叟本—程甲本）

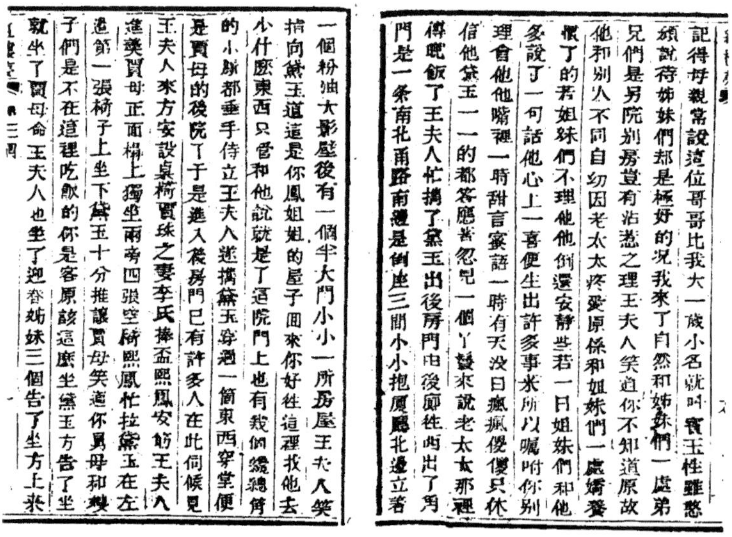

記得母親常說這位哥哥比我大一歲小名就叫寶玉性雖憨
頑說待姊妹們却是極好的況我來了自然和姊妹們一處弟
兄們是另院別房豈有沾惹之理王夫人笑道你不知道原故
他和別人不同自幼因老太太疼愛原係和姐妹們一處嬌養
慣了的若姐妹們不理他他倒還安靜些若一日姐妹們和他
多說了一句話他心上一喜便生出許多事來所以囑咐你別
理會他他嘴裡一時甜言蜜語一時有天沒日瘋瘋傻傻只休
信他黛玉一一的都答應著忽見一個丫鬟來說老太太那裡
傳晚飯了王夫人忙攜了黛玉出後房門由後廊往西出了角
門是一條南北甬路南邊是倒座三間小小抱廈廳北邊立著
一個粉油大影壁後有一個半大門小小一所房屋王夫人笑
指向黛玉道這是你鳳姐姐的屋子回來你好往這裡找他去
少什麼東西只管和他說就是了這院門上也有幾個纔總角
的小廝都垂手侍立王夫人遂攜黛玉穿過一個東西穿堂便
是賈母的後院了于是進入後房門已有許多人在此伺候見
王夫人來方安設桌椅賈珠之妻李氏捧盃熙鳳安箸王夫人
進羹賈母正面榻上獨坐兩旁四張空椅熙鳳忙拉黛玉在左
邊第一張椅子上坐下黛玉十分推讓賈母笑道你舅母和嫂
子們是不在這裡吃飯的你是客原該這麼坐黛玉方告了坐
就坐了賈母命王夫人也坐了迎春姊妹三個告了坐方上來

（廣文書局「紅樓夢叢書」徐氏程乙本—程甲本）

（2）二本間無異文，且從字模的位置、正俗、大小等情形來看完全相同，知為同一時空的印刷，證之東觀閣本、王雪香評本並有異文，與亞東本的內容一致，可以斷定並屬乙本。

第三回第九頁下半第十頁上半面

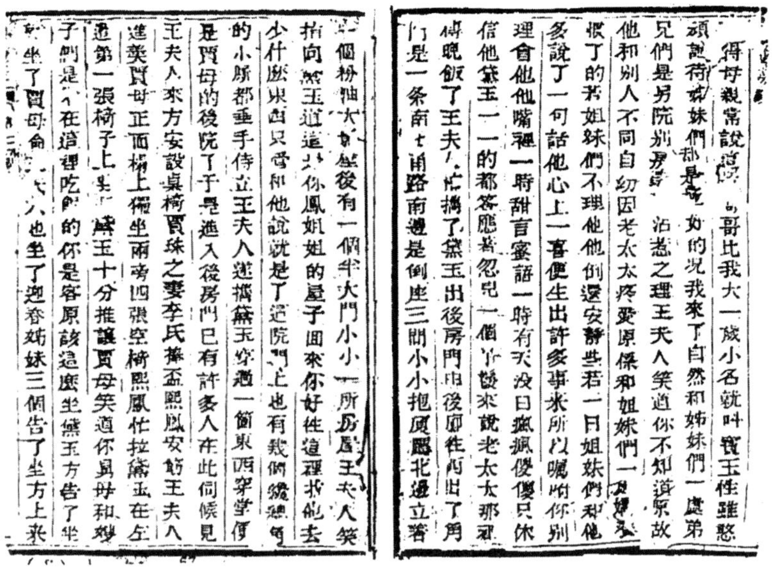

得母親常說這位哥哥比我大一歲小名就叫寶玉性雖憨
頑說待姊妹們郤是極好的況我來了自然和姊妹們一處弟
兄們是另院別房豈有沾惹之理王夫人笑道你不知道原故
他和別人不同自幼因老太太疼愛原係和姐妹們一處嬌養
慣了的若姐妹們不理他他倒還安靜些若一日姐妹們和他
多說了一句話他心上一喜便生出許多事來所以囑咐你別
理會他他嘴裡一時甜言蜜語一時有天沒日瘋瘋傻傻只休
信他黛玉一一的都答應著忽見一個丫鬟來說老太太那裡
傳晚飯了王夫人忙携了黛玉出後房門由後廊往西出了角
門是一條南北甬路南邊是倒座三間小小抱廈廳北邊立著
一個粉油大影壁後有一個半大門小小一所房屋王夫人笑
指向黛玉道這是你鳳姐姐的屋子回來你好往這裡找他去
少什麼東西只管和他說就是了這院門上也有幾個纔總角
的小厮都垂手侍立王夫人遂携黛玉穿過一個東西穿堂便
是賈母的後院了于是進入後房門已有許多人在此伺候見
王夫人來方安設桌椅賈珠之妻李氏捧盃熙鳳安筯王夫人
進羹賈母正面榻上獨坐兩旁四張空椅熙鳳忙拉黛玉在左
邊第一張椅子上坐下黛玉十分推讓賈母笑道你舅母和嫂
子們是不在這裡吃飯的你是客原該這麼坐黛玉方告了坐
就坐了賈母命王夫人也坐了迎春姊妹三個告了坐方上来

（廣文書局「紅樓夢叢書」徐氏程乙本—程乙本）

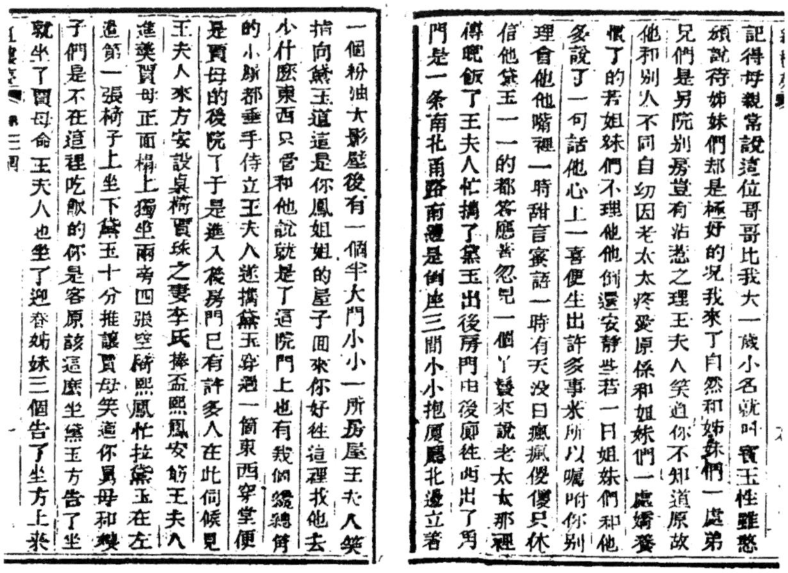

紅樓夢 第三回
記得母親常說這位哥哥比我大一歲小名就叫寶玉性雖憨
頑說待姊妹們郤是極好的況我來了自然和姊妹們一處弟
兄們是另院別房豈有沾惹之理王夫人笑道你不知道原故
他和別人不同自幼因老太太疼愛原係和姐妹們一處嬌養
慣了的若姐妹們不理他他倒還安靜些若一日姐妹們和他
多說了一句話他心上一喜便生出許多事來所以囑咐你別
理會他他嘴裡一時甜言蜜語一時有天沒日瘋瘋傻傻只休
信他黛玉一一的都答應著忽見一個丫鬟來說老太太那裡
傳晚飯了王夫人忙携了黛玉出後房門由後廊往西出了角
門是一條南北甬路南邊是倒座三間小小抱廈廳北邊立著
一個粉油大影壁後有一個半大門小小一所房屋王夫人笑
指向黛玉道這是你鳳姐姐的屋子回來你好往這裡找他去
少什麼東西只管和他說就是了這院門上也有幾個纔總角
的小厮都垂手侍立王夫人遂携黛玉穿過一個東西穿堂便
是賈母的後院了于是進入後房門已有許多人在此伺候見
王夫人來方安設桌椅賈珠之妻李氏捧盃熙鳳安筯王夫人
進羹賈母正面榻上獨坐兩旁四張空椅熙鳳忙拉黛玉在左
邊第一張椅子上坐下黛玉十分推讓賈母笑道你舅母和嫂
子們是不在這裡吃飯的你是客原該這麼坐黛玉方告了坐
就坐了賈母命王夫人也坐了迎春姊妹三個告了坐方上来

（青石山莊胡天獵叟本—程乙本）

4. 版同文異

二本間有異文，然從字模的位置、正俗、大小等情形來看，知為同一時空的印刷，證之後期刻本，並近於亞東本，遠於東觀閣本、王雪香評本，知二本並屬乙本系統的異植字版。

第卅九回第一頁

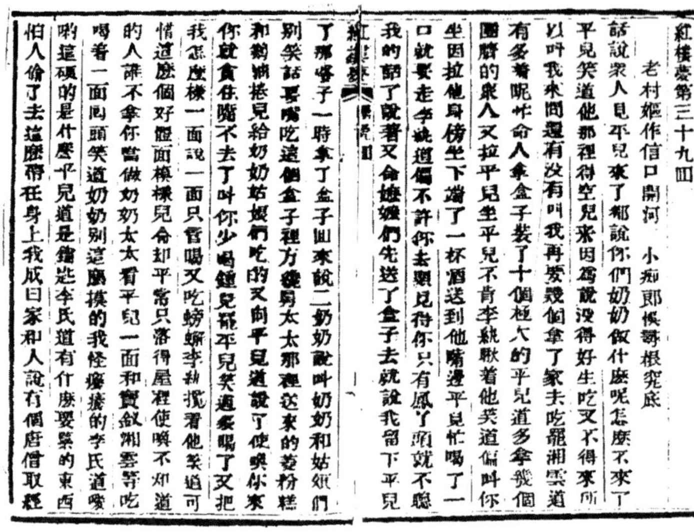
紅樓夢第三十九回
老村嫗作信口開河　小痴郎偏尋根究底
話說眾人見平兒來了都說你們奶奶做什麼呢怎麼不來了
平兒笑道他那裡得空兒來因為說沒得好生吃又不得來所
以叫我來問還有沒有叫我再要幾個拿了家去吃罷湘雲道
有多着呢忙命人拿盒子裝了十個極大的平兒道多拿幾個
團臍的眾人又拉平兒坐平兒不肯李紈瞅着他笑道偏叫你
坐因拉他身傍坐下端了一杯酒送到他嘴邊平兒忙喝了一
口就要走李紈道偏不許你去顯見得你只有鳳丫頭就不聽
我的話了說着又命嬤嬤們先送了盒子去就說我留下平兒
了那婆子一時拿了盒子回來說二奶奶說叫奶奶和姑娘們
別笑話要嘴吃這個盒子裡方纔舅太太那裡送來的菱粉糕
和雞油捲兒給奶奶姑娘們吃的又向平兒道說了使喚你來
你就貪住嘴不去了叫你少喝鍾兒罷平兒笑道多喝了又把
我怎麼樣一面說一面只管喝又吃螃蟹李紈攬着他笑道可
惜這麼個好體面模樣兒命卻平常只落得屋裡使喚不知道
的人誰不拿你當做奶奶太太看平兒一面和寶釵湘雲等吃
喝着一面回頭笑道奶奶別這麼摸的我怪癢癢的李氏道噯
喲這硬的是什麼平兒道是鑰匙李氏道有什麼要緊的東西
怕人偷了去這麼帶在身上我成日家和人說有個唐僧取經

（青石山莊胡天獵叟本—程乙本）

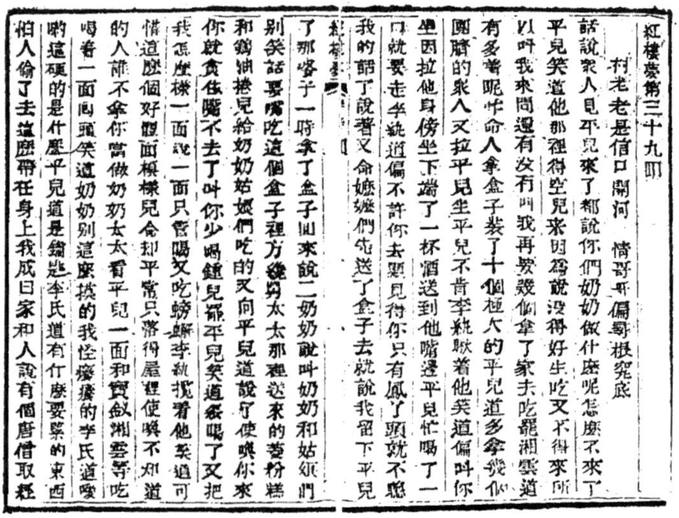
紅樓夢第三十九回
村老老是信口開河　情哥哥偏尋根究底
話說眾人見平兒來了都說你們奶奶做什麼呢怎麼不來了
平兒笑道他那裡得空兒來因為說沒得好生吃又不得來所
以叫我來問還有沒有叫我再要幾個拿了家去吃罷湘雲道
有多着呢忙命人拿盒子裝了十個極大的平兒道多拿幾個
團臍的眾人又拉平兒坐平兒不肯李紈瞅着他笑道偏叫你
坐因拉他身傍坐下端了一杯酒送到他嘴邊平兒忙喝了一
口就要走李紈道偏不許你去顯見得你只有鳳丫頭就不聽
我的話了說着又命嬤嬤們先送了盒子去就說我留下平兒
了那婆子一時拿了盒子回來說二奶奶說叫奶奶和姑娘們
別笑話要嘴吃這個盒子裡方纔舅太太那裡送來的菱粉糕
和雞油捲兒給奶奶姑娘們吃的又向平兒道說了使喚你來
你就貪住嘴不去了叫你少喝鍾兒罷平兒笑道多喝了又把
我怎麼樣一面說一面只管喝又吃螃蟹李紈攬着他笑道可
惜這麼個好體面模樣兒命卻平常只落得屋裡使喚不知道
的人誰不拿你當做奶奶太太看平兒一面和寶釵湘雲等吃
喝着一面回頭笑道奶奶別這麼摸的我怪癢癢的李氏道噯
喲這硬的是什麼平兒道是鑰匙李氏道有什麼要緊的東西
怕人偷了去這麼帶在身上我成日家和人說有個唐僧取經

（廣文書局「紅樓夢叢書」徐氏程乙本—程乙本）

根據以上四個例子，我們便會發現程本爭論的焦點不在（三）、（四），而是集中（一）、（二）例中。換句話說，即是如何斷定它們不是同一時空下的產物，怎麼分辨甲、乙二版的隸屬問題，根據的又是什麼標準？在討論這個課題之前，首先說明兩點。

第一點—面對著程本群既然無法主觀的認定它是屬於甲本或乙本，那麼要找出程本的純版標準便相當的困難，但是有幾種近於甲本純版的後裔即在乙本尚未出版之前，已經根據甲本從事翻刻的東觀閣本或「全傳本」（詳後說明），甚至稍後又據二本之一再加翻刻的王希廉評本，都可據作判斷的輔助標準。

第二點—王珮璋女士曾經談到：

『都是蘇州（案：此爲王氏之誤，下節詳辯）萃文書屋印的，甲乙本每頁之行款、字數、版口等全同。且甲乙本每頁之文字儘管不同（據我統計，甲本全書一千五百七十一頁，到乙本裡文字尚未改動的僅五十六頁—乙本因增字故，多四頁），而到頁終則又總是取齊成一個字，故甲、乙本每頁起訖之字絕大多數相同（據我統計，一千五百七十一頁中，甲乙本起訖之字不同者不過六十九頁），因之甲乙本分辨極難；甚至一百十九、一百二十回程乙本之活字就是程甲本之活字，第一頁十九回第五頁甲乙本之文字、活字、版口全同，簡直就是一個版，如果說別人冒名頂替，甚不可能。』

王女士這次校對的結果，儘管和我校對後的統計略有小異（如版口起訖不同的統計多出六頁左右），然而從統計數字的接近來看，證明這個結果應是不刊之論，更增加我們分辨甲乙二本間的信心。

根據以上的兩點說明，我們再看（一）版異文異（二）版異文同的兩個例子，第（一）例已可輕易的加以解決，只有第（二）例版異文同雖從字模的位置、大小、正俗以及版面的情況，可以確知並非同一時空下的產物，但是在既無異文的情況下，校對後期的任何刻本也不會發現任何不同的文字，否則，仍是後期刻本自身的忠實問題，當然無法用作判斷的標準。不過根據字模的正俗、大小、位置及版面（絲欄）等條件，可以知道絕非同一時空下的印刷。畢竟原版活字一旦解散，時空的條件既變，重排的字模，其正俗、大小、位置、版面，重印的結果，要和初印的甲本完全一致，或然率可說十分渺茫。尤其在一百九十年後的今天，讓我們去分析初版和再版，縱使程、高再世，也是自嘆弗如，幸好這種例子不會太多，只有五十六頁而已，因此解決這些版異文同的唯一方法，只好依回而分，不能據頁論斷。

既然如此，趙教授先前提到『純版的標準』，在此已經確信找到了分辨的方法，而伊藤教授認爲難以解答，不願多談的問題，也可因此得到一個合理的解決，不管『三印說』、『四印說』等諸種不同的說法，在此衡鑒之下，立見分曉。

至於第（三）版同文同的例子，我們也可以根據後期刻本中近於純版標準的東觀閣本，「全傳本」或王希廉評本，甚至亞東本或啓功校註的人民文學出版社的程乙本加以確認它隸屬甲本或乙本，只有第（四）版同文異的例子，不管根據何本校對，必有一本不能歸入甲本或乙本中，這時的解決方法不能盡從文字的歸類，必需從版面及活字的特性來加以討論，此即以下所要說明的『異植字版』。

（二）異植字版

由於上述第（四）例版同文異的情形相當的特別，容易引起一般的誤會，認爲那兩種版面是在不同時空下的產物。可是我們仔細比勘版面，以及字模的位置、大小、正俗等條件，除了有異文的地方外，其他條件還是完全相同，不能說是異版，這就是長澤規矩也教授所說的『異植字版』，也僅限於木活字才會發生這種特殊的情況，其發生的原因不外兩點：

第一：是因同一時空下的印刷，限於木活字的不易校勘，顛倒錯落的情形，滿紙都是，但是一旦發現錯誤，又容易改正，此及潘師所謂的『隨校隨改』，自然地就產生了異植字版的情形，這種改動往往僅限數字數句間，還容易分辨。

第二：活字版雖有易擺的優點，但因刷印一久，活字常因木理的堅實不同，膨脹的係數也隨之而異，自然地使版面產生高低不平的現象，因此不得不重新擺印。也就在重擺的時候，產生了『異植字版』的情況，這種改動通常較大，直可視爲異版。

根據「書錄」，「壬子萃文書屋活字本新鐫全部繡像紅樓夢」下舉出的：『又一本略異，已殘，如第六十九回頁二上行三第二十字「行」字倒排，頁十二上行二「賈母忽然來」下多一「喚」字』。甚至啓功校的人民出版社的程乙本，其『校記』內也說：『「喚」字原無。按自上文「放了七日」句至此句一段，諸本皆無，唯第七十回首接敘此事有「賈母喚了他去」字樣。今暫酌補「喚」字。以意補充這兒的中斷。』而較爲具體的例子則如伊藤教授舉出的第七回第四頁，同屬乙本的倉石本和胡天獵本二本間的異植字版，雖經重排，但是除第二、三行已經更改，第七行有『鬟』、『環』之區別外，其他的字模，正俗位置仍然可以用第一種方法加以判別是隸屬乙本的異植字版，（參見書影第五十四回），而且我們再以廣文書局「紅樓夢叢書」一程乙本加以比勘，立刻可以發現它和伊藤本相近，是屬於甲本系統的異植字版。似此異植字版到底現存多少？誰也不敢斷言。但是據我估量，絕對不會太多，而且屬於甲本抑是乙本，也非不可斷定。」〔註3〕

從這些文字的敘述裡，應該足以說明「同版」、「異版」、「異植字版」的涵義及其具體例子。可是趙先生卻又輕易的找出書影五四關於文字、印刷上的毛病，要我把定義下得更精審些。〔註4〕由於拙文付印時，爲求印刷上的整齊，未將同屬程甲本而有異植字版的伊藤本和廣文書局「紅樓夢叢書乙本」（已經徐有爲先生報導出於臺大圖書館藏〔註5〕，以下簡稱臺大藏本。）共置一頁，而同屬程乙本也出現異植字版的倉石本、胡天獵叟本同放一頁，方有趙先生的質疑。如果把文字註解得更清楚，說明程甲、程乙各有異植字版的第四種書影，語意上也許就比較清楚。

如果再從文字內容來看，四本的進化過程是這樣的：程甲本（臺大藏本→伊藤本）→程乙本（倉石本〔如果亞東本這頁完全忠實胡適藏乙本的話，則與倉石本全同，亦居胡天獵本之前〕→胡天獵本），這段進化過程應該極爲明白。但是依照我的純版判讀方法，這種情形不能代表四度時空的印刷，而是甲、乙二本在不同時空的印刷下各發生了異植字版。因此我想再度提出說明所以不曾完全襲用過去長澤規矩也和伊藤漱平先生以及目前趙先生解釋「異植字版」、「異版」的定義，而另以「時」、「空」條件作爲判斷程本版次的依據，主要是受乾隆四十一年十二月所定的「欽定武英殿聚珍版程式」〔註6〕一書的影響。空間即是地點，如果拙文考證程本不曾在蘇州一地印行，而同屬北京萃文書屋擺版可以成立的話〔註7〕，則問題只剩下時間而已。至於時間的異同依據是因木活

〔註3〕同註1，第578～586頁。

〔註4〕同註2，第141～142頁。

〔註5〕詳見徐有爲，徐存仁合著「紅樓夢版本的新發現—第四種程刻本」，「中外文學」第八卷十二期～第九卷第二期（民國69年5月～69年7月）。

〔註6〕見喬衍琯、張錦郎先生編輯的「圖書印刷發展史論文集」續編（臺北、文史哲出版社，民國66年9月）第295～313。拙文曾經影錄部分。

〔註7〕同註1，第611～616頁。

字排版的特有條件，及程式「刷印」步驟說的：

> 「逐版校竣之後，即將前刻套格版先行刷印格紙。如某書應刷若干部，則每塊豫刷格紙若干張。隨將所擺之槽版查對，方簽與格紙卷頁相符，用以套刷，即可成書。」〔註 8〕

所以從第一回第一頁開始排版到最後一回一頁刷印完畢，已經決定刷印若干部的一百廿回，都應該算是同一時空的印刷。其中若在校對完竣，開始印行，偶因某種原因，或發現某版文字不妥，臨時更動幾字或重排一頁，都不能稱爲一個新版，而是這一頁有「異植字版」，畢竟它仍然襲用大部分的舊字模，只是傾斜位置和字次，或因重排而失去，至於正俗除了改易的幾個字外，完全如舊。因此程高刊行「紅樓夢」的過程中，第一時空「辛亥冬至後五日」排下來的叫作程甲本，第二時空「壬子花朝後一日」的叫程乙本。二者間或各有幾頁的異植字版，但是絕不會高達三十回或四十回。

二、甲、乙本純版的研判方法問題

如果上面所提的判斷標準大家認爲沒有問題，我們便可以利用，即遇到二種或 n 種〔註 9〕時，利用這些方法加以研判，也許可以發現每回每頁的類型，除了偶有幾頁出現三種以上外，餘則只有兩種，非 x 即 y。但是我們如果再歸納三種以上不同的版面，又可以分成 x、x_1 或 y、y_1 兩大系統，加上舉的幾個異植字版的例子，可是這類絕不會高達三、四十回以上，既非屬於 x 本，也不是 y 本血緣的另一種不同時空所產生的第三種或第四種字模印本。其原因淺而易見，程本不可能在一套尚未印完，即又因爲幾個字的改動，又再從頭排印一版，總要印完一部後，才又加印二版。否則區分版次也就毫無意義可言，只有淆亂事實而已。何況每頁印完後還有歸字回櫃的程序〔註 10〕，也要考慮書店能不能有那麼多的字模及備用槽版。如果大家共許了上一階段的立論，才能更進一步研討利用早期翻印本去加以歸類，到底 x 是甲，y 是乙；還是 x 爲乙，y 爲甲。這套理論能否成立，恐怕需要大家試試差可意會，否則徒託空言，於事無補。由於我僅能看到胡天獵本和臺大藏本兩種程本，也幸好各有將近六十回左右的異同，使我覺得判斷同版異版並非盡如趙先生援引伊

〔註 8〕同上，第 607 頁。

〔註 9〕此點僅是假設，事實木活版印刷有它一定的壽命與限制，參見拙文地 607 頁。

〔註 10〕同註 1，第 608 頁。

藤教授所說的那麼困難。而這套理論似乎可以放之四海而皆準，希望海內外藏有或能目驗三種以上程本的專家幫我們重新檢驗。

至於趙先生提到第七六至八十回左右單邊的問題，我在歸納「程甲、乙本異同特徵」時，曾說：「利用甲乙本這些差異的特徵，即使未能徹底對校其間文字的異同，無法運用第一種分辨的方法時，也可作爲判斷時的輔助標準。然而除第一項所說的直接方法外，其他間接的判斷都有可能爲現存的程本所迷惑。」〔註 11〕因此這只是歸納、分辨程本以簡馭繁的輔助方法，要緊的仍是直接校對本文的笨工夫。何況這些烏絲欄或有後來影印時，再被修版重描的可能，不能不加考慮。

三、混合本的問題

這點也是第一個問題的延伸，如果純版的判斷方法和標準足以成立，那麼混合本（這裡不擬分成混合本、配本，統以混合本稱之）便可指辨，其產生的原因拙著曾經說明不外以下四點：

（一）由於木活字印刷之前，必先從事套格用紙的印刷，因此一旦印刷的套數決定，套格用紙的數量也就趨於劃一。可是印刷的過程中必有損壞而不能裝訂成一套、成冊、成回的情形發生，沒有達到預訂的套數。如果一有再版，這些初版中存剩的數冊、數回、數頁，再版必被襲用，自然的產生了混合本的情形。

（二）如果一些嫻熟印刷的聰明工人，了解到前者的情形，必會在預訂的套數中，加印幾套，補充其間的折損率。可是損壞的情形既不劃一，初版中存剩的數冊、數回、數頁，如果再版時被襲用也會發生以上所說的混合現象。

（三）初版、再版的時間儘管不同，可是都是萃文書屋一地的印刷，在空間條件的限制下，前後所用的一套工具和字模完全相同。在這種情形之下，排版出來的版面，如果不經仔細校對，僅憑外貌去看，必如王珮璋女士所說的『甲、乙本分辨極難；甚至第一百十九、一百二十回程乙本之活字就是程甲本之活字，第一百十九回第五頁甲、乙本之文字、活字、版口全同，簡直就是一個版……』。

〔註 11〕同上，第 594～596 頁。

在此情形下，書店發售時，甲、乙二套是否會有混置的情形發生也需要考慮。

（四）如果收藏者或書店收購或發售時，基於殘存數冊、數回、數頁的情況下，爲了補足成套，往往也會將甲、乙殘本混合，不管知不知道是否同版抑是異版，在求全和求容易發售的心理下，也有可能產生配本、配回、配頁的情況。

這四點都是混合本產生時，可能遇到的情況，也是限制混合本的條件，其機遇不能輕忽，造成今日程本混合的充斥現象。但是這種混合本和趙岡教授所主張的三印說絕對不同。畢竟它非時空變異的印刷條件下產生的結果。」〔註 12〕

至於調查純版及混合本的用途何在，這是頗堪玩味的問題，從刊行次數、地點，到整理過程和「紅樓夢稿」一書所存的現象到底是個什麼性質，而這些糾紛和異說若是讓程高地下有知，恐怕也會懷疑自己當年如何的主其事了。所以空言不足以解決問題，唯有依據事實去解釋這種現象，縱或不中眞理，也會不遠。承蒙趙先生舉例西方版本的定義〔註 13〕，使我有幸了解目前臺灣學界版本的定義和國外並無兩樣，只要出版的時空不同，不論文字是否變改，便是異版。既有宋、元、明、清的版別，同一朝代的「紅樓夢」也有東觀閣本、「全傳本」、本衙藏版本的不同。同屬東觀閣本也有乾隆巾箱本，嘉慶十六年的重刊本，廿三年的第三版，道光年間的第四版等版別。然而趙先生說：

> 「現在按伊藤及王君的新定義，這些教科書便應稱爲第三混合本，第四混合本……。」〔註 14〕

這點大概趙先生的誤會，也不合乎我一再強調的「時」、「空」、「純版」、「混合本（不稱混合版）」的定義。何況趙先生認爲混合本出現的情形「可能是編者或著者有意修訂內容所造成的結果。」〔註 15〕到底是指僅有數頁的異植字版本，還是如三印說、四印說的情形。因爲趙先生的立說在臺灣影響極爲深遠，以致徐先生昆仲在發現臺大藏本的實情後，承繼著趙先生的解釋路線，而成四度時空的印本。否則不是由我撰文來向趙先生請益，而是他們兄弟了。

〔註 12〕同註 1，第 588 頁。
〔註 13〕同註 2，第 144 頁。
〔註 14〕同上。
〔註 15〕同上，145 頁。

因此我想向趙先生請教，並幫我檢查解釋以下兩個問題：

（1）徐先生認爲甲、乙、丙、丁四種程本的內容，其修訂過程是這樣的：

甲本：第一回至百廿回全爲初排本。

乙本：修訂第一回至第三回，第三十一回至第九十回及第百十六回，餘同甲本。

丙本：修訂第一回至三十回，第三十一回至六十回，七十一回至七五回，餘同甲本。

丁本：百廿回全爲修訂本。〔註16〕

根據他們的考訂，如果假設未修訂的回頁以三十回爲段落，設爲 X，修訂過後的爲 Y，每一個爲小 x、y，並列成進化的程式應可作：

$X_1+X_2+X_3+X_4=$甲本

$(X_1-3x+3y)+Y_2+Y_3+(X_4-x+y)=$乙本

$Y_1+Y_2+(X_3-5x+5y)+X_4=$丙本

$Y_1+Y_2+Y_3+Y_4=$丁本

其間，乙丙本的第三部分和第四部分（限第一一六回）其進化過程應由甲（X）而乙（Y），何以卻再由乙（Y）變爲甲（X）反道而行。

（2）伊藤本和倉石本也是個甲乙混置的本子〔註17〕，它們的位置又該擺在那個順位最爲適當，應是第幾次的刊本。另外，趙先生認爲「一個很重要的論點，伊藤的幾篇文章中及王君的大著中都不提，很令人失望。」而要我推敲的「紅樓夢」「引言」，趙先生歸納其要點如下：

「（一）這是初版後的第二次版。（二）這次只修改了前八十回，是廣集核勘，補遺訂訛。後四十回，則其原文未敢臆改。（三）將來還有進一步修訂後四十回的計畫。」

把「引言」歸納成這三點之後，趙先生又作了這樣的推論：

「根據這篇編者報告，第二版一定是以混合本的姿態出現。前八十回廣集核勘，補遺訂訛，一定需要改版重排，後四十回未敢臆改原文，當然無須改版重排，可用第一版的舊版，去污墊平，置換個別活字即可。等到後來不得不重排後四十回。」〔註18〕

〔註16〕同註5，第八卷第十二期26～32頁。

〔註17〕同註1，第589～591頁。

〔註18〕以上三段引文分見處同註2，第146頁。

於是胡天獵叟本第七十六回以後存有四十五回甲本的事實成爲趙先生的堅強證據，並認爲「王君對此點（引言）實沒有提出解釋。」〔註 19〕既然如此，我就一道說明吧！

拙著第 82 頁曾說：

「不過我們從這十六回中，可以看出程本已是較後的產物，失眞率卻僅次於「甲戌」，似乎說明其所用的底本較好，或者經過一番的校勘，如引言所說：『今後聚集各原本詳加校閱』『廣集校勘，準情酌理，補遺訂訛』的工序，而這些過程應該自程甲本已經如此，到了程乙本時，才又多作了一次的補敘。」

第 227 頁也說：

「另外一件事實，則是程本雖經『廣集核勘，準情酌理，補遺訂訛』，『聚集各原本，詳加校閱，改訂無訛』的階段，但是緣於『友人借抄爭睹者甚夥』及『急欲公諸同好』的情形下，從『辛亥春』到『冬至後五日』的時間內，最多僅能做到重點式的勘正，無法一一『詳加校閱，改訂無訛』。因此『引言』部分的這種說法，虛實並存，必須嚴加選擇，免爲所誤。」

第 494 頁說：

「然而俞平伯先生和趙岡教授卻把這種遷就版口的情形，拿來作乙本僅能在印好的甲本上，加以增刪的堅強證據，不但否認了乙本有在紙面作業的可能，也使乙本七十天問世的謎底沈入大海，更使乙本獨有的程高『引言』第一條：

『初印時不及細校，間有紕謬，今復聚集各原本，詳加校閱，改訂無訛。』

反而找不到適當的答案。如果我們明瞭『引言』所針對是程本整個作業過程的補充說明，而非現存乙本的情況，一切疑難也就無形中消失了。」

第 505～506 頁：

「在『引言』裡，程高所用的幾則刊刻過程，並屬可信，只有第一則：

『是書前八十回，藏書家抄錄傳閱幾三十年矣，今得後四十回合成

〔註 19〕同上，第 147 頁。

完璧。緣友人借抄，爭睹者甚夥，抄錄固難，刊板亦需時日，姑集活字刷印。因急欲公諸同好，故初印時不及細校，間有紕謬。今復聚集各原本，詳加校閱，改訂無訛，惟識者諒之。』

這裡『今復聚集各原本，詳加校閱，改訂無訛』，我們在校對諸本後，發覺甲、乙二本的異文完全與他們所説的情況不符，和今日可以見到的諸抄本對應的情況極少，而且程乙本雖説改進甲本訛錯的地方，但是自己造成的錯誤，卻又比改正的還多，以致王珮璋女士曾經批評高鶚不懂後四十回，程乙本反比程甲本退化了。所以校對的過程並非在程甲本和程乙本作業間的一道工序，而是在付刻甲本前也就告一段落，『引言』只算是追認罷了，並非乙本的眞象。」

第606頁又說：

「至於『引言』所説的『今復聚集各原本詳加校閱，改訂無訛。』恐怕也屬理想，未必能夠切實做到。」

第607頁再說：

從這點又可看出『引言』所謂的『是書原爲同好傳玩起見，後因坊間再四的乞兑，爰公議定值，以備工料之費，非謂奇貨可居也。』完全合於事實。」〔註20〕

以上幾點沒有匯聚一處，立於專章討論，這是我不夠周延的地方，何況趙先生最近剛由遲遲的水運接過，恐怕還未詳閱角落裡居然伏有幾段「引言」的文字，當然。我對「引言」如此的解說或有被認爲「厚誣古人之嫌」〔註21〕，但是「盡信書不如無書」也是聖賢的感喟。何況我不是輕易疑古，而是根據幾個抄本和刻本彙校後，整理異文的大體歸納，也有部分的事實作旁證。固然我們所見的脂本群說不定沒有當時的多，尤其最讓我痛心的是那麼重要的晉本居然遲遲未印，使我在提證、下判斷的時候，總覺得似乎少了一條臂膀。但是若無一部脂本足以證明乙本改動甲本大部分文字的來源，則要取消近於眞理而微有小疵的看法，不知是否恰當。

這裡有一點請趙先生留意自己對於第二版（胡天獵本）形成的假設〔註22〕，到底是第一版印完時，後四十回文字縱使沒有改變，是否曾經解版。如果沒有

〔註20〕以上數段出處並同註1。

〔註21〕同註2，第147～148，152頁。

〔註22〕同上，第146頁。

解版，那麼字模的正俗、大小、傾斜等條件二版可全同了。不過如果再從趙先生的假設「去污墊平」，恐怕應有四十回以上文字全同甲本，而版面不同的胡天獵本吧！這個公案恐怕要請伊藤先生幫我們校對胡天獵叟本和他的程甲本了，或者大家也可以查對臺大藏本第九十一回至第百廿回（第一一六回外）〔註23〕。

另則根據拙文引證的「程式」一書，其排版過程「逐日輪轉辦法」末了曾說：

「以上十日計之，共擺書一百二十版，應歸類七十二版，現在校印十二版，現校對十二版，現平墊十二版，未平墊十二版，常積四十八版之數，逐日週轉。」〔註24〕

因受備用字模數量的限制以及為下次檢取的方便，必要「歸類」，把字模送回字櫃裡，平常積存的只有四十八版，約有四回，共二萬三千字左右。然而依據趙先生的說法必要積存四十回，字模高達二三四一四六字，積滯糟版五一七版，有無可能？固然「程式」裡的字櫃可以預貯到七六八〇〇〇字〔註25〕，但是同書第七頁下金簡乾隆三十九年五月十二日奏折，武英殿具造的一套活字不過二五三五〇〇字〔註26〕，幾乎把武英殿的常用、次常用、生僻字模等用罄，可不可能。

四、程本後四十回的來源問題

此點資料的確太少，過去由於「紅樓夢稿」一書的發現，其後四十回的文字又極簡單，並經大家確定，正文必在程本之前（此以內容而論）。然後緣此發展，紛歧為二，一是范寧先生及潘師石禪等以為是程高整理「紅樓夢」過程中的一個稿本。一系則是趙先生主張程高友人，因被他們借去前八十回脂本參校，又向程高回抄後四十回。等到程乙本（純版）出來後，又借來一套加以校改，成為現存「紅樓夢稿」的後四十回。二系說法的是非的確不是在此一言可盡，

〔註23〕臺大本後三十回除第一一六回外，餘為甲本，共有廿九回可以和胡天獵本目驗，卻不似趙先生之假設，如第九一回首頁首行之「回」字，第一〇九回第五行之「走」字，一一八回、十二頁三行之「愿」，四行之「遮」，六行之「類」字字模全同，證明兩本這幾回視同一時空的印刷，則臺大藏本又何以不同胡天獵本，此點是趙先生說法難以成立的原因。

〔註24〕同註1，第610頁。

〔註25〕同上，第599～600頁。

〔註26〕同註6，「程式」原書第7頁下。

但有一個共同的特徵，其來源都可以追溯到程高當年的底本或原本。程偉元的甲本「序」上說其購自鼓擔，有人不相信，認為天下那有那麼奇巧的事，根據何在，不見說明，但是說他厚誣古人的太少〔註27〕；而我根據幾個抄本和刻本的異文歸納，解釋「引言」中有小部分恐怕是追記或理想，不太合於目前所能藉以判斷的事實，卻常常遭到退稿。因此早在三年前寫好的初稿，想向大家請益，總無門路，臨到口試時，仍然懷著戰戰兢兢的心情呢？

五、時間問題

從「辛亥、冬至後五日」（陽曆十二月廿七日，陰曆十二月三日）至「壬子花朝後一日」（陽曆三月五日，陰曆二月十三日）共六九天的時間距能不能完成百廿回的排版量，這是值得考慮的。因為自始至終，腦海裡絕無第二種過渡稿本（即趙先生的胡天獵本）的那樣排法出現，總想必需重排百廿回，這是校對後的直覺。而且對於程本上留下的兩種時間，不能一說排畢後署，一說排版前題，而是採取一視同仁的態度，在前即前，居後則後，不想取巧，也對我最為不利，但是一切都為了求其最大的精確性及最小的函數界限。有困難嗎？不是沒有，相當的急迫，然而其依據卻出於「程式」一書的啓示。

這本書的編輯目的是讓全國「從事者有所守，而將來有所遵」〔註28〕，非僅限於皇家專用，因此自有一定的可信度。根據「逐日輪轉辦法」中說，十天可以排到一百廿版，七十天即可排到八百版左右，已經超過程本的半部。然而「擺書」中說：「凡遇大字書每人一日可擺二版」〔註29〕，如以程本為計，共九百六十字，這是常態還是極限，必需分別清楚。如果今日的工人每天只

〔註27〕這點除了潘師提出幾件巧事，證明奇巧之事偶或有之外，反對胡適先生懷疑程序說明自己得於鼓擔之說者，實不多見。既能輕易懷疑序，何以不能根據部分事實懷疑程高連署的「引言」，而往牛角尖裡鑽。畢竟考據都須從目前的已知推未知，才能慢慢接近答案；由現在被發現的事實加以歸納或演繹，絕對不可能越過這些事實，棄之不顧。因此事實的證明力及鑒定便是異說爭持的關鍵重鎮，而新資料、新方法的開發便是學者間的生命。然而趙先生說：「等到我們弄清楚了此書後四十回的來源，才能準確判斷程高刻本的出版過程。」，提出由上而下的研究順序固然相當的正確，用的方法是演繹，但是我們目前所能知道的又是什麼，怎能由未知推未知呢？何以不暫從目前的已知條件，用歸納的方法，推向未知，追溯上去。待到可靠的新資料出現後，再作修訂都還來得及，否則豈不一事無成。

〔註28〕同註26，第33頁。

〔註29〕同註1，第605頁。

排九百六十字就可休息，不知是否能夠稱作專業人員，不過這樣揣測難免犯有以今度古。由於乾隆五十六、七年活版印刷進步到怎樣的情況，版本學上難得有個明白的交待。然而如何以獎金鼓勵工人的工作態度，或者增加一倍的人力，要完成這件工作並非難事。尤其「逐日輪轉辦法」記載十天擺書一百二十版，是在間隔作業下完成，單日排版，雙日休息，一天可排二十四版，排了五天即能得出上面的數目。如果每天能夠維持廿四版，一一七二〇字的排版量，而以甲乙本的間隔時間距六九天爲計，可以排到一六五六版，然而程本並未超過一五八〇版，是否能夠排完，只好請大家鑒訂了。

這裡也有一道加快時間的假想過程，終因牽涉到過渡稿本的問題，僅能提供大家參考。我曾極力證明「紅樓夢稿」爲過渡稿本，並探討其性質，確定甲本完全排竣，開始排印乙本的時候，是以甲本排版的底本（定稿）又經過三十二分之一更動爲乙本的改文去重新排字，無需複抄〔註 30〕（僅有幾頁改得較多的才有再抄的可能，而用抽頁置換的方式。）不知趙先生何以要我「試劃幾張稿紙，然後一一抄填，估量時間」的用意何在〔註 31〕。畢竟甲本排印的底稿必留有「程式」一書所談到「擺書」時的特有條件：

「擺書：俱用麤通文義，明白字體之人。分稿後，即將原文統計，文內某字用若干個，各以類聚。另謄一單，按單取完，各字置于類盤之內。然後照稿，順其文義，配合夾條頂木，排擺於槽版之內，隨用小方簽寫某書某卷某頁，貼于槽版之外邊，以便查記。」〔註 32〕

因此程甲排印時所用的底稿若非抄成如今程本的行款，必也註明每版文字的起訖號及用字統計表。乙本則在這個底稿增減三十二分之一的用字統計，即可取字，減掉不少的工序。更不敢大動刀斧，避免增加工作量及改去版口文字的起訖，於是出現一五〇二頁版口全同，改到起訖及或起或訖的或然率平均值有六十九版。又因屈就每版的起訖文字，而有幾處排版誤重及勉強接通文義，過份任意性的地方，更或由於簽條的誤失，或者頁碼的錯編，使乙本第

〔註 30〕同註 1，「中篇：乾隆抄本百廿回「紅樓夢稿」之研究」，第 423～512 頁。

〔註 31〕同註 2，第 150～151。

〔註 32〕同註 1，第 605 頁，又拙著上篇第三章「無意識脱文試論」中有關「底本行款及過錄次數的推論」敘及程本時末了一句：「尤其這種廿四字的行款可能是程本排版時候的脱失」應該刪去。因爲每版既算好用字，縱有跳排一行，也會自己馬上警覺，所以倒有可能在最後清稿的一道作業中漏失，如拙著第 506 頁所作的推測。

四七回第十二頁套格用紙少印一頁（也有可能底稿漏失一頁），而缺排了。另外或採倒排（若據「程式」擺書須順其文義，則或不可能倒排，此點尚待詳考，暫且保留。）而使「紅樓夢」第五十四回及五十五回的首行下，出現了讓人捧腹的「終」字。

這些蛛絲馬跡是我不贊成俞先生和趙先生所主張的——要以印好的甲本或其首張校樣作爲乙本改字底稿的主要原因。而王珮璋女士批評甲本好，乙本壞，雖然不是全然正確，可是原因何在，卻也令人三思，畢竟他是比較過甲、乙本的人，見解也有一定的深度。至於我排定的時間儘管急促，有無道理，有否可能，有無證據，才是要緊的。

末了，趙先生一再提到胡天獵叟本爲第二度混合版，試圖維持後四十回爲甲本，前八十回爲乙本，仍屬一個新版，恐怕還要解釋清楚其印刷過程。假設趙先生的判斷合乎當年的事實，我想最好的說明是：甲本原擬印行百部，印到八十回完，因索求之人太多，於是從第八十一回起只好加印百部。直到第二度時空印行百部乙本時，又追印百部的前八十回。而胡天獵叟本則是第一時空印行的後四十回甲本和第二時空印行的前八十回乙本交配而成。如果事實是這樣的話，趙先生也要越過以下幾重障礙：

（1）胡天獵叟本的實際現況能不能完全合於自己假設的一個新版觀念，與我所謂的混合本產生的原因前三點有何異趣。

（2）「引言」的表白針對的可是純版的乙本了。

（3）胡天獵叟本自第七一至七五回止，這冊如何夾在前面十回（第六一回～七〇回）和後面四十五回的甲本之間。如果說是後來書商的混置，則後四十五回難以保險不是出於同一情況，那麼這個假設就只剩下一半的機會。

（4）臺大藏本、伊藤本、倉石本等也是混合本，總不能說今天印行百部，明天加印一部兩部，後天又加印十部五部，形成我們目前所見的版本混亂現象。

（5）既然可以毫無限制的加印，推衍下去，則乙本的後四十回恐怕再無重印的必要，但是何以又與事實不合。

（6）最後一點，如果不以「時」、「空」爲依據，不據文字的內容作爲版別的判斷標準，則印刷中所謂的新版、舊版，幾次版的稱呼意義又在那裡，有否必要？

以上是我順著趙先生對我指導所作的幾點說明，希望沒有遺漏或迴避，祈請趙先生及諸位先進，對我再下一盤指導棋，使我早日回到看山是山的境界。最後除了再次向趙岡先生道歉外，這裡若有冒犯的地方，也請趙先生一併海涵。

民國七十年四月十八日子夜王三慶謹寫于華岡中文研究室

二、脂列本和諸抄本間的共同脫文

1. 脂列、全抄、戚本脫，已卯、庚辰、程本存，全抄後又旁加〔註 9〕

（1）第六八回 2983 頁，共脫 26 字

……二奶奶最聖明的雖是我們奶奶的不是也『作踐的夠了當著奴才們奶奶們素日何等的好來如今還求奶奶』給留臉說著捧上茶來……

2. 脂列、全抄、戚本脫，庚辰、晉本、程本存，全抄後又旁加

（1）第廿九回 1183 頁、三本以鄰行「小廝」跳 20 字、脂列又獨跳一行 21 字

……賈珍道你瞧瞧他我這裡沒熱他倒乘涼去了喝命家人啐他那小廝『們都知道賈珍素日的性子違拗不得就有個小廝』『上來向賈蓉臉上啐了一口賈珍又道問著他那小廝』便問賈蓉道……

3. 脂列、戚本脫，庚辰、全抄、程本存

（1）第五六回 2430 頁、以鄰行「也是小孩子的常情」跳抄 25 字

……常說弄性也是小孩的常情『胡亂花費這也是公子哥兒的常情怕上學也是小孩子的常情』都還治的過來……

4. 脂列、戚本、甲戌、程本脫，庚辰、已卯、全抄存

（1）第七回 209 頁、跳去 18 字

……那周瑞家的又和智能兒嘮叨了一回便往鳳姐處來穿夾道從李紈後窗下過去『隔著玻璃窗户見李紈在炕上歪著睡覺呢遂』越西花牆出角門進入鳳姐院中……

5. 脂列、全抄脫文，庚辰、戚本、晉本、程本存，全抄後又旁加。

（1）第五六回 2418 頁、以「你們」跳脫 36 字

……我怎麼見姨娘你們那時後悔也遲了就連你們『那素昔的老臉也都丟了這些姑娘小姐們這麼一所大花園都是你們照管皆因看的你們』是三四代的老媽媽是循規蹈矩的……

（2）第廿九回 1209 頁、以鄰行「心裏」二字跳抄 26 字、後因文義不通、另人又加「黛玉心中又道」、以足文義。

……可見我心裏一時一刻白有了你「黛玉心中又道」你竟心裏『沒

〔註 9〕以下凡『』括符中文字爲脫文或重文者，若兩本脫文、重文不同，則加「　」括符區別。又旁加文字以「　」表示，原來文字被刪去者用（　）保留。

我我心裏這意思只是口裏說不出來那林黛玉心裏想著你心裏』自然有我才是……

6. **脂列、全抄脫文，庚辰、戚本、程本存，全抄後又旁加。戚本又獨脫第二段文字。**

（1）第八○回 3488 頁、以「一樣」跳脫 24 字。

……寶釵笑道跟著我也是一樣『橫豎不叫他到前頭去從此斷絕了他那裏也和賣了的一樣』香菱早已跑到薛姨媽『跟前痛哭哀求只不願出去情願跟著姑娘薛姨媽』也只得罷了……

7. **脂列、全抄共同重文，第六三回 2759 頁**

（1）……他若帖子上是自稱畸人的你就還他個世人畸人者他自稱『檻外之人』是自謂（爲）」畸零之人（稱謙自己）「你便用世人」乃世中擾擾之人他便喜了如今他自稱檻外之人是自謂（爲）（蹈）「跳」于鐵檻之外了……

以上脂列和諸本共同具有的特徵凡七例八條、此外尚有脂列本獨有的重文和脫文、例子尚多、以與諸抄本無涉、只各舉數例略作說明：

8. **脂列本獨自脫文，庚辰、己卯、戚本、程本存，全抄雖然脫文，卻有不同。**

（1）第十回 337 頁、以「氣色」二字跳脫 22 字。

……尤氏答道倒沒說什麼一進來的時候臉上倒像也些著惱的氣色『似的及至說了半天話又「提起媳婦這病他倒漸漸的氣色』平靜了你又叫讓他吃飯他」聽見媳婦這麼病也不好意只管坐著……

（2）脂列本第五六回 2431 回以「王夫人」三字跳抄一行，隨經原抄手發現補入、共 16 字。

……一語未了人回太太來了『王夫人進來見過賈母四人也都請過安王』夫人親自捧過茶來方退出去……

（3）脂列本第五七回 2449 頁跳抄一行、復經抄手發現補入、共 16 字。

……只怕老太太和鳳姊姊說了我告訴他的「我」竟沒告訴『他如今我聽見一日給你們一兩燕窩這也就』（完了）紫鵑道原來是你說了這又多謝你費心……

9. **脂列本第七四回 3211 頁、以「的」字回抄 25 字。**

……一則保的住沒有別的事二則也省些用度太太想我這話如何王夫人嘆息道你說的「事二則也省些用度太太想我這話如何王夫人嘆息道你說的」何嘗不是……

三、紅樓夢抄本群關係試論

紅樓夢的抄本群，已經刊行者凡有甲戌、己卯、庚辰、戚本、全抄、脂列等六本。程排本雖不算抄本，卻是根據抄本付排的最早本子，仍然足以藉其探討底本的眞相。在此數本中，根據我過去所作的調查和這一次的校對，可以將他們的脫文或重文等共同特徵、作成如下的簡表：

回條	抄本	己卯	庚辰	脂列	戚	全抄	甲戌	晉	蒙府	程本	字　距
3		1	×	×	×	1	×			×	20±2
6		2	1	×	×	2	×			×	22±2
7		×	×	1	1	×	1			1	18±1
9		×	2	×	×	×				2	22±2
11		3	3	×	×	×				3	21±2
29			×	2	2	3		×		×	20±2
29			×	3	×	4		×		×	26±2
56		×	×	4	×	5		×		×	36±2
56		×	×	5	3	×				×	25±8
56		4	4	×	×	×				×	28±4
58		×	×	×	4	6		×		×	20
63		×	×	6	×	7				×	重文 20±7
65		×	×	×	5	8				×	27±1
68		×	×	7	6	9				×	26
68		×	×	×	7	×		×	1	×	19
69		×	×	×	8	10		×		×	23±2
69		×	×	×	9	11				×	44±10
71			5	×	×	×		1		×	28±2
71			6	×	×	×				4	28±1
76			7	×	×	×				5	26±3
80			×	8	×	12				×	24±2

以上各本間的共同重文或脫文共廿一條，也許其中會存有一兩條假象，卻依然是各本間的共同特徵。這些本子中，蒙府已將出版，晉本還遙遙無期，這裏僅能提供部分作爲參考，無法詳細深論。至於甲戌本僅存十六回，第七回和脂列、戚本較爲接近外，其餘文字和他本的共同特徵只有從另一角度去探討，更無法推論或猜測其佚失的部分。此外，己卯本第三回和全抄本有一條共同脫文特徵，餘則和庚辰本相同，他們兩本間的密切關係，拙文已經作過專門討論〔註 10〕，勿庸贅述。倒是程本和諸抄本的共同脫文最少，僅有五條，說明程偉元、高鶚當年選用的底本較早較好；否則必經過幾種系統的校勘。若其和各本共同出現的幾條脫文，除了第七回一條屬於脂列、戚本、甲戌系統外，其餘四條完全同於庚辰，說明當年所用的底本是以庚辰系統爲主。這一系統又和怡親王府具有密切關係，透露出程、高排本當年得到府邸支援的傳言，並非空穴來風。

那麼，剩下的庚辰、脂列、戚本、全抄四本的關係如何呢？從廿一條脫文和重文看來，庚辰本有七條脫文，脂列本有七條脫文和一條重文，戚本有九條脫文，全抄本有十一條脫文和一條脫文。從他們和各本間共具的血緣因子數來看，脂列和庚辰本應該是用較早或過錄次數較少的底本〔註 11〕。戚本次之，全抄本則爲最晚或過錄較多的抄本。

可是庚辰本的脫文和脂列本的脫文共十四條，卻沒有一條的血緣相同，完全呈現兩種截然不同的系統。如果庚辰本所代表的是四閱評本，則脂列本該如何給予定位？能否解釋它是直接從再評本系統的過錄？

戚本的九條脫文沒有一條和庚辰本具有相同的血緣，說明它和己卯、庚辰本毫無關係。可是和脂列本、全抄本共具的脫文有第廿九、六八回各一條、說明三本的祖本已是如此。此外戚本和脂列本的共同脫文還有第七、五六回各一條，將近九條中的半數，證明兩本的關係密切。但是二者間的血緣並非父子關係，因爲脂列本第廿九、五六、八三回的脫文，戚本仍然存在，證明戚本不是據脂列本覆抄。同理，戚本和全抄共具的脫文還有五八、六五回各一條，六九回有兩條，又和蒙府本在第六八回共同脫文一條，這五條脂列本依然存在，則脂列本也非據戚本過錄。因此，脂列本和戚本至多只能是兄弟的關係、甚至同一祖本而已。

〔註 10〕同注 8。
〔註 11〕同注 7。

全抄本是混合本，此自抄本留下的幾種遺跡足以證明，歷來諸家並有定論。〔註12〕因此，他的十二條脫文、重文，呈現庚辰、己卯和脂列、戚本兩種系統。其首冊屬於己卯、庚辰一系，尤其第七回帶有雙行批語，不同己卯、庚辰的白文本，說明它有可能抄自己卯原本。可是從其他十條重文和脫文來看，則其血緣完全呈現脂列、戚本的後裔。除了廿九、六八回兩條既同脂列，也同戚本的脫文外；還有廿九、五六、八〇回三條脫文，六三回的一條重文同脂列共具血緣；另有五八、六五回各一條，六九回有兩條，共四條與戚本具有共同的血緣。這四條除了第五八回是我分析的第六種筆跡外，其他三條屬於第五種筆跡〔註13〕。因此，全抄本過錄時，除了首冊是以己卯、庚辰系統過錄外，往後大抵屬於脂列、戚本系統，所以各具二本的特色和三本同祖的血緣。只有第五六回脂列、戚本的脫文，全抄本依然存在，同一回中既有共同的血緣，又有異變的因子，這是目前唯一不能解釋圓融的地方。除非，又把他往上推進一程，三者各有底本，底本間是兄弟或同祖。

四、結　論

從以上的論述中，可以考見拙著過去提出抄本間的判斷方法：

> 「從諸本無意識的共同脫文使我們發現抄本間的相互關係，畢竟二種版本經過不同的抄胥，在不同的時間，不同的空間條件下過錄，而有相同的脫文，其或然率幾乎等於零。因此利用這些共同的脫文，可以考見有些抄本中的部份或全部，非來自同一祖本即是相互的過錄〔註14〕。」

這種判斷方法除有學理可據外，歷代載籍的重文、脫文實例，也隨時可以檢得；尤其經過己卯本和脂列本的出版檢驗，更證明此法可行。如今，脂列本在這種方法的分析下，說明它是和戚本同祖同源的兄弟本，全抄本除首冊據己卯、庚辰系統外，可能據脂列或戚本的父母本覆抄過錄。至於己卯、庚辰本則和脂列本截然不同的系統。蒙府本已經開始刊印；晉本則更爲重要，希望能夠早日覆印。縱使四十回的己酉殘本及僅存二回的脂鄭本，也能一道刊行，以便早日勘校，廓清紅樓夢版本間的各種問題，解決紅樓夢研究的各種紛爭。

〔註12〕同注6、中篇第423～512頁。
〔註13〕同前、第436頁。
〔註14〕同前、第645頁。

跋　語

花木蘭文化出版社有意出版歷來學位論文，用以嘉惠學林，直當稱許，也必須鼎力概允爲是。然而本篇完成於二十多年前，原寫作時，受到兩岸政治的囿限，在資料閱讀上難免疏漏，論述也多不夠周全。隨著學術的開放交流，以及重要版本資料的出版，已經增加不少可以討論的空間和參考文章，如「己卯本」殘卷發現及「脂列本」、「己酉本」、「鄭藏本」、「蒙古王府本」、「甲辰本」等，都是當年夢寐以求的珍貴本子，如今都以原樣攝製出版；而上海圖書館也發現了一本眞正可稱爲「程丙本」的新本子，一九九零年，我還特定親赴圖書館借閱勘校。因此，本篇如果再出版必須重新增補修訂，可是這一更動又非當年學術論文原樣，也有違出版社的編輯旨趣，只好放棄了這一作法。事實上，幾年來我也打算增補及重寫，但是興趣多方，又忙於教學及研究，對於「紅樓夢」縱使不斷的耕耘和寫作，都以分析該書結構及寫作旨趣、或人物探討爲主。偶然涉及版本的研究，僅在成書之後，針對趙岡教授書評的答覆和補論「脂列本」、「己卯本」等幾篇文章，因此就暫時附列篇末。至於其他幾篇書評版本的相關作品，以及比較深入的研究分析和大事修改的工作，誠非短時間內可以完成，只好待之於來日，希望知我者諒我爲幸，因爲之跋，以作說明。

三慶補記於再版前夕

書　影

書影一：甲戌本第十三回第十一頁下半頁

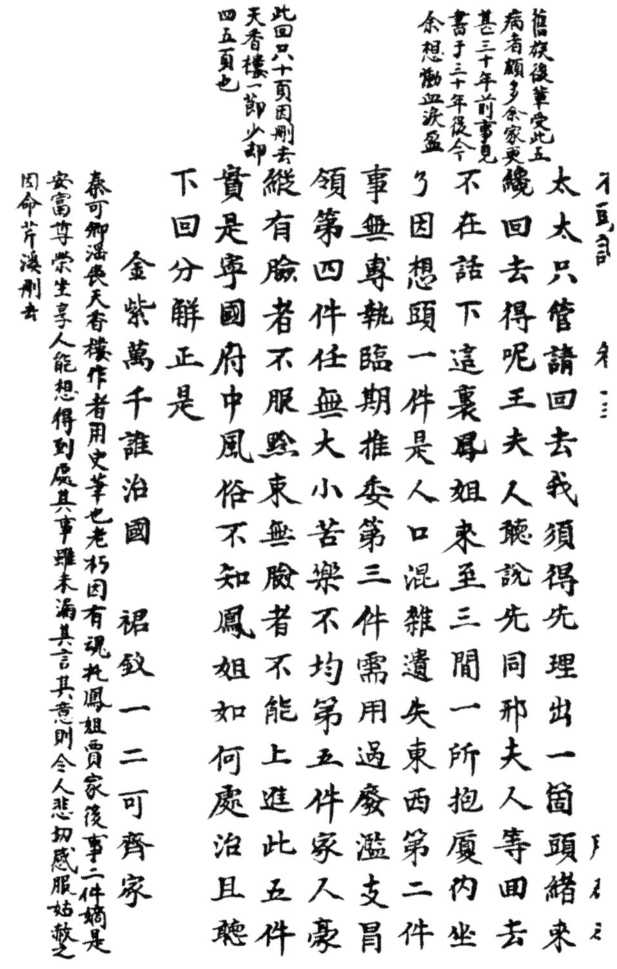

舊族後輩受此五病者頗多余家更甚三十年前事見書于三十年後令余想慟血淚盈

太太只管請回去我須得先理出一箇頭緒來
纔回去得呢王夫人聽說先同邢夫人等回去
不在話下這裏鳳姐來至三間一所抱厦內坐
了因想頭一件是人口混雜遺失東西第二件
事無專執臨期推委第三件需用過費濫支冒
領第四件任無大小苦樂不均第五件家人豪
縱有臉者不服鈐束無臉者不能上進此五件
實是寧國府中風俗不知鳳姐如何處治且聽
下回分解正是

此回只十頁因刪去天香樓一節少却四五頁也

金紫萬千誰治國　裙釵一二可齊家

秦可卿淫喪天香樓作者用史筆也老朽因有魂托鳳姐賈家後事二件嫡是安富尊榮坐享人能想得到處其事雖未漏其言其意則令人悲切感服姑赦之因命芹溪刪去

書影二：甲戌本第二回第一頁

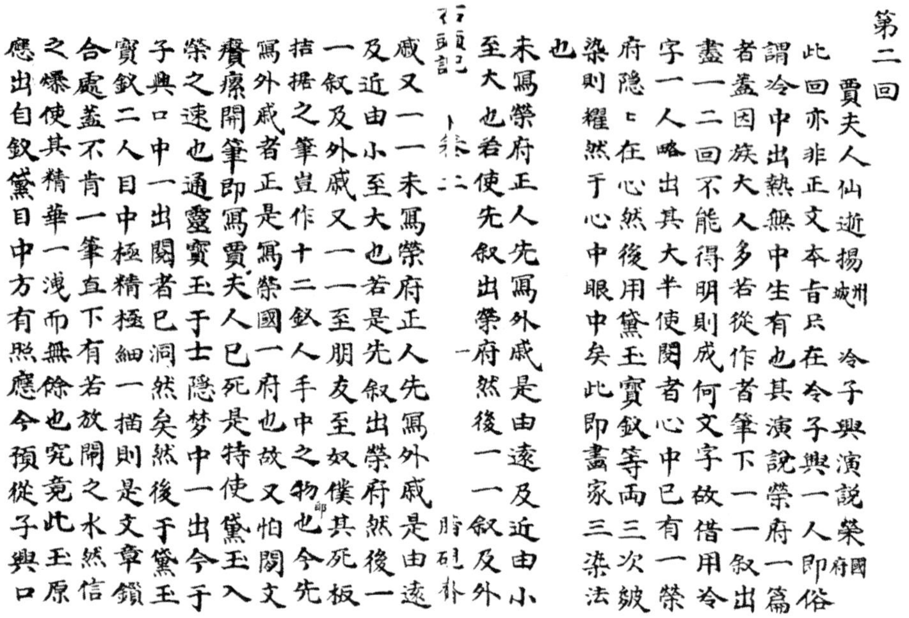
第二回
賈夫人仙逝揚州城　冷子興演說榮國府
此回亦非正文本旨只在冷子興一人即俗
謂冷中出熱無中生有也其演說榮府一篇
者蓋因族大人多若從作者筆下一一叙出
盡一二回不能得明則成何文字故借用冷
字一人略出其大半使閱者心中已有一榮
府隱〻在心然後用黛玉寶釵等兩三次皴
染則耀然于心中眼中矣此即畫家三染法
也
未寫榮府正人先寫外戚是由遠及近由小
至大也若使先叙出榮府然後一一叙及外
石頭記　卷之二　一　脂硯齋
戚又一一未寫榮府正人先寫外戚是由遠
及近由小至大也若是先叙出榮府然後一
一叙及外戚又一一至朋友至奴僕其死板
拮据之筆豈作十二釵人手中之物也今先
寫外戚者正是寫榮國一府也故又怕閱文
癡瘵開筆即寫賈夫人已死是特使黛玉入
榮之速也通靈寶玉于士隱夢中一出今于
子興口中一出閱者已洞然矣然後于黛玉
寶釵二人目中極精極細一描則是文章鎖
合處蓋不肯一筆直下有若放閘之水然信
之爆使其精華一洩而無餘也究竟此玉原
應出自釵黛目中方有照應今預從子興口

書影三：甲戌本第十六回第十三頁

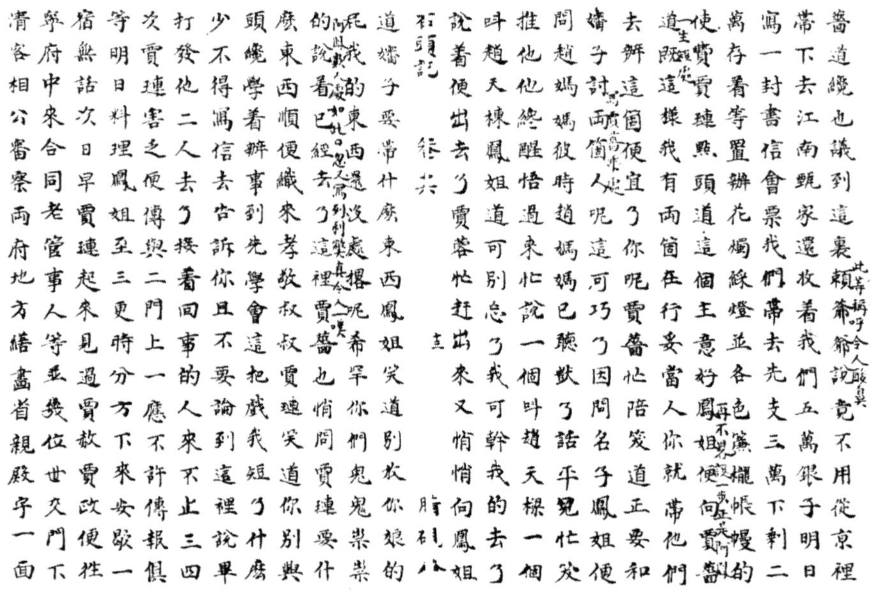
薔道纔也議到這裏賴爺爺說竟不用從京裡
帶下去江南甄家還收着我們五萬銀子明日
寫一封書信會票我們帶去先支三萬下剩二
萬存着等置辦花燭綵燈並各色簾櫳帳幔的
使費賈璉點頭道這個主意好鳳姐便向賈薔
道既這樣我有兩個在行妥當人你就帶他們
去辦這個便宜了你呢賈薔忙陪笑道正要和
嬸子討兩個人呢這可巧了因問名字鳳姐便
問趙嬤嬤彼時趙嬤嬤已聽獃了話平兒忙笑
推他他纔醒悟過來忙說一個叫趙天梁一個
叫趙天棟鳳姐道可別忘了我可幹我的去了
說着便出去了賈蓉忙赶出來又悄悄向鳳姐
石頭記　卷十六　十三　脂硯齋
道嬸子要帶什麼東西鳳姐笑道別放你娘的
屁我的東西還沒處撂呢希罕你們鬼鬼祟祟
的說着已經去了這裡賈薔也悄問賈璉要什
麼東西順便織來孝敬叔叔賈璉笑道你別興
頭纔學着辦事到先學會這把戲我短了什麼
少不得寫信去告訴你且不要論到這裡說畢
打發他二人去了接着回事的人來不止三四
次賈璉害乏便傳與二門上一應不許傳報俱
等明日料理鳳姐至三更時分方下來安歇一
宿無話次日早賈璉起來見過賈赦賈政便往
寧府中來合同老管事人等並幾位世交門下
清客相公審察兩府地方繕畫省親殿宇一面

書影四：甲戌本「凡例」首頁上半頁

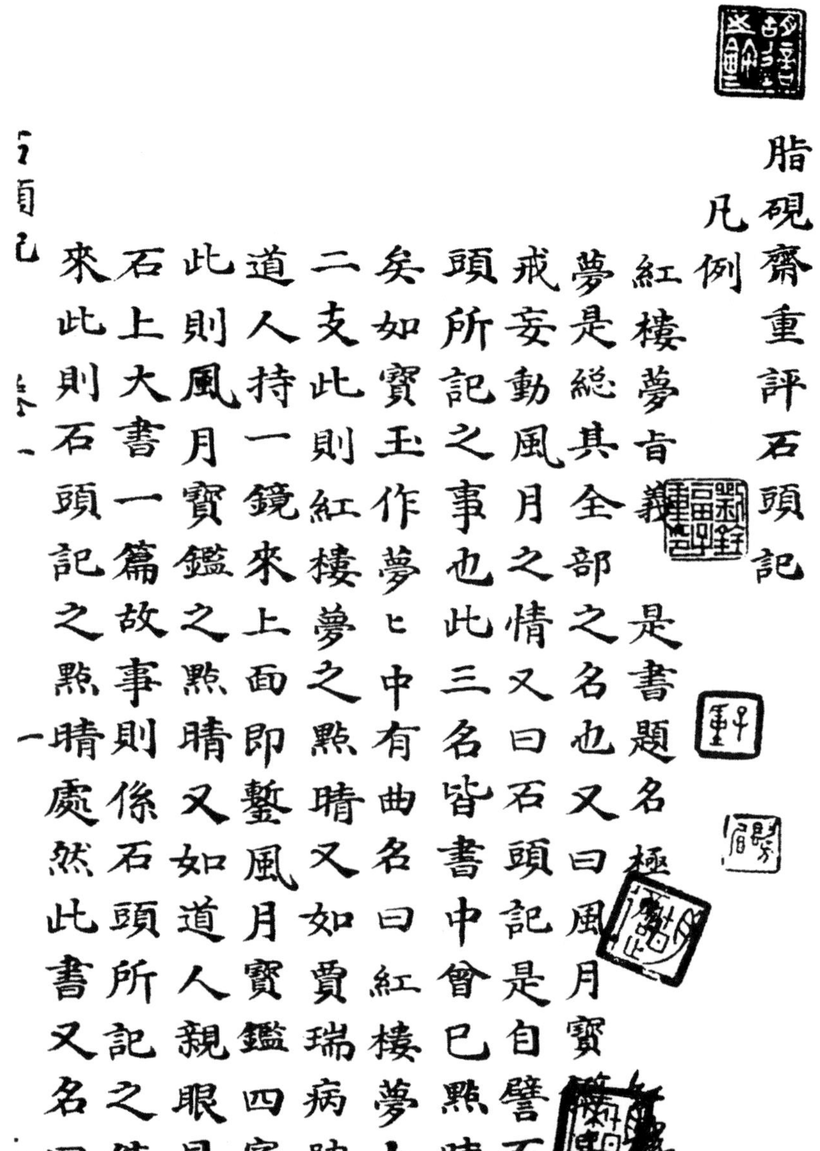
脂硯齋重評石頭記
凡例
紅樓夢旨義　是書題名極
夢是總其全部之名也又曰風月寶鑑
戒妄動風月之情又曰石頭記是自譬石
頭所記之事也此三名皆書中曾已點睛
矣如寶玉作夢〻中有曲名曰紅樓夢十
二支此則紅樓夢之點睛又如賈瑞病跛
道人持一鏡來上面即鏨風月寶鑑四字
此則風月寶鑑之點睛又如道人親眼見
石上大書一篇故事則係石頭所記之往
來此則石頭記之點睛處然此書又名曰

書影五：己卯本第二回

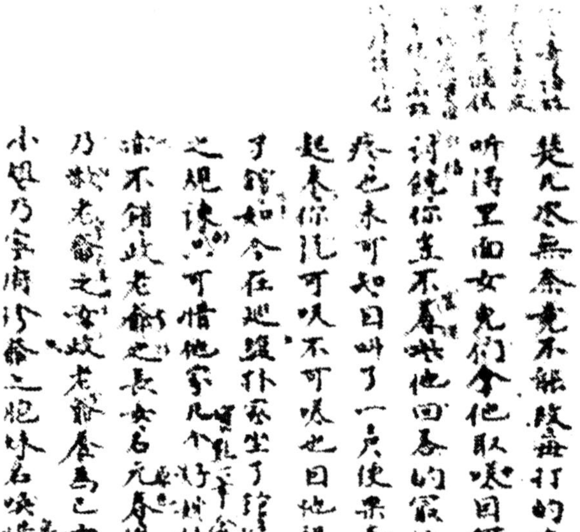
楚幾次無奈竟不能改每打的吃疼不過時他便姐姐妹妹的亂叫起來後來
聽得裡面女兒們拿他取笑因何打急了只管叫姐妹作甚莫不是求姐妹去
討饒你豈不愧些他回答的最妙他說急疼之時只叫姐姐妹妹字樣或可解
疼也未可知因叫了一聲便果覺不疼了遂得了秘方每疼痛之極便連叫姐妹
起來你說可笑不可笑也因祖母溺愛不明每因孫辱師責子因此我就辭
了館如今在巡鹽御史林家坐了館你說這等子弟必不能守祖父之根基從師長
之規諫的可惜他家幾個好姊妹都是少有的子興道便是賈府中現在三個
也不錯政老爹之長女名元春現因賢孝才德選入宮中作女史去了二小姐
乃赦老爹之妾所出名迎春三小姐乃政老爹之庶出名探春四
小姐乃寧府珍爺之胞妹名喚惜春因史老太夫人極愛孫女都跟在祖母之

書影六：己卯本第十回首頁

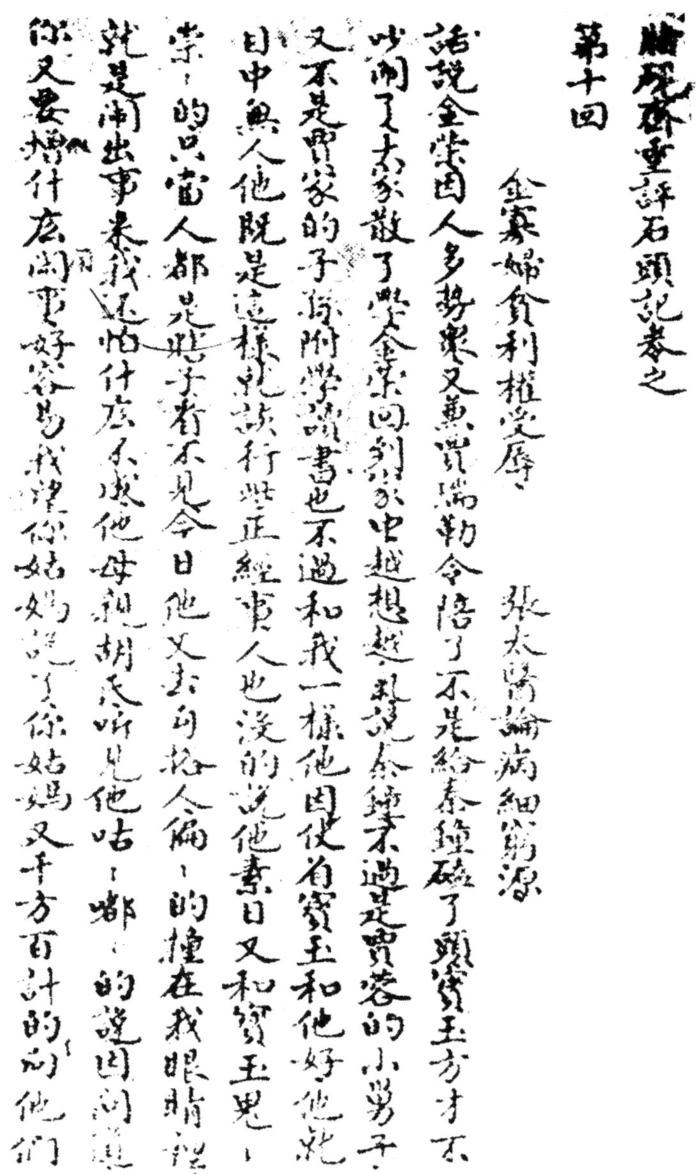
脂硯齋重評石頭記卷之

第十回

金寡婦貪利權受辱　張太醫論病細窮源

話說金榮因人多勢衆又兼賈瑞勒令陪了不是給秦鐘磕了頭寶玉方才不吵鬧了大家散了學金榮回到家中越想越氣說秦鐘不過是賈蓉的小舅子又不是賈家的子孫附學讀書也不過和我一樣他因仗着寶玉和他好他就目中無人他既是這樣就該行些正經事人也没的說他素日又和寶玉鬼鬼祟祟的只當人都是瞎子看不見今日他又去勾搭人偏偏的撞在我眼睛裡就是鬧出事來我還怕什麽不成他母親胡氏聽見他咕咕嘟嘟的說因問道你又要爭什麽閑氣好容易我望你姑媽說了你姑媽又千方百計的向他們

書影七：己卯本第二冊回前總目錄頁

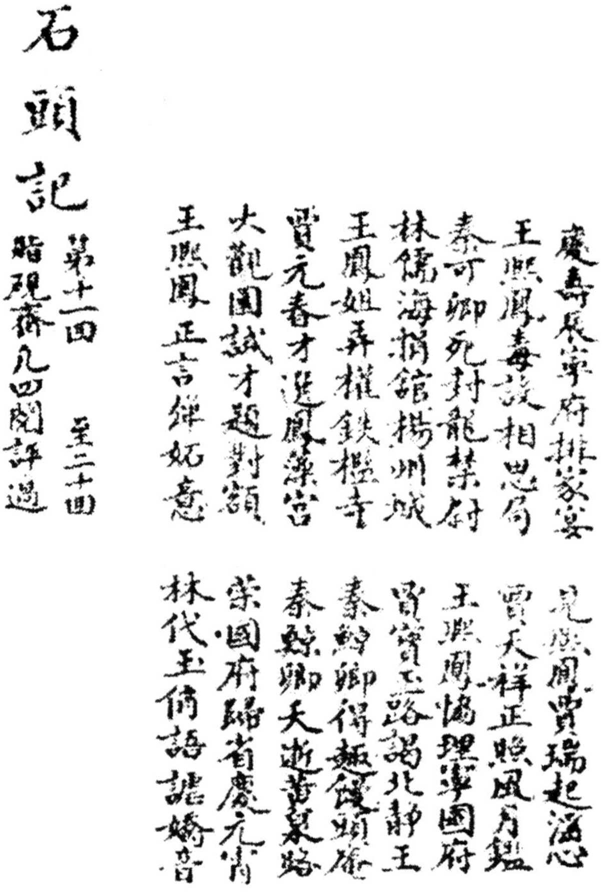
慶壽辰寧府排家宴　見熙鳳賈瑞起淫心
王熙鳳毒設相思局　賈天祥正照風月鑑
秦可卿死封龍禁尉　王熙鳳協理寧國府
林儒海捐館揚州城　賈寶玉路謁北靜王
王鳳姐弄權鐵檻寺　秦鯨卿得趣饅頭庵
賈元春才選鳳藻宮　秦鯨卿夭逝黃泉路
大觀園試才題對額　榮國府歸省慶元宵
王熙鳳正言彈妬意　林代玉俏語謔嬌音

石頭記　第十一回至二十回
脂硯齋凡四閱評過

書影八：己卯本第十九回回前，中間一行夾條

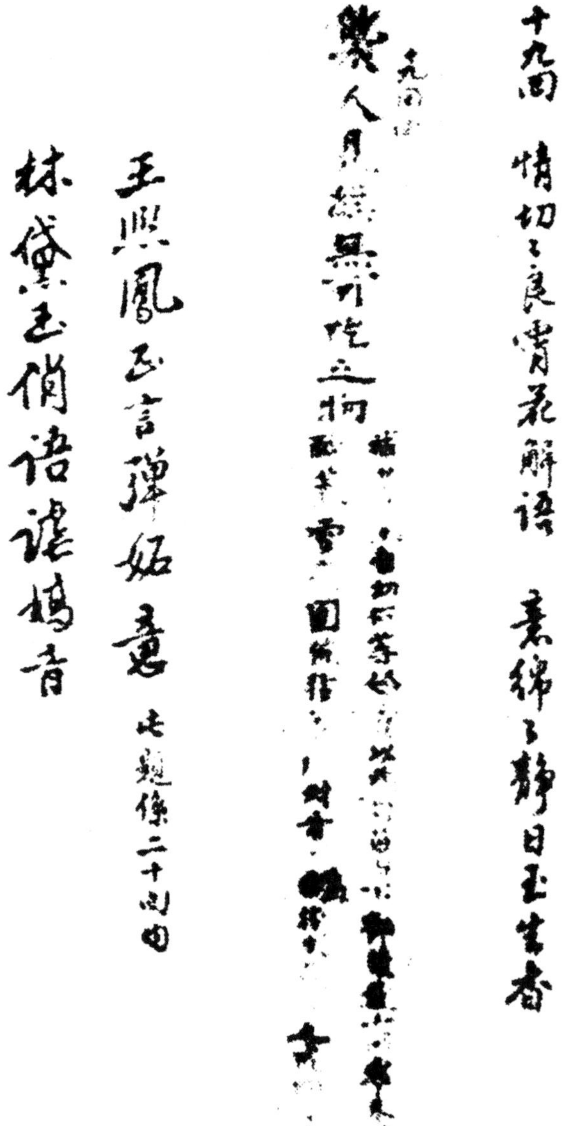

十九回　情切切良宵花解語　意綿綿靜日玉生香
王熙鳳正言彈妬意
此題係二十回目
林黛玉俏語謔嬌音

書影九：庚辰本第五十一回

相干因問作什庅宝玉要吃茶麝月忙起來单穿紅紬小棉袄兒宝玉道披上
我的袄兒再去仔細冷着麝月听說回手便把宝玉披着起直的一件貂頦子
襟煖袄披上下去向盆内洗手先到了一鍾温水拿了大漱盂宝玉漱了一口
然後纔向茶槅上取了茶碗先用温水瀁了一瀁向煖壺中倒了半碗茶遞與
寶玉吃了自己也漱了一漱吃了半碗晴雯咲道好妹子也賞我一口兒麝月
笑道越發上臉兒了晴雯道好妹妹明兒晚上你别動我伏侍你一直如何麝
月听說只得也伏侍他漱了口倒了半碗茶與他吃过麝月咲道你們兩個别
睡說着話兒我出去走走回来晴雯咲道外頭有個鬼等你宝玉道外頭自然
有大月亮的我們說話你只管去一面說一面便嗽了兩声麝月便開了後門
揭起毡簾一看果然好月色晴雯等他出去便欲唬他頑耍仗自素日比別人氣

書影十：庚辰本第七十一回

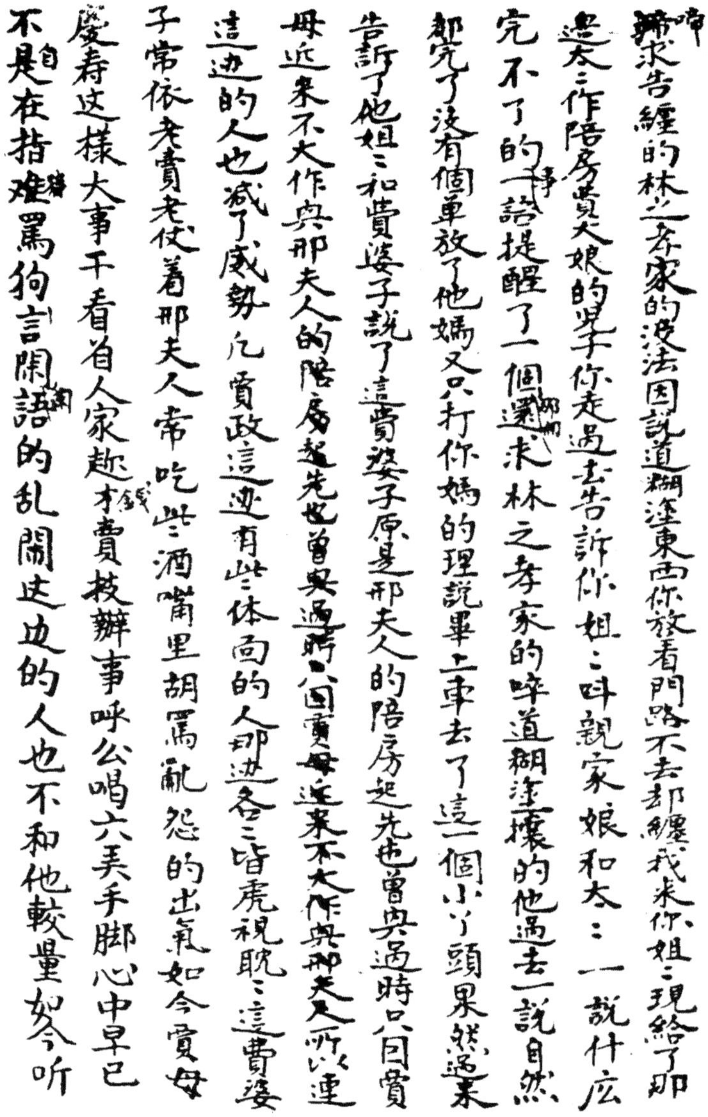

哭求告纏的林之孝家的沒法因說道糊塗東西你放着門路不去却纏我求你姐々現給了那
邊太々作陪房費大娘的兒子你走過去告訴你姐々叫親家娘和太々一說什麼
完不了的一語提醒了一個還求林之孝家的啐道糊塗攘的他過去一說自然
都完了沒有個單放了他媽又只打你媽的理說畢上車去了這一個小丫頭果然過來
告訴了他姐々和費婆子說了這費婆子原是邢夫人的陪房起先也曾興過時只因賈
母近来不大作興邢夫人的陪房起先也曾興過時只因賈母近来不大作興邢夫人所以連
這邊的人也減了威勢凡賈政這邊有些体面的人那边各々皆虎視眈々這費婆
子常依老賣老仗着邢夫人常吃些酒嘴里胡罵亂怨的出氣如今賈母
慶寿这樣大事干看着人家趍才賣技辦事呼公唱六美手脚心中早已
不是在指雞罵狗言閑語的乱鬧这边的人也不和他較量如今听

書影十一：庚辰本第八十回

隨了兩三個老婆婆坐車出西城門外天齊廟來燒香還願這廟
裏已是昨日預備停妥的寶玉天性怯不敢猙獰神鬼之像這天齊
廟本係前朝所修極其宏壯寶玉天性怯不敢今年深歲久又極其
荒涼裏面泥胎塑像皆極其兇惡是以忙忙的焚過紙馬錢糧便退
至道院歇息一時吃過飯眾婆婆和李貴等人圍隨寶玉到處散誕頑
要了一回寶玉困倦復回至室安歇眾婆婆生恐他睡着了便請當家
的老王道士來陪他說話兒這老王道士專意在江湖上賣藥弄
些海上方治人射利這廟外現掛自招牌丸散膏丹色色俱備亦長
在寧榮兩宅走動熟慣都與他起了渾號喚他作王一貼言他
的膏藥最他驗只一貼百病皆除之意當下王一貼進來都笑道

書影十二：庚辰本第七十七回

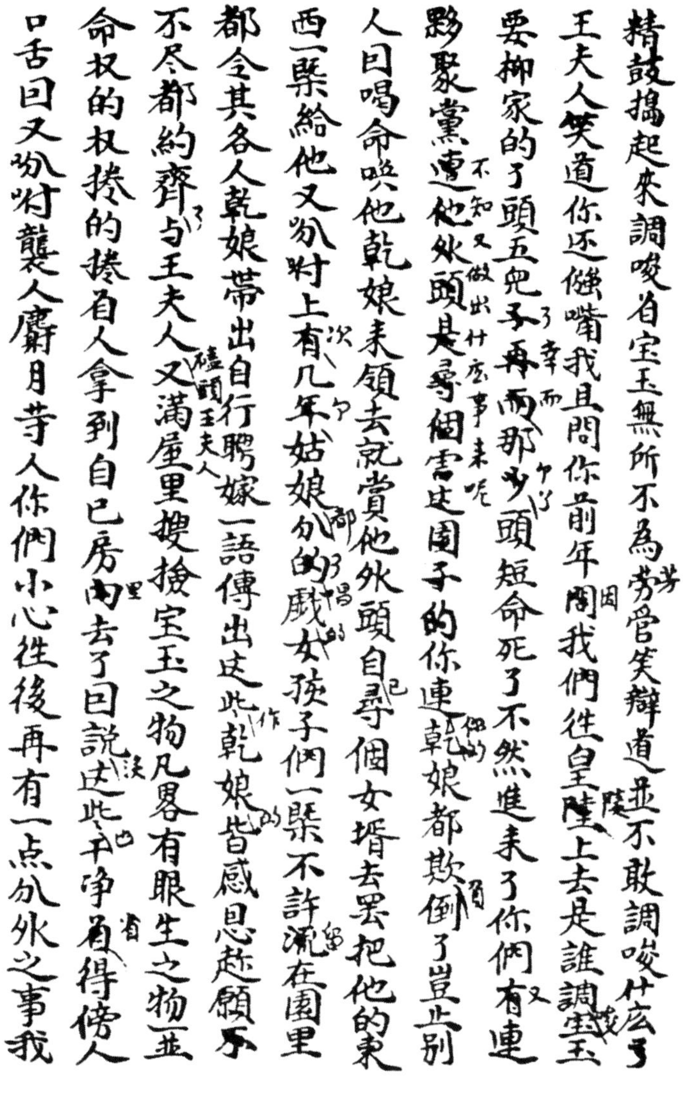

精鼓擣起來調唆着宝玉無所不為芳官笑辯道並不敢調唆什麽了
王夫人笑道你还強嘴我且問你前年間我們往皇陵上去是誰調唆宝玉
要柳家的丫頭五兒子再而那丫頭短命死了不然進來了你們有連
夥聚黨遭他外頭是尋個甚園子的你連乾娘都欺倒了豈止別
人曰喝命喚他乾娘來領去就賞他外頭自尋個女壻去罢把他的東
西一槩給他又分咐上有几年姑娘分的戲女孩子們一槩不許流在園里
都令其各人乾娘帶出自行聘嫁一語傳出这些乾娘皆感恩趂願不
不尽都約齊与王夫人又滿屋里搜撿宝玉之物凡畧有眼生之物一並
命收的收捲的捲着人拿到自巳房內去了曰說这此平争着得傍人
口舌曰又分咐襲人麝月等人你們小心往後再有一点分外之事我

書影十三：庚辰本書影

第五十一回　至六十回
脂硯齋凡四閱評過
庚辰秋定本

書影十四：庚辰本廿二回末書影

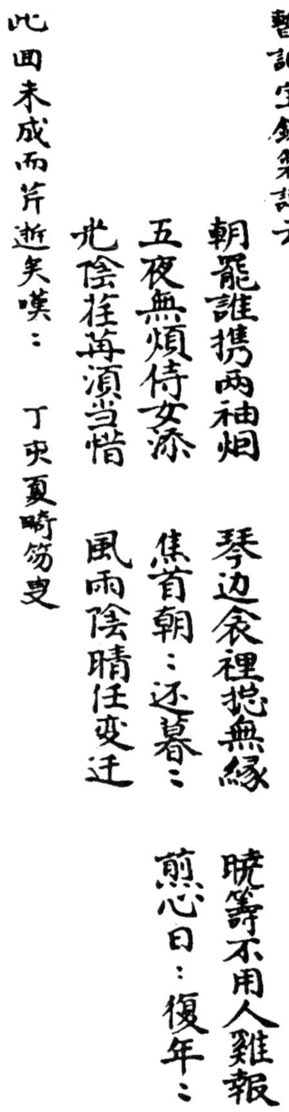
暫記宝釵製謎云
朝罷誰携兩袖烟　琴边衾裡捴無緣　曉籌不用人雞報
五夜無煩侍女添　焦首朝〻还暮〻　煎心日〻復年〻
光陰荏苒須当惜　風雨陰晴任变迁
此回未成而芹逝矣嘆〻　丁亥夏畸笏叟

書影十五：庚辰本第七十五回回前書影

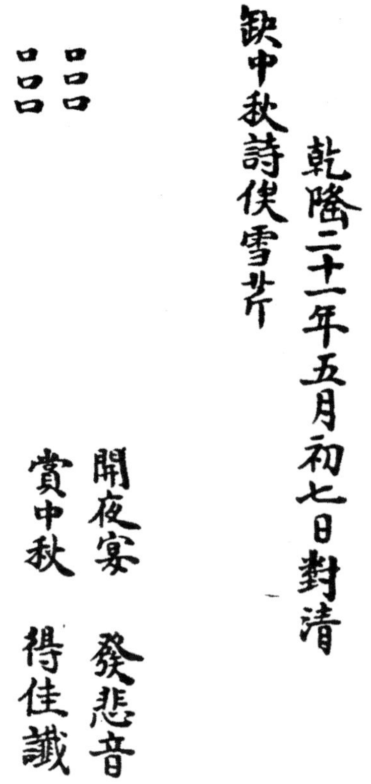

乾隆二十一年五月初七日對清
缺中秋詩俟雪芹
□□　開夜宴　發悲音
□□　賞中秋　得佳讖

書影十六：庚辰本第六十二回

蹄子滿嘴里汗嫩的胡說了荳官見他要勾來怎容他起來便忙連身將
他壓倒回頭笑說了不得了那是一窪子水可惜污了他的新裙子了荳
官回頭看了一看果見傍边有一汪積雨香菱的半扇裙子都污濕了
自己不好意思忙奪了手跑了衆人笑个不住怕香菱拿他們出氣也
都鬨笑一散香菱起身低頭一瞧那裙上猶滴滴點點流下綠水來正恨
罵不絕可巧宝玉見他們鬥草也尋了些花草來湊戲忽見衆人跑了只
剩了香菱一个低頭弄裙因問怎麽散了香菱便說我有一枝夫妻蕙他
們不知道反說我謅因此鬧起來把我的新裙子也贓了宝玉笑道你有
夫妻蕙我這里到有一枝並蒂菱口內說手內却真个拈着一枝並蒂
菱花又拈了那枝夫妻蕙在手內香菱道什麽夫妻不夫妻並蒂不並

書影十七：庚辰本第五十八回

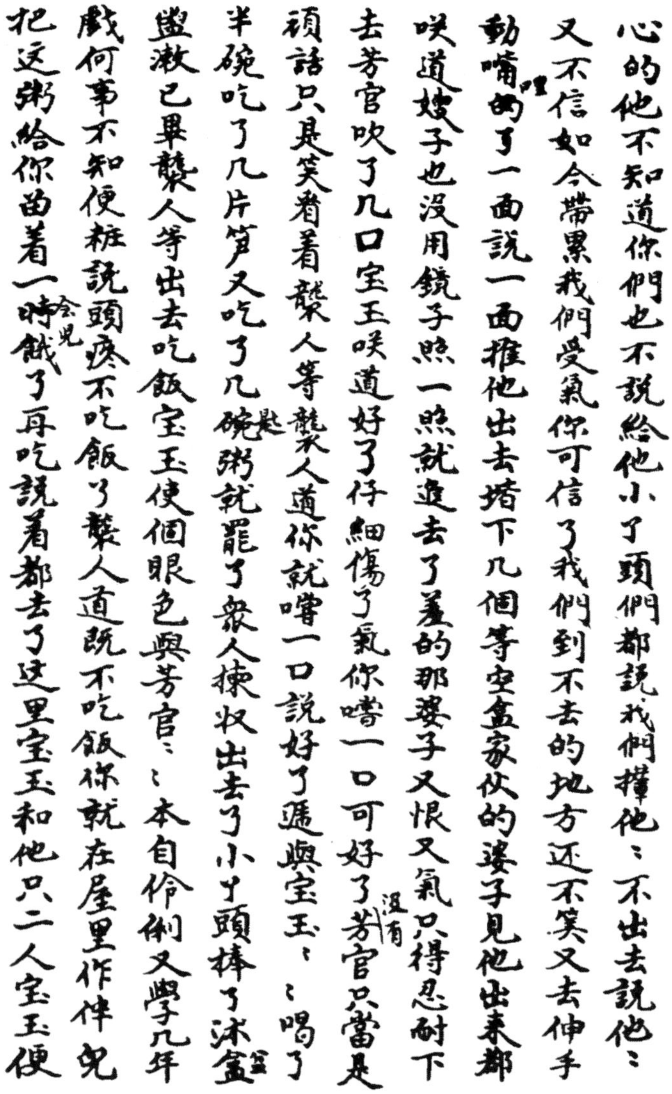
心的他不知道你們也不說給他小了頭們都說我們擇他〻不出去說他〻
又不信如今帶累我們受氣你可信了我們到不去的地方还不笑又去伸手
動嘴的〔哩〕了一面說一面推他出去堵下几個等空盒家伙的婆子見他出來都
咲道嫂子也没用鏡子照一照就進去了羞的那婆子又恨又氣只得忍耐下
去芳官吹了几口宝玉咲道好了仔細傷了氣你嘗一口可好了〔没有〕芳官只當是
顽話只是笑看着襲人等〔襲〕襲人道你就嘗一口說好了遞與宝玉〻〻喝了
半碗吃了几片笋又吃了几碗〔匙〕粥就罷了衆人揀收出去了小丫頭捧了沐盆〔盥〕
盥漱已畢襲人等出去吃飯宝玉使個眼色與芳官〻〻本自伶俐又學几年
戲何事不知便粧說頭疼不吃飯了襲人道既不吃飯你就在屋里作伴兒
把这粥給你留着一時〔会兒〕餓了再吃說着都去了这里宝玉和他只二人宝玉便

書影十八：庚辰本第七十二回

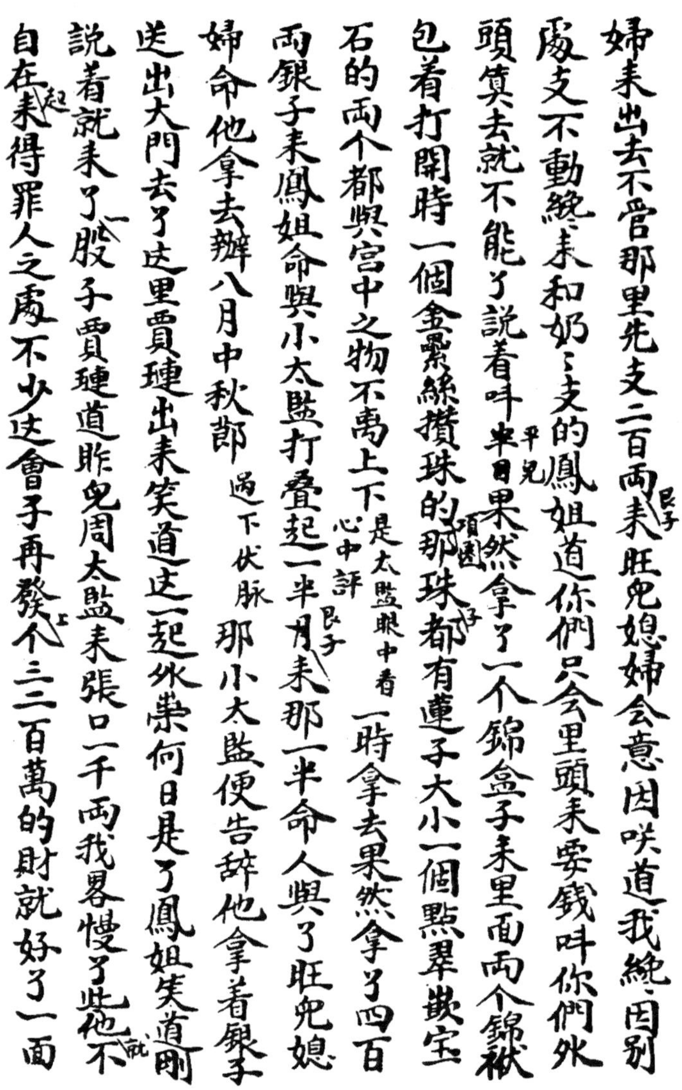
婦來出去不管那里先支二百兩艮子來旺兒媳婦会意因笑道我絶因別
處支不動纔來和奶奶支的鳳姐道你們只会里頭來要錢叫你們外
頭算去就不能了說着叫平兒半日果然拿了一个錦盒子來里面兩个錦袱
包着打開時一個金累絲攢珠的項圈那珠子都有蓮子大小一個點翠嵌宝
石的兩个都與宮中之物不离上下是太監眼中看心中評一時拿去果然拿了四百
兩銀子來鳳姐命與小太監打疊起一半艮子來那一半命人與了旺兒媳
婦命他拿去辦八月中秋節過下伏脉那小太監便告辭他拿着銀子
送出大門去了這里賈璉出來笑道這一起外祟何日是了鳳姐笑道剛就
說着就來了一股子賈璉道昨兒周太監來張口一千兩我畧慢了些他不
自在起來得罪人之處不少這會子再發上个三二百萬的財就好了一面

書影十九：庚辰本第四十二回

二年的工夫呢又要研墨又要蘸筆又要鋪紙又要着顏色又要剛說到怎樣代
玉也自已拿不住笑道又要照着這樣兒慢〻的畫可不得二年的工夫眾人
听了都拍手笑个不住笑道又要照着這个慢〻的畫這落後一句最妙所以
昨兒那些〻笑話兒雖然可笑回想是沒味的你們細想顰兒這几句話雖是淡
的回想却有滋味我倒笑的動不得了看他刘姥〻笑後復一笑亦想不到之文也听宝卿之評亦千古定論
惜春道都是宝姐〻讚的他越發逞強這會子拿我也取笑兒代玉忙拉他笑
道我且問你還是单畫這園子呢還是連我們眾人都畫在上頭呢惜春道原
說只畫這園子的昨兒老太〻又說单畫了園子成个房樣子了叫連人都畫
工就像行樂似的纔好我又不會這工細樓臺又不會畫人物又不好駁回正
為這个為難呢代玉道人物還容易你草虫上不能李紈道你又說不通的話

書影二十：庚辰本第十一回

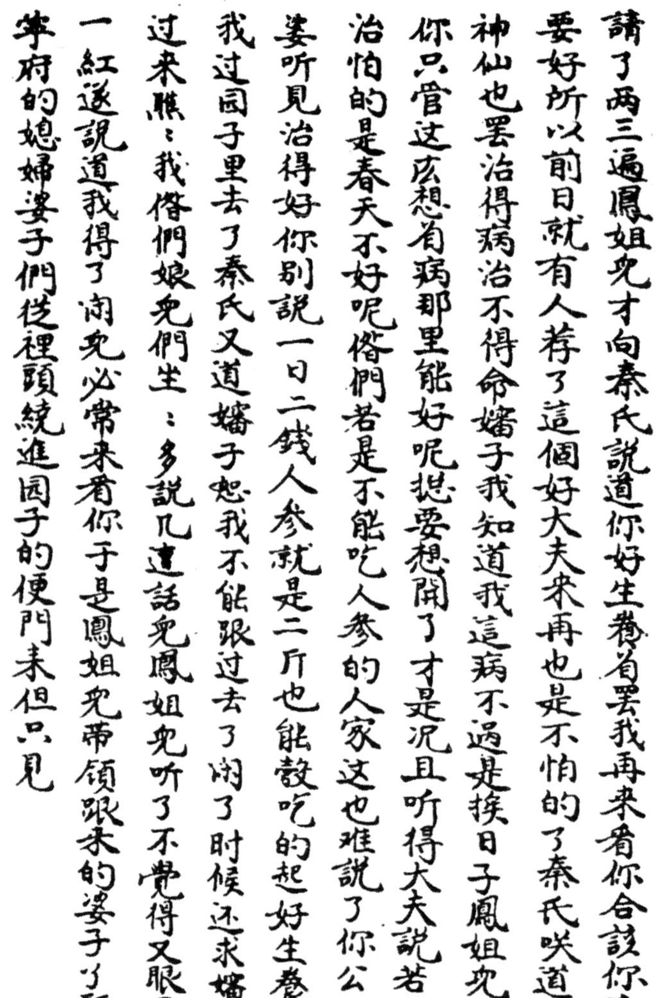

請了兩三遍鳳姐兒才向秦氏說道你好生養着罷我再来看你合該你這病要好所以前日就有人荐了這個好大夫来再也是不怕的了秦氏笑道任憑神仙也罷治得病治不得命嬸子我知道我這病不過是挨日子鳳姐兒說道你只管这広想着病那里能好呢搃要想開了才是況且听得大夫說若是不治怕的是春天不好呢偺們若是不能吃人參的人家这也难說了你公〻婆〻听見治得好你別說一日二錢人參就是二斤也能彀吃的起好生養着罷我过园子里去了秦氏又道嬸子恕我不能跟过去了闲了时候还求嬸子常过来瞧〻我偺們娘兒們坐〻多說几遭話兒鳳姐兒听了不覺得又眼圈兒一紅遂說道我得了闲兒必常来看你于是鳳姐兒帶領跟来的婆子丫頭並寧府的媳婦婆子們從裡頭繞進园子的便門来但只見

書影廿一：蒙府本書影

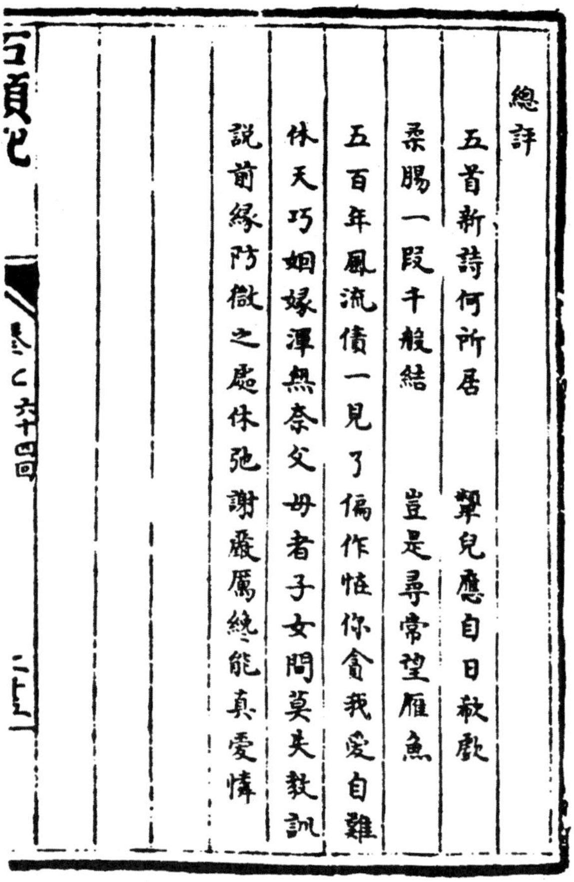

總評

五首新詩何所居　顰兒應自日欷歔

柔腸一段千般結　豈是尋常望雁魚

五百年風流債一見了偏作恬你貪我愛自難

休天巧姻緣渾無奈父母者子女問莫失教訓

說前緣防微之處休弛謝嚴厲總能真愛情

石頭記　卷之六十四回

書影廿二：蒙府本書影

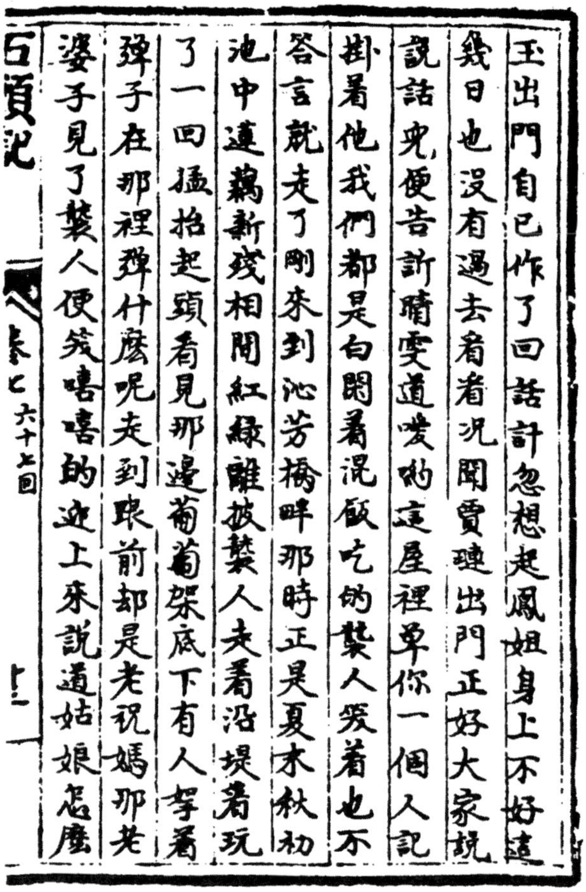

玉出門自已作了回話許忽想起鳳姐身上不好這幾日也沒有過去看看況聞賈璉出門正好大家說說話兒便告訴晴雯道嗳的這屋裡單你一個人記掛着他我們都是白閑着混飯吃的襲人笑着也不答言就走了剛來到沁芳橋畔那時正是夏末秋初池中蓮藕新殘相間紅綠離披襲人走着沿堤看玩了一回猛抬起頭看見那邊葡萄架底下有人拏着撣子在那裡撣什麼呢走到跟前卻是老祝媽那老婆子見了襲人便笑嘻嘻的迎上來說道姑娘怎麼

石頭記 卷七 六十七回 十二

書影廿三：蒙府本書影

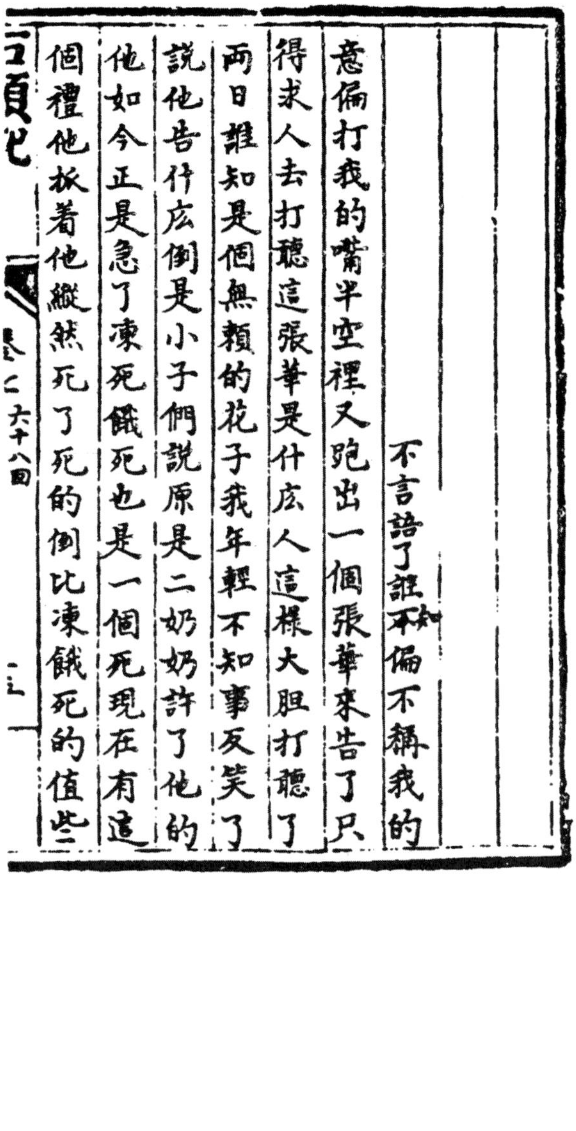
不言語了誰知偏不稱我的
意偏打我的嘴半空裡又跑出一個張華來告了只
得求人去打聽這張華是什庅人這樣大胆打聽了
兩日誰知是個無賴的花子我年輕不知事反笑了
說他告什庅倒是小子們說原是二奶奶許了他的
他如今正是急了凍死餓死也是一個死現在有這
個禮他扳着他縱然死了死的倒比凍餓死的值些

頭記　卷　六十八回

書影廿四：戚蓼生石頭記序

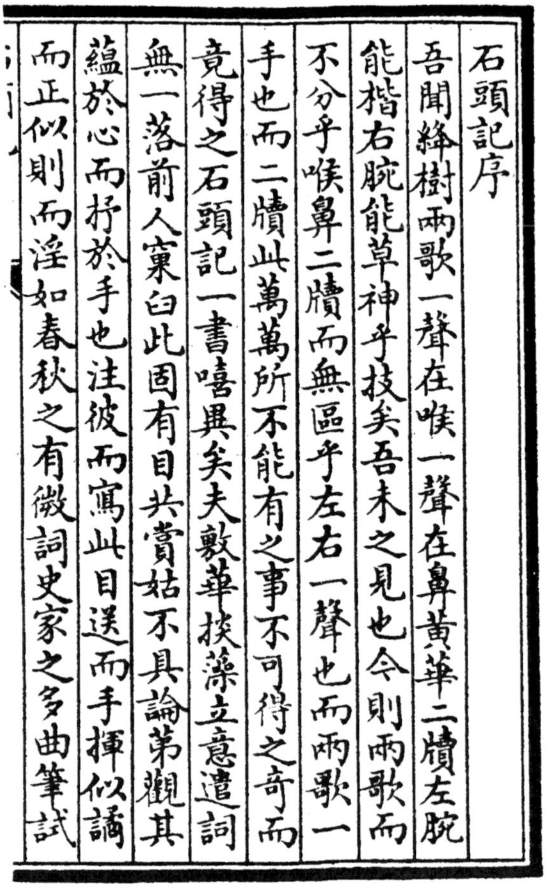
石頭記序

吾聞絳樹兩歌一聲在喉一聲在鼻黃華二牘左腕能楷右腕能草神乎技矣吾未之見也今則兩歌而不分乎喉鼻二牘而無區乎左右一聲也而兩歌一手也而二牘此萬萬所不能有之事不可得之奇而竟得之石頭記一書嘻異矣夫敷華掞藻立意遣詞無一落前人窠臼此固有目共賞姑不具論第觀其蘊於心而抒於手也注彼而寫此目送而手揮似譎而正似則而淫如春秋之有微詞史家之多曲筆試

書影廿五：戚本第一回後人改文例

石頭記　卷一

外郎了這政老爺的夫人王氏頭胎生得公子名喚
賈珠十四歲進學不到二十歲就娶了妻生了一子
一病死了第二胎生了一位小姐生在大年初一日
就奇了不想後来又生了一位公子說来更竒一落
胎胞嘴裡即啣下一塊五彩晶瑩的玉来上面還有
許多字跡你道是奇異事不是雨村笑道果然奇異
這人来歷只怕不小子興冷笑道萬人皆如此說因
而乃祖母便覺愛如珍寳那年週歲時政老爺便要
試他將来的志向便將那世上所有之物件擺了無

書影廿六：戚本第十三回後人改文例

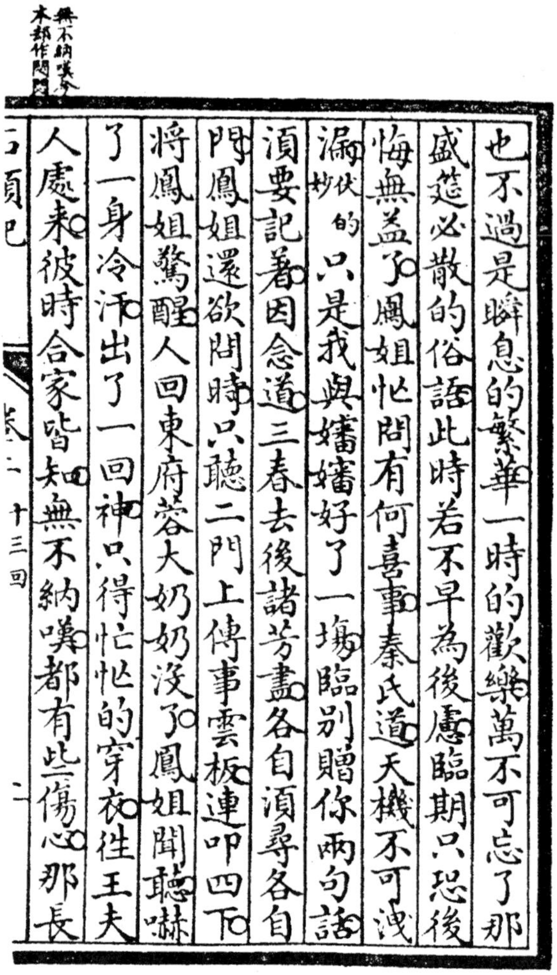

無不納嘆今本都作悶[illegible]

也不過是瞬息的繁華一時的歡樂萬不可忘了那盛筵必散的俗語此時若不早為後慮臨期只恐後悔無益了鳳姐忙問有何喜事秦氏道天機不可洩漏（伏的妙）只是我與嬸嬸好了一場臨別贈你兩句話須要記着因念道三春去後諸芳盡各自須尋各自門鳳姐還欲問時只聽二門上傳事雲板連叩四下將鳳姐驚醒人回東府蓉大奶奶沒了鳳姐聞聽嚇了一身冷汗出了一回神只得忙忙的穿衣往王夫人處來彼時合家皆知無不納嘆都有些傷心那長

書影廿七：戚本第廿七回後人改文例

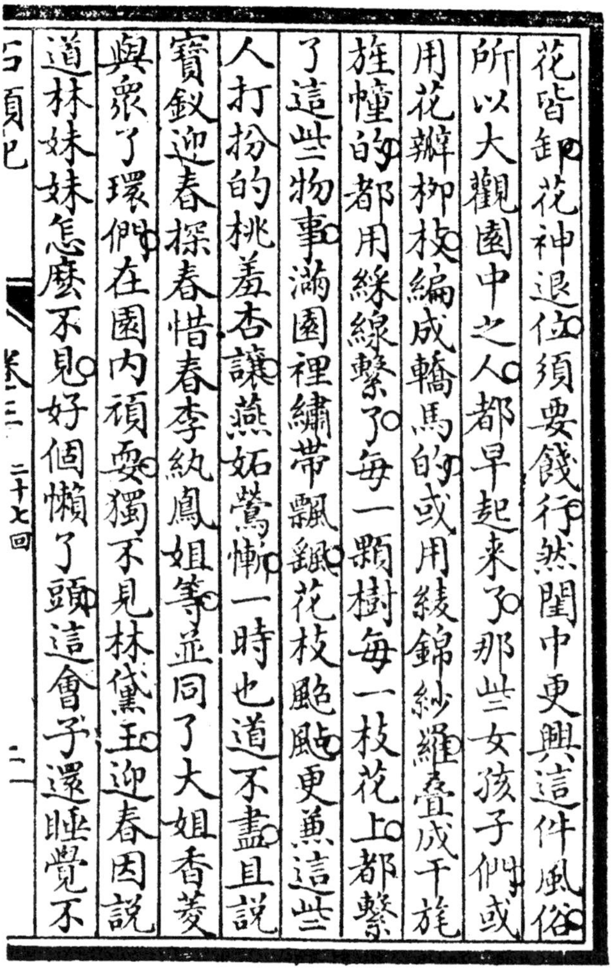

花皆卸了花神退位須要餞行然閨中更興這件風俗
所以大觀園中之人都早起來了那些女孩子們或
用花瓣柳枝編成轎馬的或用綾錦紗羅疊成干旄
旌幢的都用綵線繫了每一顆樹每一枝花上都繫
了這些物事滿園裡繡帶飄颻花枝颭颭更兼這些
人打扮的桃羞杏讓燕妒鶯慚一時也道不盡且說
寶釵迎春探春惜春李紈鳳姐等並同了大姐香菱
與眾了環們在園內頑耍獨不見林黛玉迎春因說
道林妹妹怎麼不見好個懶了頭這會子還睡覺不

石頭記　卷二　二十七回　二

書影廿八：戚本第六十九回二頁上

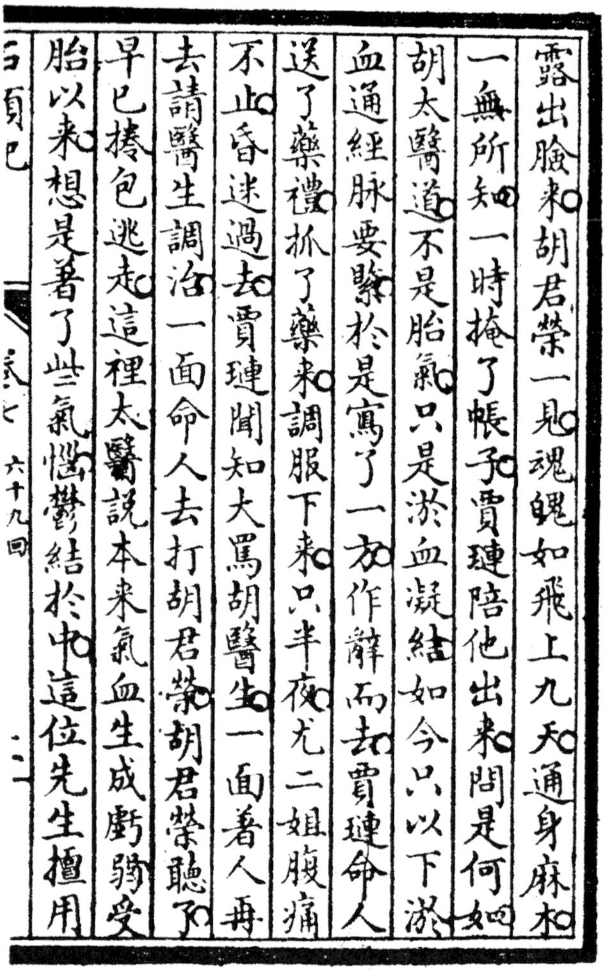

露出臉來胡君榮一見魂魄如飛上九天通身麻木
一無所知一時掩了帳子賈璉陪他出來問是何如
胡太醫道不是胎氣只是淤血凝結如今只以下淤
血通經脈要緊於是寫了一方作辭而去賈璉命人
送了藥禮抓了藥來調服下來只半夜尤二姐腹痛
不止昏迷過去賈璉聞知大罵胡醫生一面着人再
去請醫生調治一面命人去打胡君榮胡君榮聽了
早已捲包逃走這裡太醫說本來氣血生成虧弱受
胎以來想是着了些氣惱鬱結於中這位先生擅用

六十九回

書影廿九：戚本第六十一回十頁上

又弄個賊来給我們看倘或眼不見尋了死逃走了
都是我們的不是於是又有一干素日與柳家不睦
的人。見了這般。十分稱愿都来奚落嘲戲他。這五兒
心内又氣。又受委屈竟無處可訴。且本来怯弱有病。
這一夜。誰知合他母女不和的那些人。巴不得一時
攆出他們去。深恐次日有變。大家先起了個清早都
悄地来買轉平兒。一面送些東西。一面又奉承他辦
事簡斷。一面又講述他母親素日許多不好。平兒一
一都應着。打發他們去了。却悄悄来訪襲人。問他可

石頭記　卷六十一　六十一回　十

書影三十：戚本第四十九回第五頁上

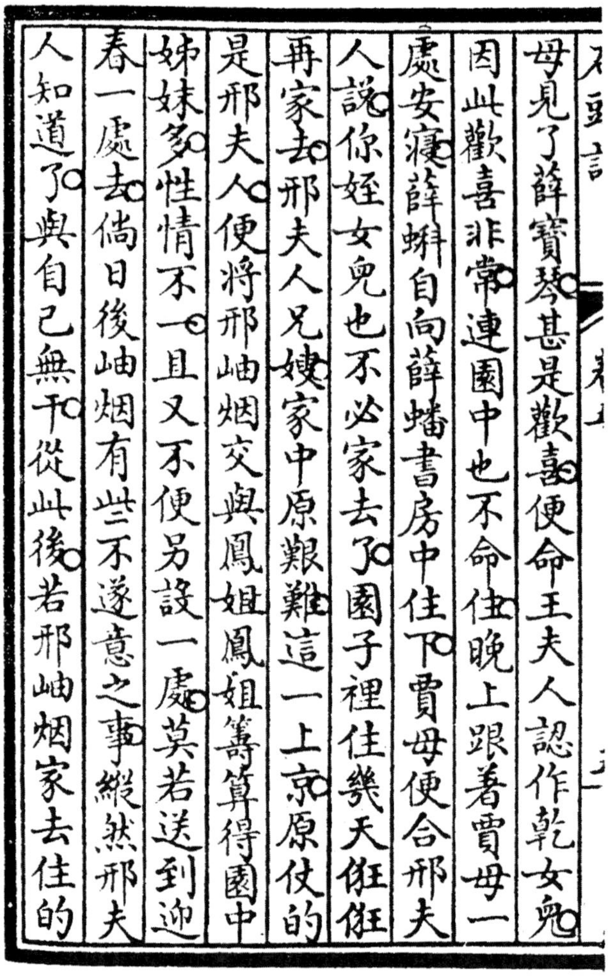
母見了薛寶琴。甚是歡喜。便命王夫人認作乾女兒。
因此歡喜非常。連園中也不命住。晚上跟着賈母一
處安寢。薛蝌自向薛蟠書房中住下。賈母便合邢夫
人說。你姪女兒也不必家去了。園子裡住幾天逛逛
再家去。邢夫人兄嫂。家中原艱難。這一上京。原仗的
是邢夫人。便將邢岫烟交與鳳姐鳳姐籌算得園中
姊妹多。性情不一。且又不便另設一處。莫若送到迎
春一處去。倘日後岫烟有些不遂意之事。縱然邢夫
人知道了。與自己無干。從此後。若邢岫烟家去住的

書影卌一：戚本第六十八回十三頁上

一味瞎小心圖賢良的名兒總是他們也不怕你也
不聽你說說着又啐了幾口尤氏也哭道何曾不是
這樣你不信問問跟的人我何曾不勸的也得他們
聽叫我怎麽樣呢怨不得妹妹生氣只好聽着罷了
衆姬妾丫環媳婦已是烏壓壓跪了一地陪笑求說
二奶奶最聖明的雖是我們奶奶的不是求給留臉
說着捧上茶來鳳姐也摔了一面止了哭挽頭髮又
喝罵賈蓉出去請大哥哥來我問他親大爺的孝纔
五七姪兒娶親這個禮我竟不知道我問問也好學

石頭記　卷七　六十八回　十三

書影卅二：脂南本第十八回十八葉下

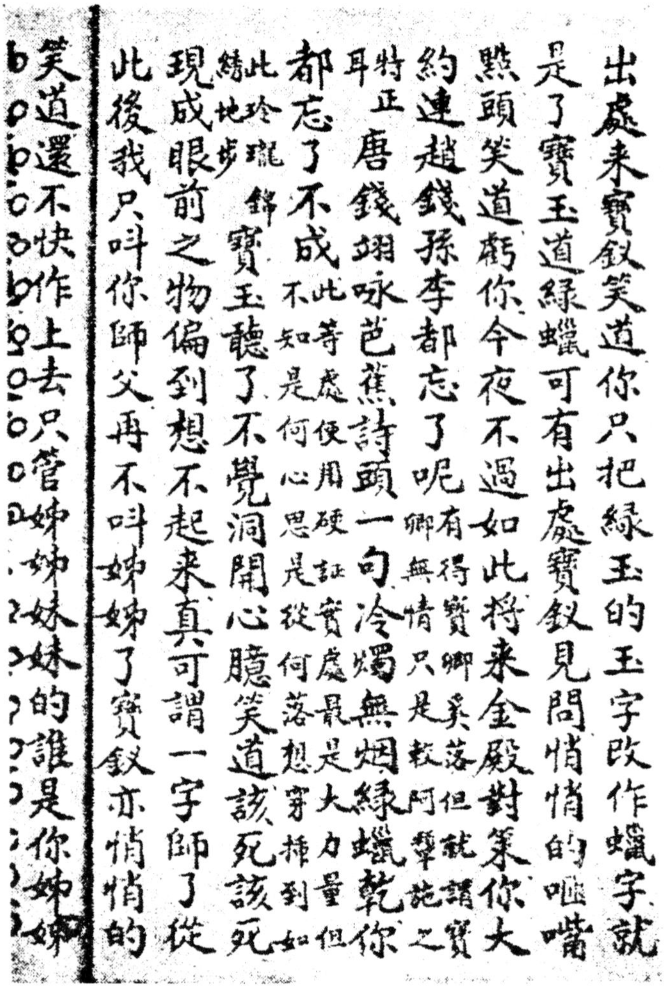

出處来寶釵笑道你只把綠玉的玉字攺作蠟字就
是了寶玉道綠蠟可有出處寶釵見問悄悄的咂嘴
點頭笑道虧你今夜不過如此將来金殿對策你大
約連趙錢孫李都忘了呢有得寶卿奚落但就謂之寶卿無情只是較阿顰施之
特正耳唐錢珝咏芭蕉詩頭一句冷燭無烟綠蠟乾你
都忘了不成此等處便用硬証實處最是大力量但不知是何心思是從何落想穿插到如
此玲瓏錦繡地步寶玉聽了不覺洞開心臆笑道該死該死
現成眼前之物偏到想不起来真可謂一字師了從
此後我只叫你師父再不叫姊姊了寶釵亦悄悄的
笑道還不快作上去只管姊姊妹妹的誰是你姊姊

書影卅三：脂南本第二十回十葉下

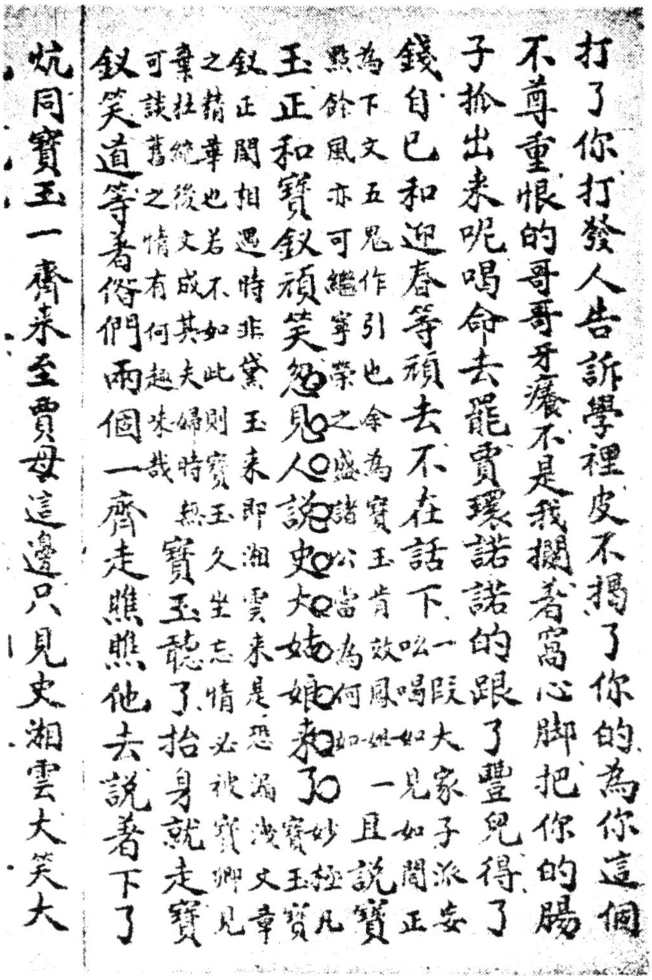
打了你打發人告訴學裡皮不揭了你的為你這個
不尊重恨的哥哥牙癢不是我攔着窩心脚把你的腸
子搶出來呢喝命去罷賈環諾諾的跟了豐兒得了
錢自己和迎春等頑去不在話下一段大家子奴妾吆喝如見如聞正
為下文五鬼作引也余為寶玉肯效鳳姐一點餘風亦可繼寧榮之盛諸公當為何如且說寶
玉正和寶釵頑笑忽見人說史大姑娘來了妙極凡寶玉寶
釵正閒相遇時非黛玉來即湘雲來是恐漏洩文章之精華也若不如此則寶玉久坐忘情必被寶卿見
棄杜絕後文成其夫婦時無可談舊之情有何趣味哉寶玉聽了抬身就走寶
釵笑道等着俗們兩個一齊走瞧瞧他去說着下了
炕同寶玉一齊來至賈母這邊只見史湘雲大笑大

書影卌四：脂南本第十八回十八葉下十九葉上

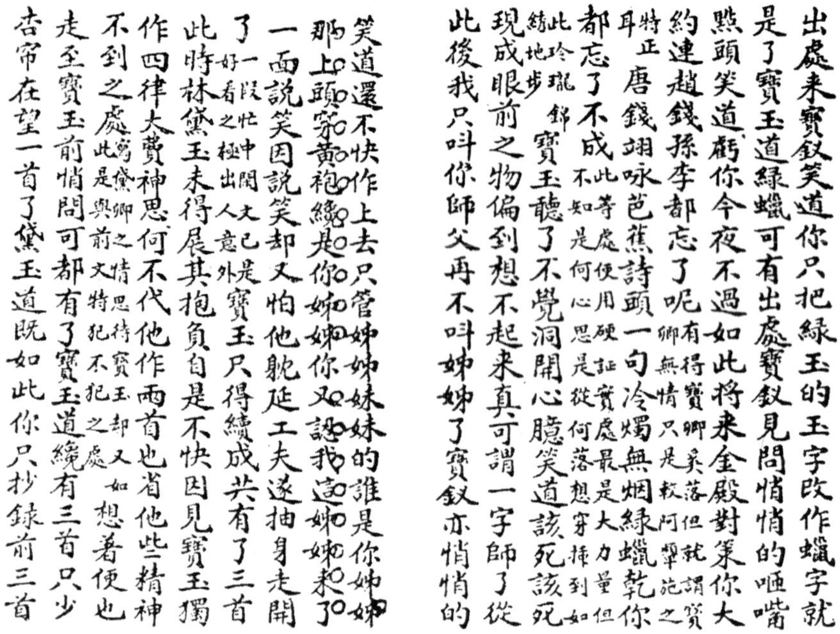
出處来寶釵笑道你只把綠玉的玉字改作蠟字就是了寶玉道綠蠟可有出處寶釵見問悄悄的咂嘴點頭笑道虧你今夜不過如此將来金殿對策你大約連趙錢孫李都忘了呢（有得寶卿奚落但就謂寶卿無情只是較阿顰施之特正耳）唐錢翊詠芭蕉詩頭一句冷燭無烟綠蠟乾你都忘了不成（此等處便用硬証實處最是大力量但不知是何心思是從何落想穿揷到如此玲瓏錦绣地步）寶玉聽了不覺洞開心臆笑道該死該死現成眼前之物偏到想不起来真可謂一字師了從此後我只叫你師父再不叫姊姊了寶釵亦悄悄的笑道還不快作上去只管姊姊妹妹的誰是你姊姊那上頭穿黃袍纔是你姊姊你又認我這姊姊来了一面說笑因說笑却又怕他躭延工夫遂抽身走開了（一段忙中閒文已是好看之極出人意外）此時林黛玉未得展其抱負自是不快因見寶玉獨作四律大費神思何不代他作兩首也省他些精神不到之處（寫黛卿之情思待寶玉却又如此是與前文特犯不犯之處）想著便也走至寶玉前悄問可都有了寶玉道纔有三首只少杏帘在望一首了黛玉道既如此你只抄録前三首

書影卌五：列寧格勒「紅樓夢」抄本第三回頁十八、十九

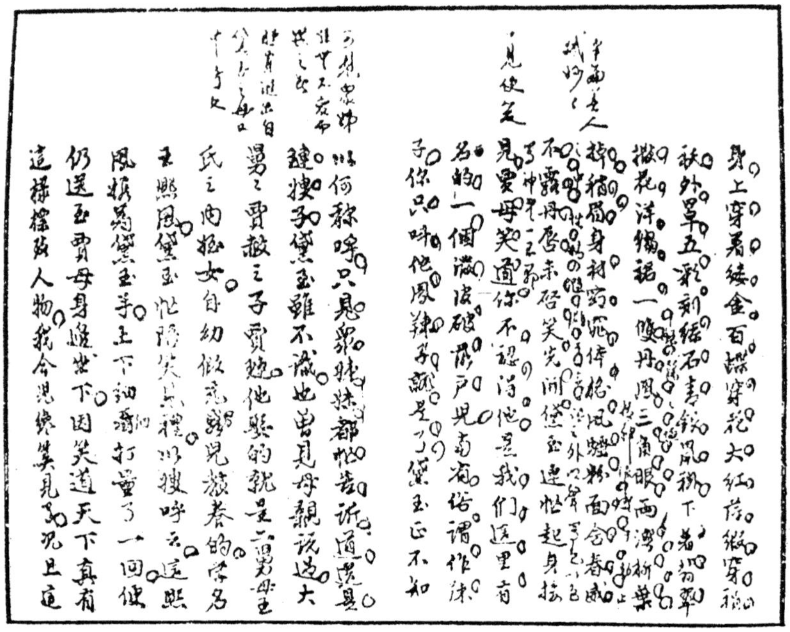
身上穿著縷金百蝶穿花大紅洋緞窄褃襖外罩五彩刻絲石青銀鼠褂下著翡翠撒花洋縐裙一雙丹鳳三角眼兩灣柳葉吊梢眉身量苗條體格風騷粉面含春威不露丹唇未啟笑先聞黛玉連忙起身接見賈母笑道你不認得他他是我們這里有名的一個潑皮破落戶兒南省俗謂作辣子你只叫他鳳辣子就是了黛玉正不知以何稱呼只見眾姊妹都忙告訴他道這是璉嫂子黛玉雖不識也曾見母親說過大舅賈赦之子賈璉娶的就是二舅母王氏之內姪女自幼假充男兒教養的學名王熙鳳黛玉忙陪笑見禮以嫂呼之這熙鳳攜著黛玉的手上下細細打量了一回便仍送至賈母身邊坐下因笑道天下真有這樣標致人物我今兒纔算見了况且這

書影卅六：列寧格勒「紅樓夢」抄本第三回頁廿、廿一

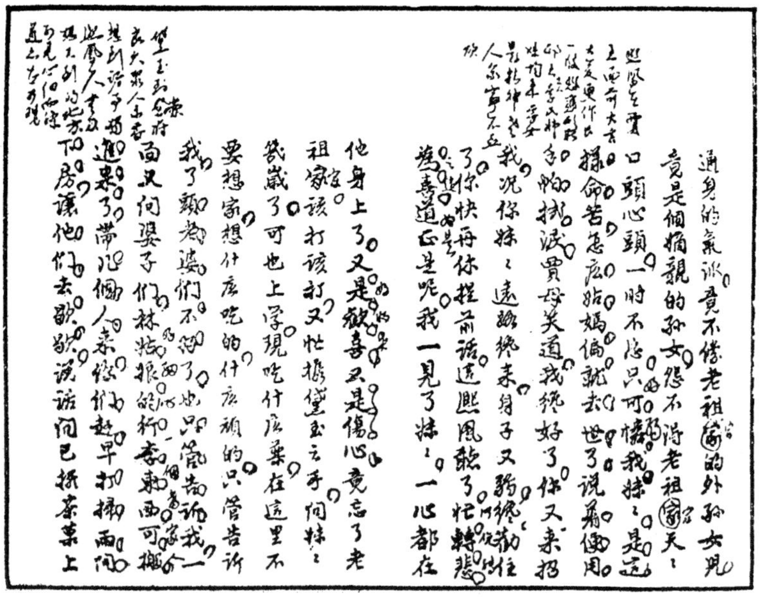
通身的氣派竟不像老祖宗的外孫女兒
竟是個嫡親的孫女怨不得老祖宗天天
口頭心頭一時不忘只可憐我妹妹是這
樣命苦怎麽姑媽偏就去世了說着便用
帕拭淚賈母笑道我纔好了你又來招
我況你妹妹遠路纔來身子又弱也纔勸住
了你快再休提前話這熙鳳聽了忙轉悲
為喜道正是呢我一見了妹妹一心都在
他身上了又是歡喜又是傷心竟忘了老
祖宗該打該打又忙攜黛玉之手問妹妹
幾歲了可也上學現吃什麽藥在這里不
要想家想什麽吃的什麽頑的只管告訴
我丫頭婆們不好了也只管告訴我一
面又問婆子們林姑娘的行李東西可搬
進來了帶了幾個人來你們趕早打掃兩間
下房讓他們去歇歇說話間已擺茶菓上

書影卅七：列寧格勒「紅樓夢」抄本五十七回、五十八回面書影

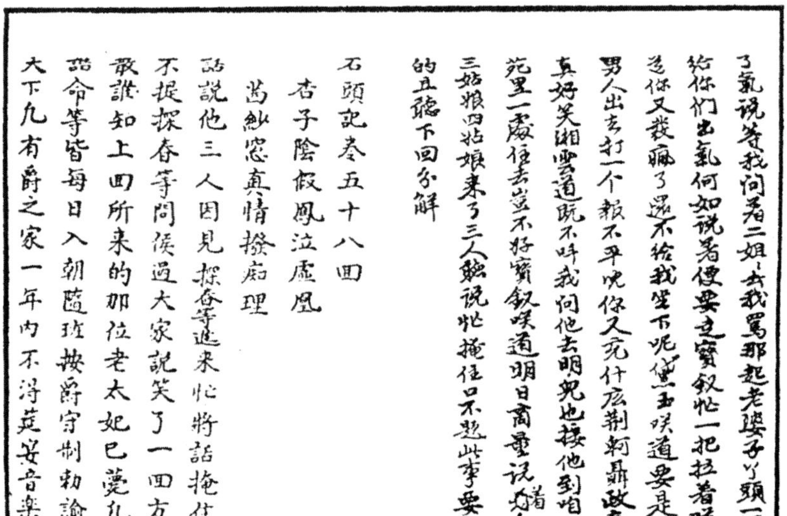
了氣說等我問着二姐姐去我罵那起老婆子丫頭一頓
給你們出氣何如說着便要走寶釵忙一把拉着咲
道你又發瘋了還不給我坐下呢黛玉咲道要是個
男人出去打一个報不平兒你又充什麽荊軻聶政真
真好笑湘雲道既不叫我問他去明兒也接他到咱們
苑里一處住去豈不好寶釵咲道明日商量說着人報
三姑娘四姑娘來了三人聽說忙掩住口不題此事要知端
的且聽下回分解

石頭記卷五十八回
杏子陰假鳳泣虛凰
茜紗窗真情揆痴理
話說他三人因見探春等進來忙將話掩住
不提探春等問候過大家說笑了一回方
散誰知上回所來的那位老太妃已薨凡
誥命等皆每日入朝隨班按爵守制勅諭
天下凡有爵之家一年內不得筵宴音樂

書影卅八：脂靖本書中所附的一葉書影

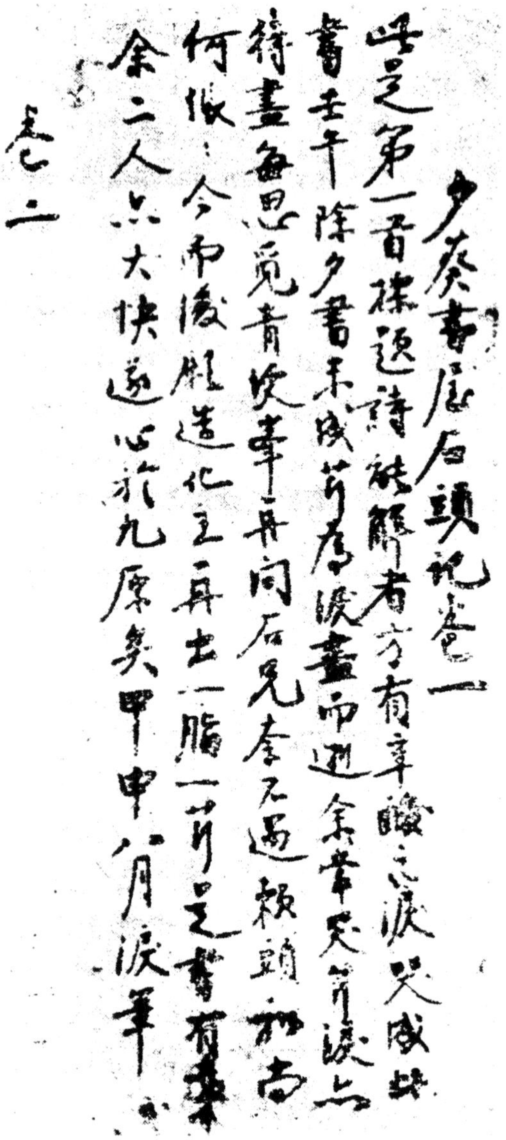

夕葵書屋石頭記卷一

此是第一首標題詩能解者方有辛酸之淚哭成此書壬午除夕書未成芹為淚盡而逝余常哭芹淚亦待盡每思覓青埂峰再問石兄奈不遇癩頭和尚何悵悵今而後惟願造化主再出一脂一芹是書有幸余二人亦大快遂心於九原矣甲申八月淚筆

卷二

書影三九：全抄本第九十二回

第九十二回　第五頁

卓上鋪不下了馮紫英道你看裡頭还有兩褶必得高屋裡去纔張得下這就是鮫絲所織暑熱天氣張在堂
屋裡頭蒼蠅蚊子一個不能進來又輕又亮賈政道不用全打開怕疊起來倒費事詹光便与馮紫英一層一層折好收拾
馮紫英道這四件東西價兒也不貴兩萬銀他就賣母珠一萬鮫綃帳五千漢宮春曉与自鳴鐘五千賈政道那裡買
的起馮紫英道這四件東西〔旁改：你們是個國〕戚難道宮裡頭用不著麼賈政道用得著的很多只是那裡有這些銀子等我叫人拿
進去給老太太瞧瞧馮紫英道很是賈政便着人叫賈璉把這兩件東西送到老太太那边去並叫人請了邢王二夫人风
姐兒都來瞧着又把兩件東西一一試過賈璉道他还〔旁添：有兩件〕件是圍屏一件是樂鐘共總要賣二萬銀子呢风姐兒接着
道東西自然是好的但是那裡有這些閒錢咱們又不比外任督撫要辦貢我已經想了好些年了像咱們這種人家必
得置些不動搖的根基纔好或是祭地或是義庄再置些墳屋往後子孫遇見不得意的事还是點兒底子不到一敗塗
地我的意思是這樣不知老太太老爺太太們怎麼樣若是外頭老爺們要買只管買賈母与衆人都說這話說的倒
也是賈璉道还了他罷原是老爺叫我送給老太太瞧為的是宮裡好進誰說買來擱在家裡老太太还沒開口你便說了
一大堆喪氣話說着便把兩件東西拿出去了告訴賈政只說老太太不要便与馮紫英道這兩件東西好可好就只
沒銀子我替你留心有要買的人我便送信給你去馮紫英只得收拾了坐下說些閒話沒有興頭就要起身賈政道你

書影四十：全抄本第二回

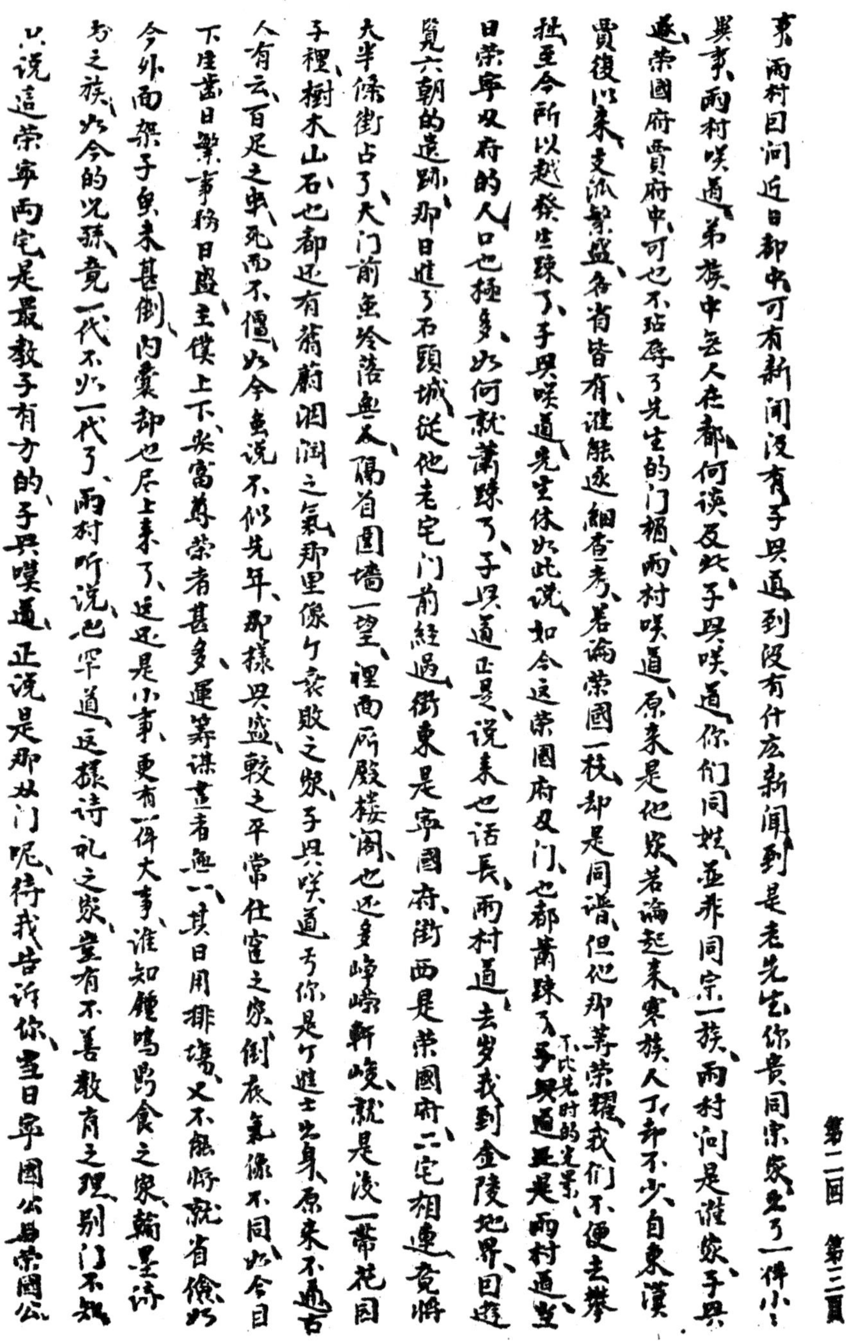
第二回　第三頁
事雨村因问近日都中可有新闻没有子興道到没有什麽新闻倒是老先生你貴同宗家出了一件小小
異事雨村笑道弟族中無人在都何谈及此子興笑道你们同姓豈非同宗一族雨村问是谁家子興
道荣國府賈府中可也不玷辱了先生的门楣雨村笑道原来是他家若論起来寒族人丁却不少自東漢
賈復以来支派繁盛各省皆有谁能逐细查考若論荣國一枝却是同谱但他那等荣耀我们不便去攀
扯至今所以越發生踈了子興笑道先生休如此说如今这荣國府及门也都蕭踈了不比先时的光景子興道正是雨村道当
日荣寧及府的人口也極多如何就蕭踈了子興道正是说来也话長雨村道去岁我到金陵地界因遊
覽六朝的遺跡那日進了石頭城從他老宅门前經過街東是寧國府街西是荣國府二宅相連竟將
大半條街占了大门前虽冷落無人隔着圍墙一望裡面所殿楼阁也还多峥嵘軒峻就是後一帶花园
子裡樹木山石也都还有蓊蔚洇潤之氣那里像个衰敗之家子興笑道亏你是个進士出身原来不通古
人有云百足之虫死而不僵如今虽说不似先年那樣興盛較之平常仕宦之家到底氣像不同如今目
下生齒日繁事務日盛主僕上下安富尊荣者甚多運籌謀畫者無一其日用排場又不能將就省儉如
今外面架子虽未甚倒内囊却也尽上来了这还是小事更有一件大事谁知這鐘鳴鼎食之家翰墨詩
書之族如今的兒孫竟一代不如一代了雨村听说也罕道这樣詩礼之家豈有不善教育之理别门不知
只说這荣寧兩宅是最教子有方的子興嘆道正说是那如门呢待我告訴你当日寧國公與荣國公

書影四一：全抄本第四十回

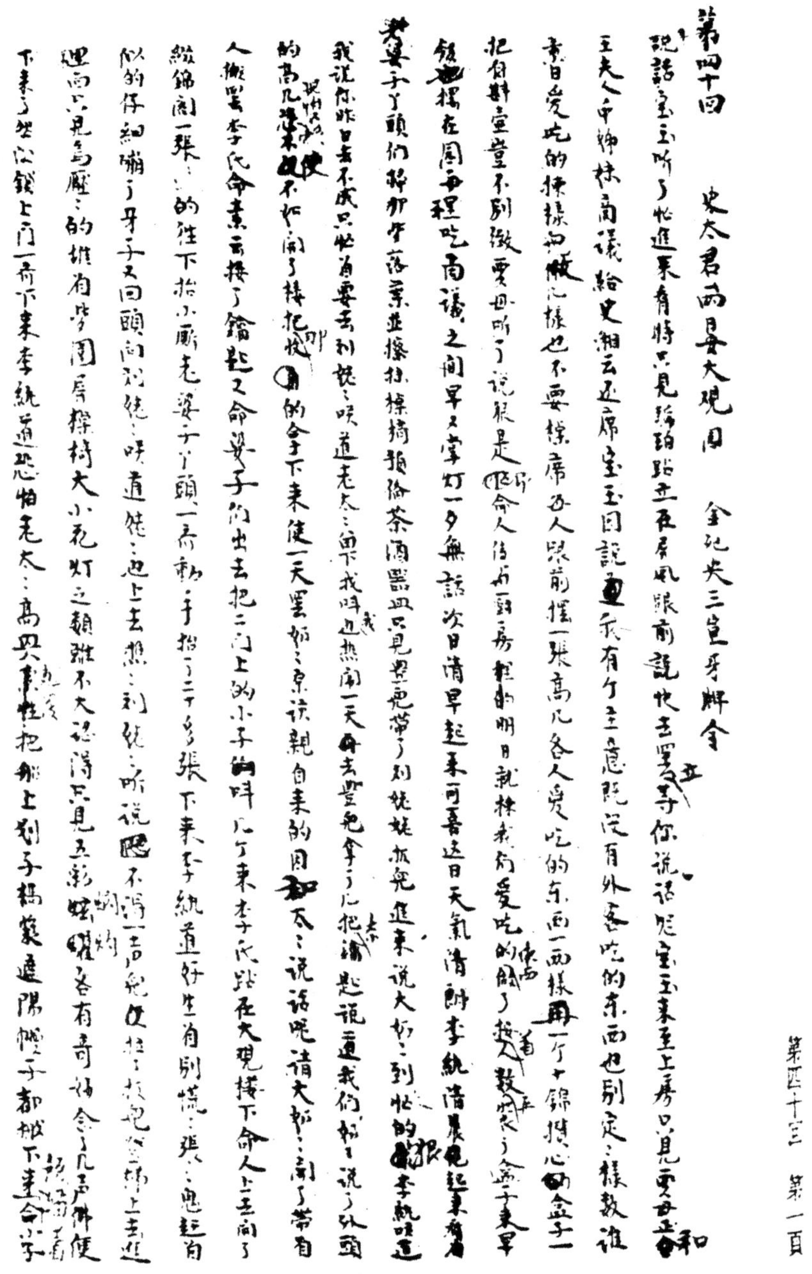

第四十回　史太君兩宴大觀園　金鴛鴦三宣牙牌令

說話寶玉聽了忙進來看時只見琥珀站在屏風跟前說快去罷立等你說話呢寶玉來至上房只見賈母正和王夫人眾姊妹商議給史湘云還席寶玉因說道我有个主意既沒有外客吃的東西也別定了樣數誰素日愛吃的揀樣兒做几樣也不要按席每人跟前擺一張高几各人愛吃的東西一兩樣再一个什錦攢心盒子一把自斟壺豈不別致賈母聽了說很是忙命人傳與廚房明日就揀我們愛吃的東西作了按著人數再裝了盒子來早飯也擺在園里吃商議之間早又掌灯一夕無話次日清早起來可喜這日天氣清朗李紈清晨起來看着老婆子丫頭們掃那些落葉并擦抹桌椅預備茶酒器皿只見豐兒帶了劉姥姥板兒進來說大奶奶倒忙的很李紈笑道我說你昨日去不成只忙着要去劉姥姥笑道老太太留下我叫我也熱鬧一天去豐兒拿了几把大小鑰匙說道我們奶奶說了外頭的高几恐不夠使不如開了樓把那收着的拿下來使一天罷奶奶原該親自來的因和太太說話呢請大奶奶開了帶着人搬罷李氏便命素云接了鑰匙又命婆子出去把二門上的小子叫几个來李氏站在大觀樓下往上看命人上去開了綴錦閣一張一張的往下抬小廝老婆子丫頭一齊動手抬了二十多張下來李紈道好生着別慌慌張張鬼赶着似的仔細碰了牙子又回頭向劉姥姥笑道姥姥也上去瞧瞧劉姥姥听說巴不得一聲兒便拉了板兒登梯上去進里面只見烏壓壓的堆着些圍屏桌椅大小花灯之類雖不大認得只見五彩炫耀各有奇妙念了几声佛便下來了然後鎖上門一齊下來李紈道恐怕老太太高興越性把船上划子篙槳遮陽幔子都搬下來命小子

第四十回　第一頁

書影四二：全抄本第廿九回

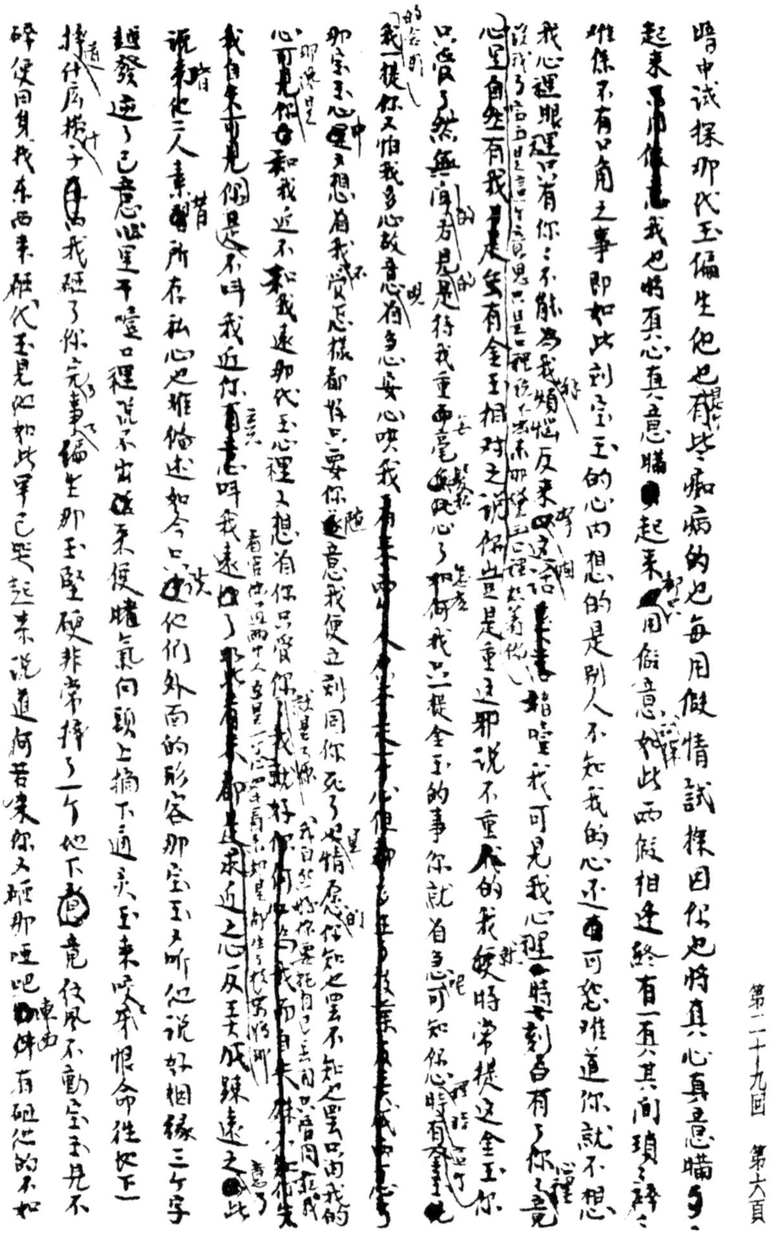

書影四三：全抄本第七十五回

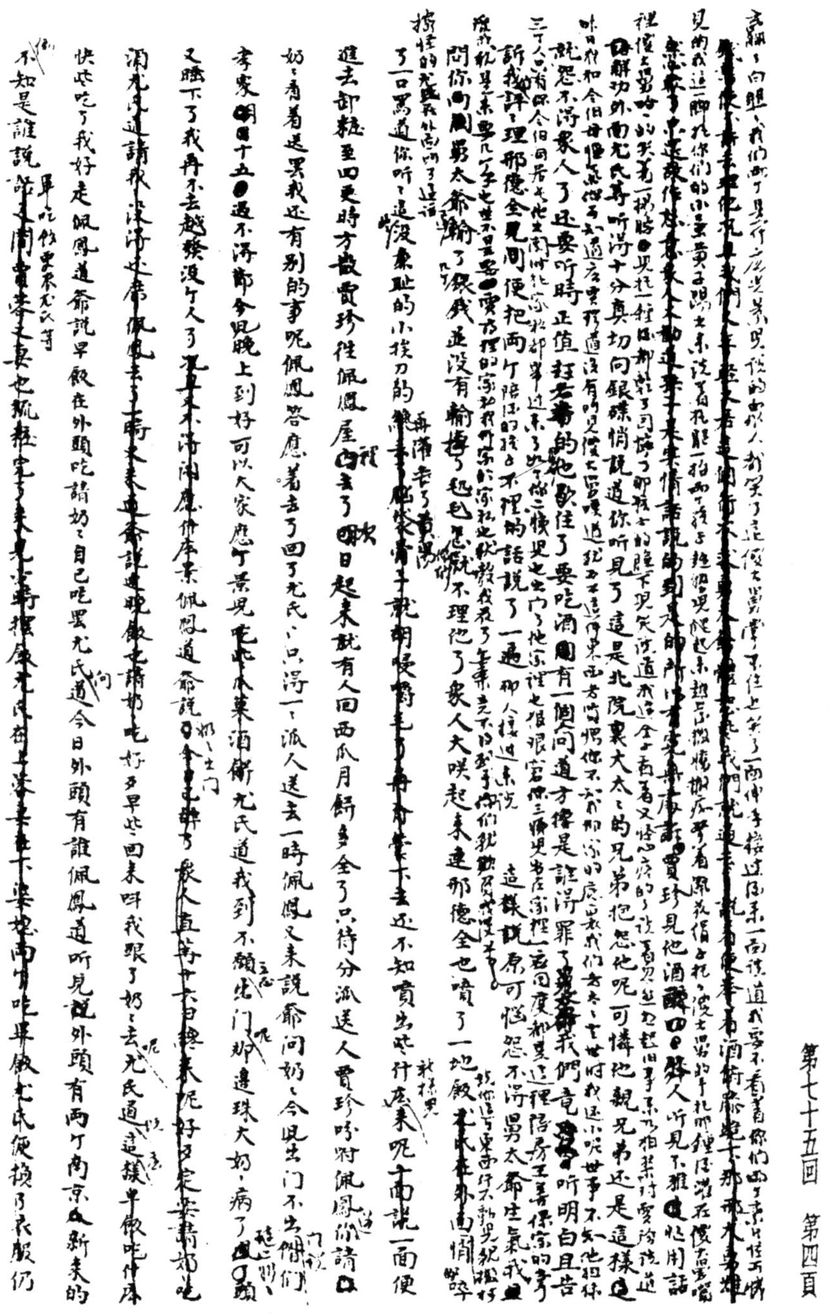

書影四四：全抄本第六十九回

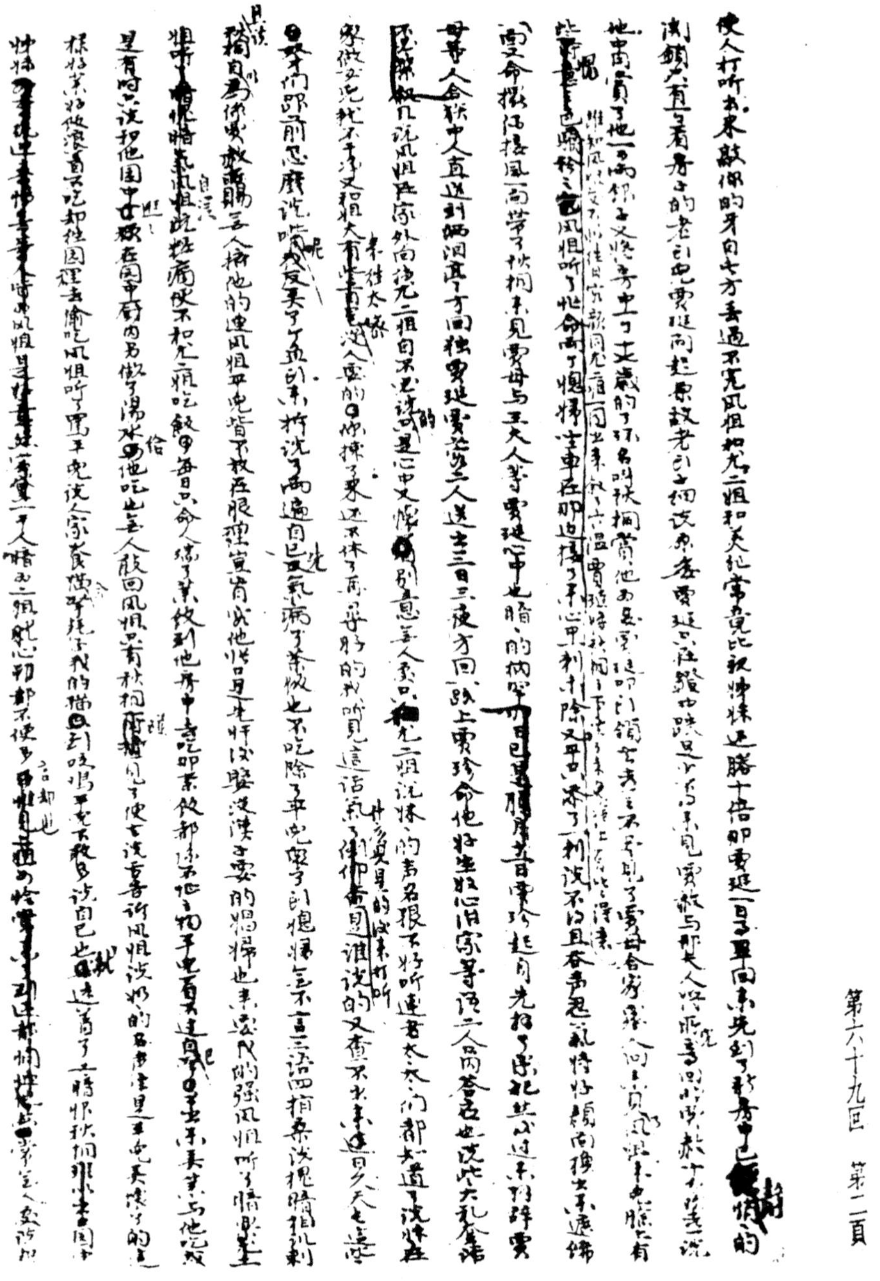

書影四五：胡天獵本（程甲）第七十回

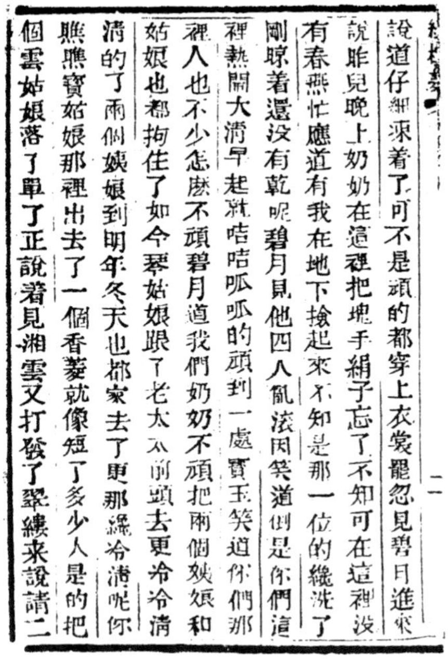
說道仔細涼着了可不是頑的都穿上衣裳罷忽見碧月進來
說昨兒晚上奶奶在這裡把塊手絹子忘了不知可在這裡沒
有春燕忙應道有我在地下撿起來不知是那一位的纔洗了
剛晾着還沒有乾呢碧月見他四人亂滾因笑道倒是你們這
裡熱鬧大清早起就咭咭呱呱的頑到一處寶玉笑道你們那
裡人也不少怎麼不頑碧月道我們奶奶不頑把兩個姨娘和
姑娘也都拘住了如今琴姑娘跟了老太太前頭去更冷冷清
清的了兩個姨娘到明年冬天也都家去了更那纔冷清呢你
瞧瞧寶姑娘那裡出去了一個香菱就像短了多少人是的把
個雲姑娘落了單了正說着見湘雲又打發了翠縷來說請二

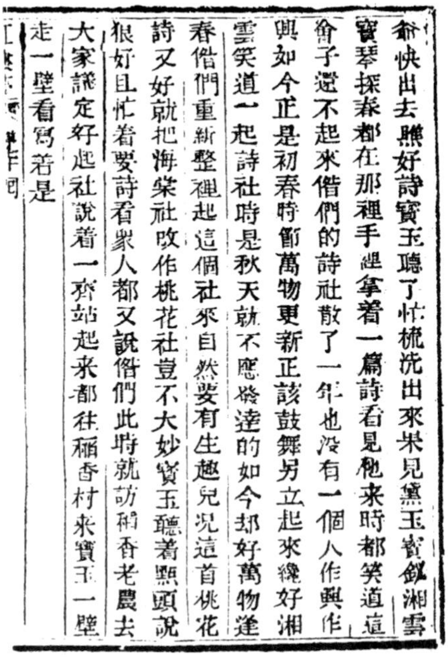
爺快出去瞧好詩寶玉聽了忙梳洗出來果見黛玉寶釵湘雲
寶琴探春都在那裡手裡拿着一篇詩看見他來時都笑道這
會子還不起來偺們的詩社散了一年也沒有一個人作興作
興如今正是初春時節萬物更新正該鼓舞另立起來纔好湘
雲笑道一起詩社時是秋天就不應發達的如今却好萬物逢
春偺們重新整理起這個社來自然要有生趣兒況這首桃花
詩又好就把海棠社改作桃花社豈不大妙寶玉聽着點頭說
很好且忙着要詩看衆人都又說偺們此時就訪稻香老農去
大家議定好起社說着一齊站起來都往稻香村來寶玉一壁
走一壁看寫着是

書影四六：胡天獵本（程甲）第七十四回

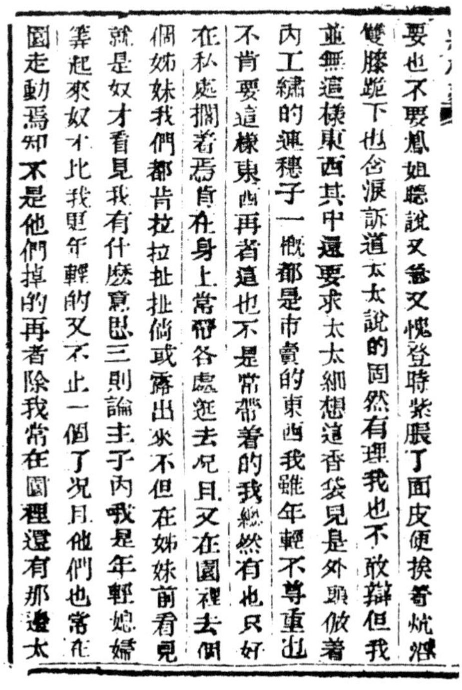
要也不要鳳姐聽說又急又愧登時紫脹了面皮便挨着炕沿
雙膝跪下也含淚訴道太太說的固然有理我也不敢辯但我
並無這樣東西其中還要求太太細想這香袋兒是外頭做着
內工繡的連穗子一概都是市賣的東西我雖年輕不尊重也
不肯要這樣東西再者這也不是常帶着的我縱然有也只好
在私處擱着焉肯在身上常帶各處逛去況且又在園裡去個
個姊妹我們都肯拉拉扯扯倘或露出來不但在姊妹前看見
就是奴才看見我有什麼意思三則論主子內我是年輕媳婦
算起來奴才比我更年輕的又不止一個了況且他們也常在
園走動焉知不是他們掉的再者除我常在園裡還有那邊太

書影四七：胡天獵本（程乙）第八十回

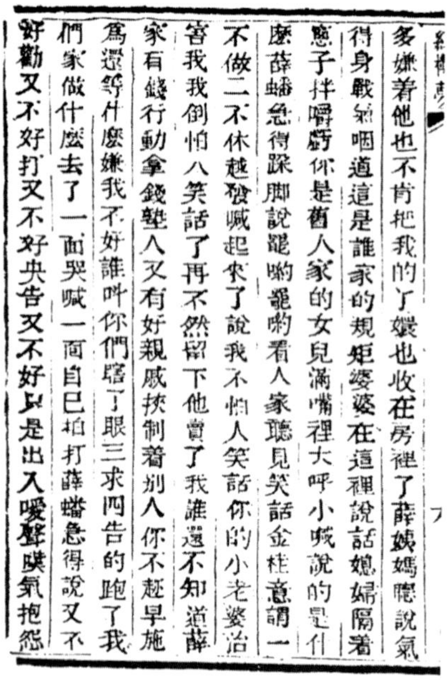

多嫌着他也不肯把我的丫鬟也收在房裡了薛姨媽聽說氣
得身戰氣咽道這是誰家的規矩婆婆在這裡說話媳婦隔着
窻子拌嘴虧你是舊人家的女兒滿嘴裡大呼小喊說的是什
麼薛蟠急得跺脚說罷喲罷喲看人家聽見笑話金桂意謂一
不做二不休越發喊起來了說我不怕人笑話你的小老婆治
害我我倒怕八笑話了再不然留下他賣了我誰還不知道薛
家有錢行動拿錢墊人又有好親戚挾制着別人你不趁早施
為還等什麼嫌我不好誰叫你們瞎了眼三求四告的跑了我
們家做什麼去了一面哭喊一面自己拍打薛蟠急得說又不
好勸又不好打又不好央告又不好只是出入噯聲歎氣抱怨

書影四八：胡天獵本第五十四回　首行加一「終」字

（廣文紅樓夢叢書程乙本同，此爲乙本特色）

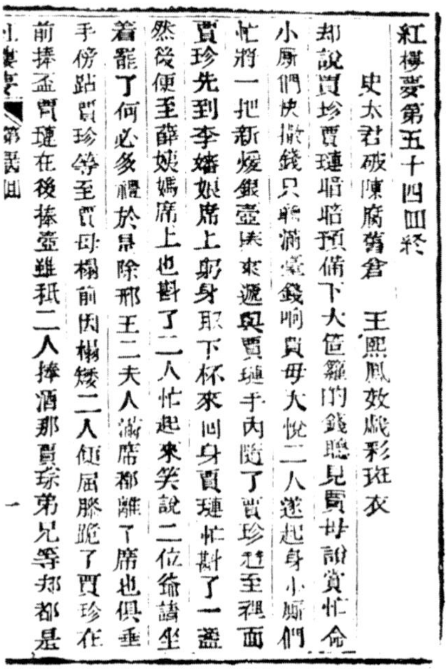

紅樓夢第五十四回終
史太君破陳腐舊套　王熙鳳效戲彩斑衣
却說賈珍賈璉暗暗預備下大笸籮的錢聽見賈母說賞忙命
小廝們快撒錢只聽滿臺錢響賈母大悅二人遂起身小廝們
忙將一把新煖銀壺捧來遞與賈璉手內隨了賈珍趨至裡面
賈珍先到李嬸娘席上躬身取下杯來回身賈璉忙斟了一盞
然後便至薛姨媽席上也斟了二人忙起來笑說二位爺請坐
着罷了何必多禮於是除邢王二夫人滿席都離了席也俱垂
手傍貼賈珍等至賈母榻前因榻矮二人便屈膝跪了賈珍在
前捧盃賈璉在後捧壺雖祇二人捧酒那賈琮弟兄等却都是
紅樓夢　第五十四回　一

書影四九：廣文紅樓夢叢書程乙本程序下半頁　高敘上半頁

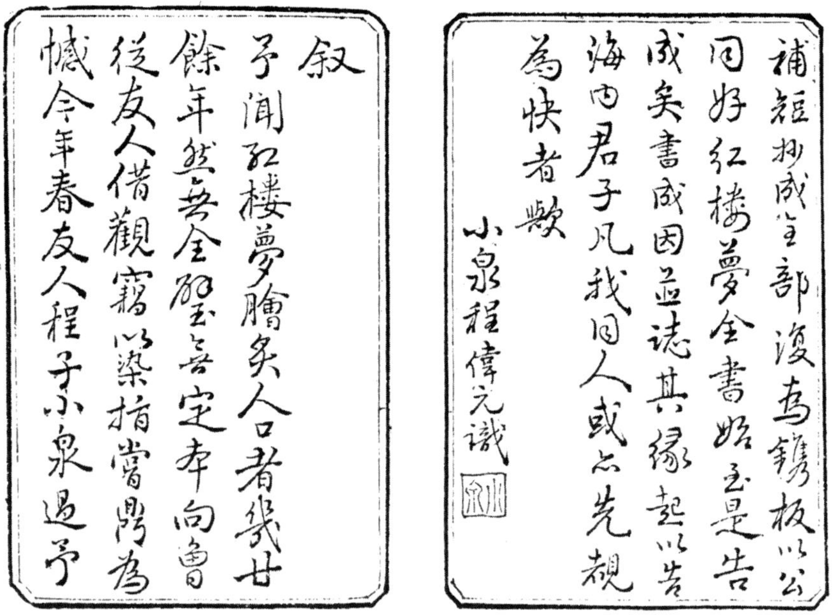

補經抄成全部復為鐫板以公
同好紅樓夢全書始至是告
成矣書成因並誌其緣起以告
海內君子凡我同人或亦先覩
為快者歟
小泉程偉元識

敘
予聞紅樓夢膾炙人口者幾廿
餘年然無全璧無定本向曾
從友人借觀竊以染指嘗鼎為
憾今年春友人程子小泉過予

書影五十：胡天獵本「引言」

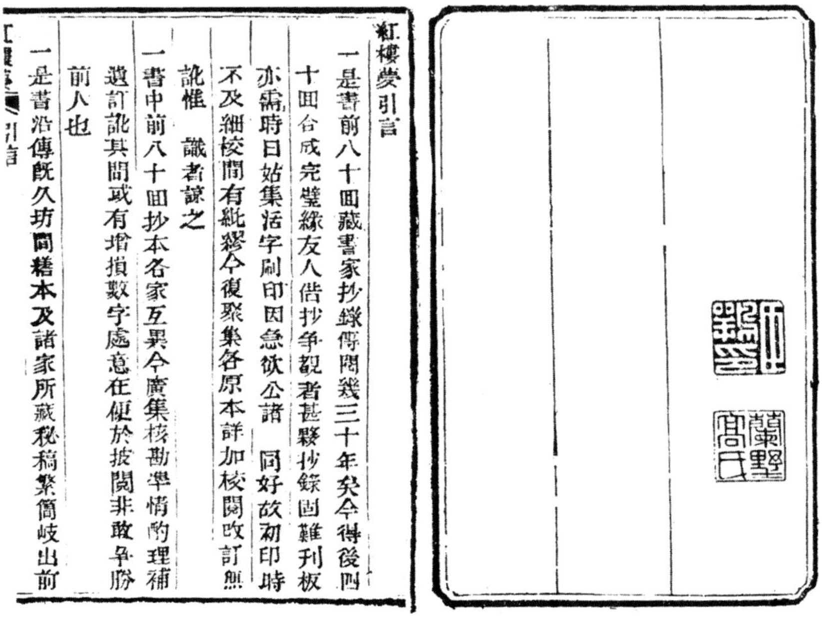

紅樓夢引言
一是書前八十回藏書家抄錄傳閱幾三十年矣今得後四
十回合成完璧緣友人借抄爭覩者甚夥抄錄固難刊板
亦需時日姑集活字刷印因急欲公諸　同好故初印時
不及細校間有紕繆今復聚集各原本詳加校閱改訂無
訛惟　識者諒之
一書中前八十回抄本各家互異今廣集核勘準情酌理補
遺訂訛其間或有增損數字處意在便於披閱非敢爭勝
前人也
一是書沿傳既久坊間繕本及諸家所藏秘稿繁簡歧出前

紅樓夢　引言

書影五一：胡天獵本程偉元序

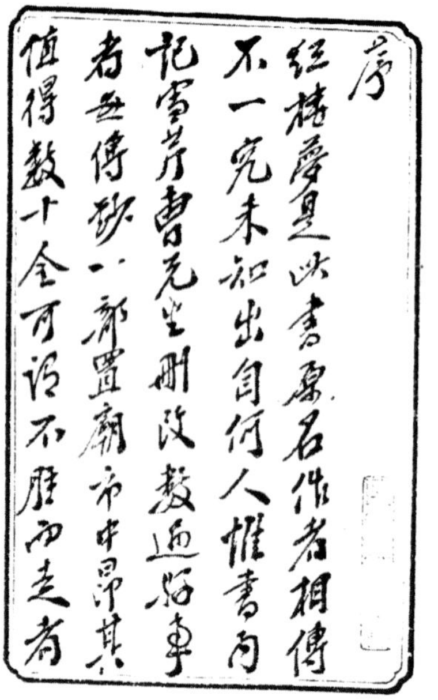

序
紅樓夢是此書原名作者相傳
不一究未知出自何人惟書內
記雪芹曹先生刪改數過好事
者每傳抄一部置廟市中昂其
值得數十金可謂不脛而走者

書影五二：胡天獵本回前總目錄

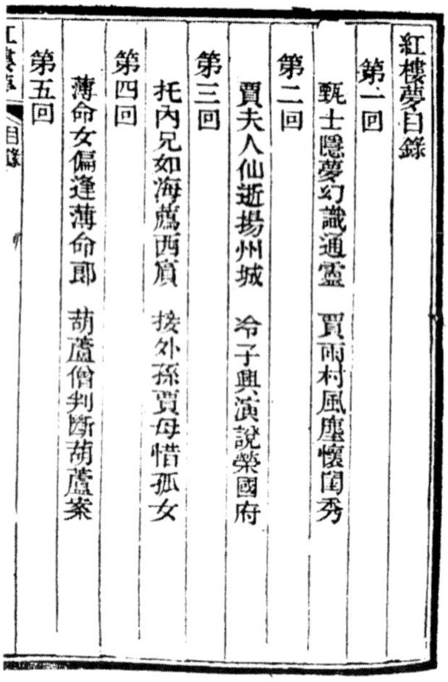

紅樓夢目錄
第一回
甄士隱夢幻識通靈　賈雨村風塵懷閨秀
第二回
賈夫人仙逝揚州城　冷子興演說榮國府
第三回
托內兄如海薦西賓　接外孫賈母惜孤女
第四回
薄命女偏逢薄命郎　葫蘆僧判斷葫蘆案
第五回

書影五三：元春繡像　胡天獵本

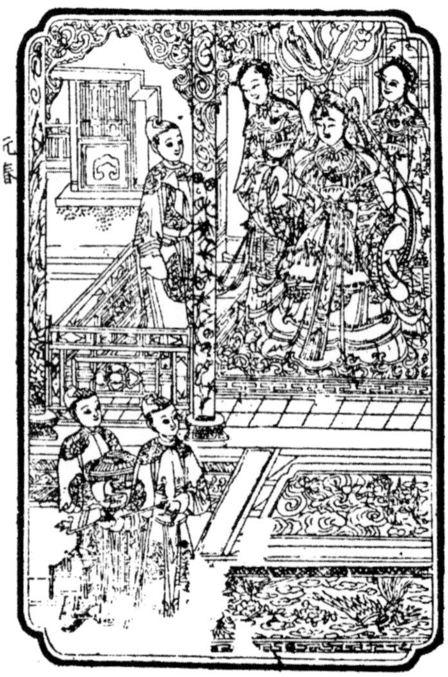

廣文紅樓夢叢書程乙本

書影五四：程偉元刊「新鐫全部繡像紅樓夢」出現異植字版的四種書影（第七回第三頁上第四頁下）

（一）程甲本（伊藤本）

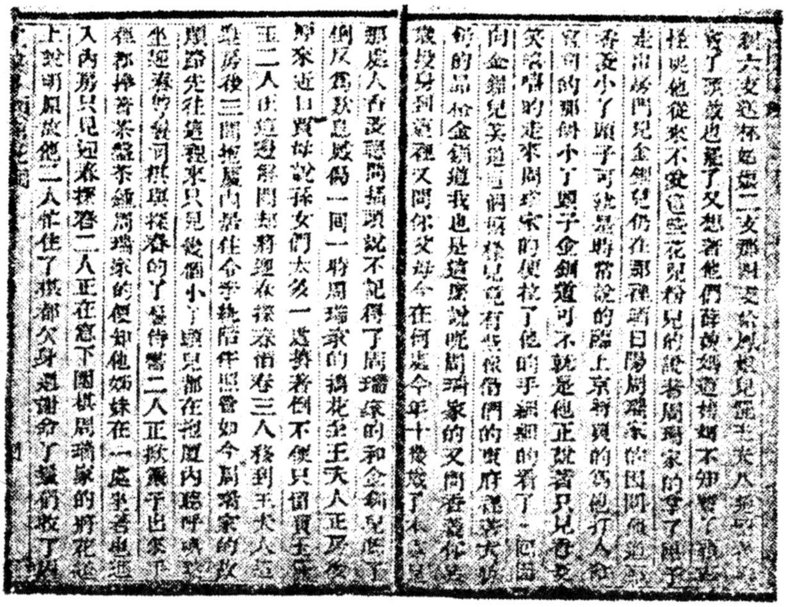

（伊藤本）

（二）程乙本（倉石本）

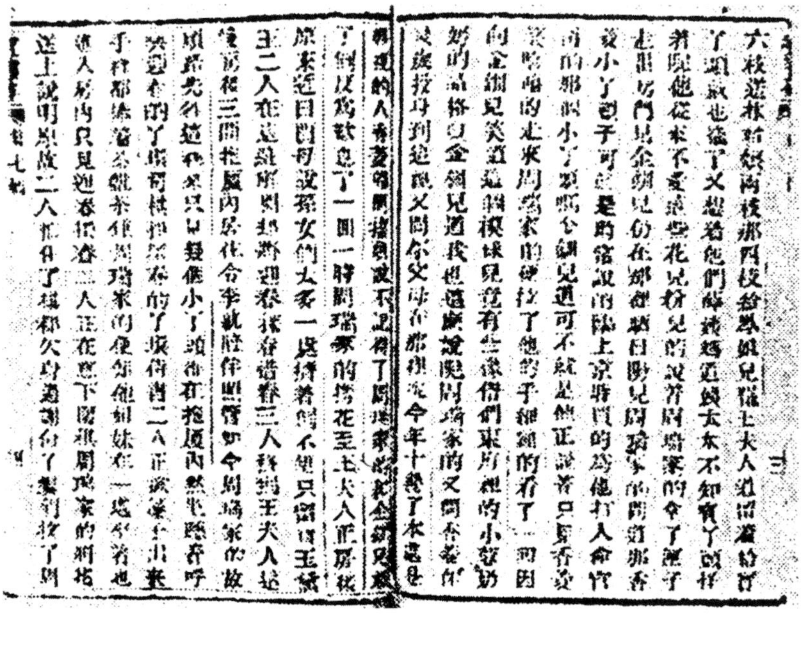

（倉石本）

書影五四：廣文書局紅樓夢叢書：程乙本

剩六支送林姑娘二支那四支給鳳姐兒罷王夫人道留著給
寶丫頭戴也罷了又想著他們薛姨媽道姨媽不知寶丫頭古
怪呢他從來不愛這些花兒粉兒的說著周瑞家的拿了匣子
走出房門見金釧兒仍在那裡曬日陽周瑞家的因問他道那
香菱小丫頭子可就是時常說的臨上京時買的為他打人命
官司的那個小丫頭子金釧道可不就是他正說著只見香菱
笑嘻嘻的走來周瑞家的便拉了他的手細細的看了一回因
向金釧兒笑道這個模樣兒竟有些像咱們的東府裡蓉大奶
奶的品格金釧道我也是這麼說呢周瑞家的又問香菱你幾
歲投身到這裡又問你父母今在何處今年十幾歲了本處是

那處人香菱聽問搖頭說不記得了周瑞家的和金釧兒聽了
倒反為歎息感傷一回一時周瑞家的攜花至王夫人正房後
原來近日賈母說孫女們太多一處擠著倒不便只留寶玉黛
玉二人在這邊解悶卻將迎春探春惜春三人移到王夫人這
邊房後三間抱廈內居住令李紈陪伴照管如今周瑞家的故
順路先往這裡來只見幾個小丫頭兒都在抱廈內聽呼喚默
坐迎春的丫環司棋與探春的丫環侍書二人正掀簾子出來手
裡都捧著茶盤茶鍾周瑞家的便知他姊妹在一處坐著也進
入內房只見迎春探春二人正在窗下圍棋周瑞家的將花送
上說明原故他二人忙住了棋都欠身道謝命丫鬟們收了周

紅樓夢 第七回

書影五四：胡天獵本：程乙本

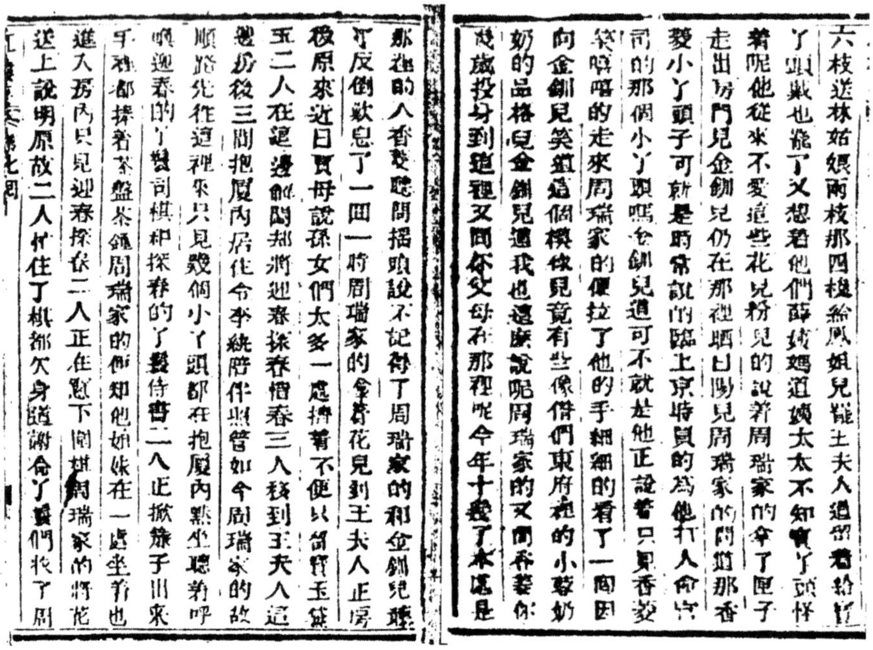

六枝送林姑娘兩枝那四枝給鳳姐兒罷王夫人道留著給寶
丫頭戴也罷了又想著他們薛姨媽道姨太太不知寶丫頭怪
著呢他從來不愛這些花兒粉兒的說著周瑞家的拿了匣子
走出房門見金釧兒仍在那裡曬日陽兒周瑞家的因問道那香
菱小丫頭子可就是時常說的臨上京時買的為他打人命官
司的那個小丫頭嗎金釧兒道可不就是他正說著只見香菱
笑嘻嘻的走來周瑞家的便拉了他的手細細的看了一回因
向金釧兒笑道這個模樣兒竟有些像偺們東府裡的小蓉奶
奶的品格兒金釧兒道我也這麼說呢周瑞家的又問香菱你
幾歲投身到這裡又問你父母在那裡呢今年十幾了本處是

那裡的人香菱聽問搖頭說不記得了周瑞家的和金釧兒聽了
倒反歎息了一回一時周瑞家的拿著花兒到王夫人正房
後原來近日賈母說孫女們太多一處擠著不便只留寶玉黛
玉二人在這邊解悶卻將迎春探春惜春三人移到王夫人這
邊房後三間抱廈內居住令李紈陪伴照管如今周瑞家的故
順路先往這裡來只見幾個小丫頭都在抱廈內默坐聽著呼
喚迎春的丫頭司棋和探春的丫頭侍書二人正掀簾子出來
手裡都捧著茶盤茶鍾周瑞家的便知他姊妹在一處坐著也
進入房內只見迎春探春二人正在窗下圍棋周瑞家的將花
送上說明原故二人忙住了棋都欠身道謝命丫鬟們收了周

紅樓夢 第七回

書影五五：東觀閣本

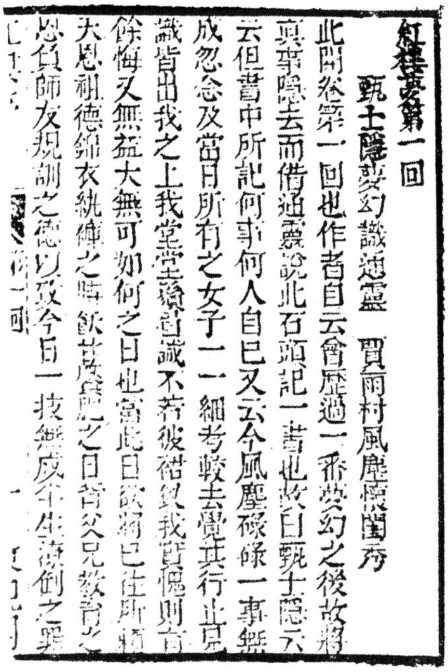
紅樓夢第一回
甄士隱夢幻識通靈　賈雨村風塵懷閨秀
此開卷第一回也作者自云曾歷過一番夢幻之後故將
真事隱去而借通靈說此石頭記一書也故曰甄士隱云
云但書中所記何事何人自已又云今風塵碌碌一事無
成忽念及當日所有之女子一一細考較去覺其行止見
識皆出我之上我堂堂鬚眉誠不若彼裙釵我實愧則有
餘悔又無益大無可如何之日也當此日欲將已往所賴
天恩祖德錦衣紈袴之時飫甘饜肥之日背父兄教育之
恩負師友規訓之德以致今日一技無成半生潦倒之罪

書影五六：「繡像紅樓夢全傳」扉頁及卷頭

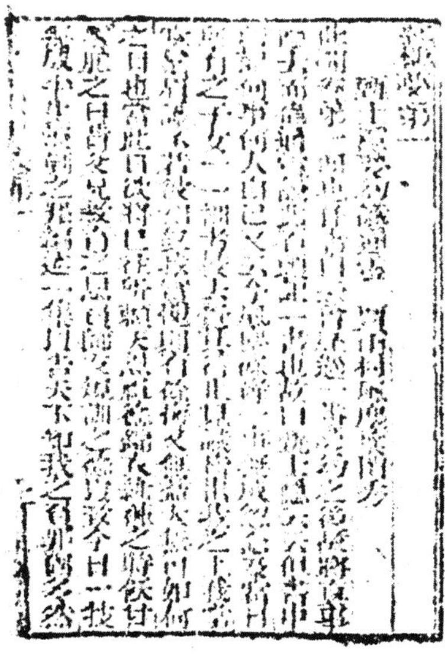

「繡像紅樓夢全傳」卷頭

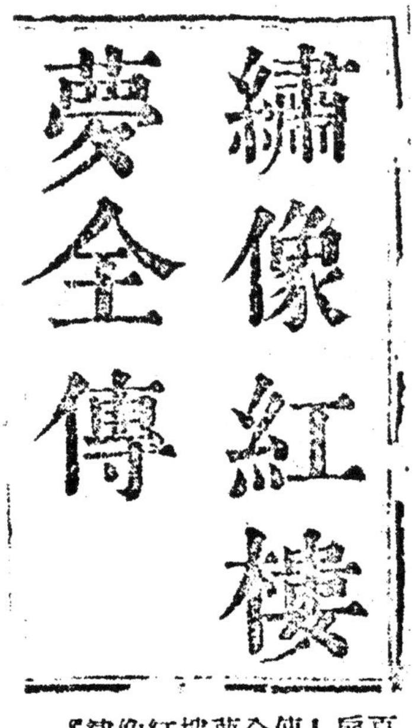
繡像紅樓夢全傳

「繡像紅樓夢全傳」扉頁

書影五七：王希廉評本

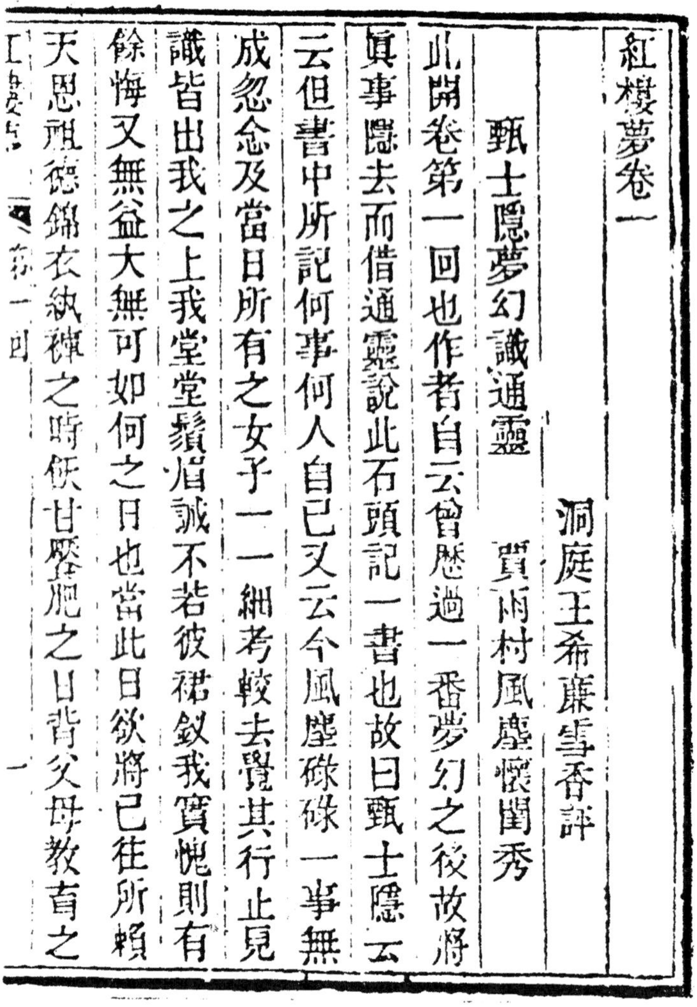
紅樓夢卷一

洞庭王希廉雪香評

甄士隱夢幻識通靈　賈雨村風塵懷閨秀

此開卷第一回也作者自云曾歷過一番夢幻之後故將真事隱去而借通靈說此石頭記一書也故曰甄士隱云云但書中所記何事何人自已又云今風塵碌碌一事無成忽念及當日所有之女子一一細考較去覺其行止見識皆出我之上我堂堂鬚眉誠不若彼裙釵我實愧則有餘悔又無益大無可如何之日也當此日欲將已往所賴天恩祖德錦衣紈袴之時飫甘饜肥之日背父母教育之

書影五八：大某山民本

紅樓夢第一回　　　悼紅軒原本

東洞庭護花主人評　　蛟川大某山民加評

甄士隱夢幻識通靈　賈雨村風塵懷閨秀

此開卷第一回也。作者自云曾歷過一番夢幻之後，故將真事隱去，而借通靈說此石頭記一書也。故曰甄士隱云云。（現身說法是開卷大宗旨）但書中所記何事何人。自己又云今風塵碌碌，一事無成，忽念及當日所有之女子，一一細考較去，覺其行止見識皆出我之上。我堂堂鬚眉，誠不若彼裙釵，我實愧則有餘，悔又無益，大無可如何之日也。（現身說法當人悔恨自己墮落……賢者不免）當此日，欲將已往所賴天恩祖德，錦衣紈袴之時，飫甘饜肥之日，背父母教育之恩，負師友規訓之德，以致今日一技無成，半生潦倒之罪，編述一集，以告天下，知我之負罪固多。（此數行是神……讀生影子）然閨閣中歷歷有人，萬不可因我之不肖，自護己短，一并使其泯滅也。故當此蓬牖茅椽，繩牀瓦竈，未足妨我襟懷，況對著晨風夕月，階柳庭花，更覺潤人筆墨。雖我不學無文，又何妨用假語村言，敷演出來，亦可使閨閣昭傳，復可破一時之悶，醒同人之目，不亦宜乎。故曰賈雨村云云。更於篇中間用夢幻等字，卻是此書本旨，兼寓提醒閱者之意。看官你道此書從